Best Time

白 马 时 光

图书在版编目（CIP）数据

杏雨街 / 李书锦著 . — 武汉：长江出版社，
2024.5
ISBN 978-7-5492-9372-8

Ⅰ . ①杏… Ⅱ . ①李… Ⅲ . ①长篇小说－中国－当代
Ⅳ . ① I247.5

中国国家版本馆 CIP 数据核字 (2024) 第 050583 号

杏雨街 / 李书锦　著
XINGYU JIE

出　　版	长江出版社
	（武汉市解放大道 1863 号 邮政编码：430010）
市场发行	长江出版社发行部
网　　址	http://www.cjpress.cn
责任编辑	李剑月
印　　刷	三河市金元印装有限公司
版　　次	2024 年 5 月第 1 版
印　　次	2024 年 5 月第 1 次印刷
开　　本	880mm×1230mm　1/32
印　　张	8
字　　数	244 千字
书　　号	ISBN 978-7-5492-9372-8
定　　价	49.80 元

版权所有，翻版必究。如有质量问题，请联系本社退换。
电话：027-82926557（总编室） 027-82926806（市场营销部）

目录

第一章 古镇里的少年　001

第二章 杏雨街的莫小雨　028

第三章 依依不舍　054

第四章 莫小雨的彩虹梦　081

第五章 愿意在这儿　107

第六章 可爱的人　131

第七章
《小雨歌》
161

第八章
最美好的生日礼物
188

番外一
是小雨，不是小鱼
214

番外二
第一百一十一天
219

番外三
有家人了
229

番外四
小雨回来啦
235

番外五
院子里的柿子树
242

... CONTENTS

"小雨喜欢这两条小鱼吗?"

"喜欢!"

相识第 111 天

幸运词：杏雨街

Mon.　Tues.　Wed.　Thurs.　Fri.　Sat.　Sun.

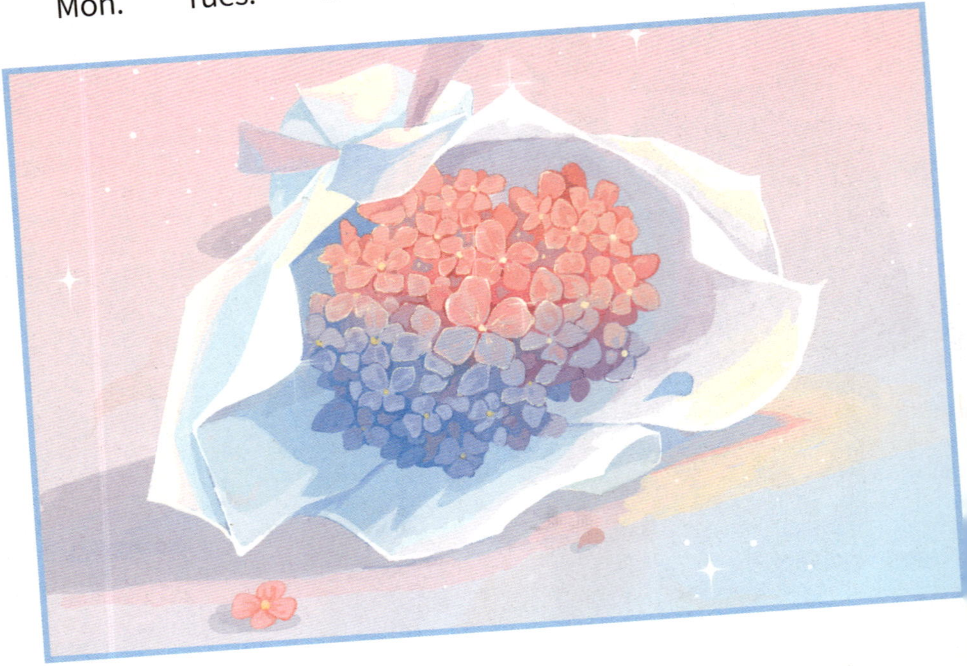

 相遇、相识

 发愁、发呆

晴天
18℃～25℃

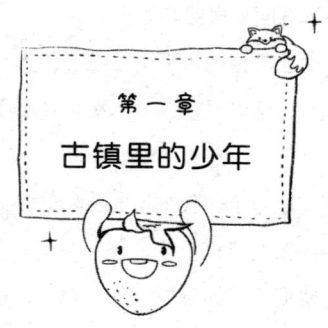

第一章
古镇里的少年

段栩砚注意到这个少年已经有一会儿了。

其实一开始他对着湖面大脑"放空"时并没有注意到这个少年,只是他几次无意识地转头都能看见同样的身影,心下一好奇便不由自主地留意起来。

这一留意就发现,这个看上去十八九岁、背着个破旧编织袋的少年总在自己的身边转悠。

段栩砚原本没想到这个少年是干什么的,直到有个游客把喝完的矿泉水瓶子丢进垃圾桶里,段栩砚就见那个少年跑到垃圾桶边把那个刚被丢进去的瓶子又给捡出来,丢进背着的编织袋里。

段栩砚这才意识到,这个少年是在捡瓶子。

想到这儿,段栩砚看了一眼自己随手放在桌上、只剩几口水就能喝完的矿泉水瓶,终于明白了那少年为什么老在自己身边转悠。

他伸手拿过放在桌上的矿泉水瓶,拧开瓶盖喝完,起身朝少年走去,他是想把手里的瓶子递给少年,但没想到他刚朝少年走过去几步,少年便慌忙地挪开了视线。

他一会儿看天,一会儿看地,无措地四处看,两只脚也无意识地原地踱

步,好像不知道该把眼睛看向哪里比较好。

少年慌乱无措的举动让段栩砚一下子停住了脚步。

这反应有些不同寻常,这不是他这个年纪,甚至不能说是一个正常人该有的反应。

段栩砚目光不着痕迹地扫了一眼少年的脸和他略显僵硬的四肢,立刻明白过来了——这少年属于特殊人群。

段栩砚没再靠近,他把手里的空瓶子放在地上,抬起脸对少年露出一个浅浅的笑,然后转身回到自己方才的位置上。

恰好这时,咖啡店的员工端着一个蛋糕从店里出来,把铺满新鲜水果的奶油蛋糕端到段栩砚面前的桌上,蛋糕上还有块写着"生日快乐"的巧克力。

看到这个蛋糕,段栩砚面露无奈,但还是对店员说了声"谢谢",然后在一并送来的单子上龙飞凤舞地签了个名。

店员走后,段栩砚的手机适时响起。

他接通电话。

"感动吗?有我这么周到细心的好兄弟,今晚几点回家?"

段栩砚没有理会电话那头不着调的话:"我不喜欢奶油。"

说着看了一眼蛋糕上面满满的草莓和杧果。

"水果不错。"

"这可是我从《圣经》般厚的蛋糕书里精挑细选出来的,还不快说'谢谢乔哥'。"

段栩砚自顾自地问:"A市的项目进行得怎么样?"

"你别管,休假的人少管工作上的事,好好休息,感受大自然和古镇的美丽,没事别给我打电话。"

"……这是你打给我的。"

"哦,那挂了,蛋糕吃完记得拍张图发给我,我要检查的。"

说完通话便被切断了。

段栩砚无奈地收起手机。

他来这古镇休假并不是自己的本意。

他和乔衡信在大一入学的时候就认识了,两人是室友也是好朋友。大学毕业后,身为"富三代"的乔衡信拉着他一起创业,两人成立了一家初始规模只有他们两个人的工作室。

四年时间,段栩砚起早贪黑地打拼换来了今天公司的上千名员工和个人银行账户的八位数存款。

然而,长时间高强度、自我压榨般的工作也让他差点儿猝死。

乔衡信被他吓得险些魂飞魄散,端着家里人给段栩砚煮的鸡汤坐在病床边苦口婆心地劝他休息。等几天后医生说他能出院了,立马帮他收拾好行李订机票,把他赶来这南边的杏雨古镇,要他务必好好休息,养好身体。

今天是他二十六岁的生日,段栩砚自己都给忘了,没想到乔衡信竟然记得,还给他订了个生日蛋糕。

段栩砚对蛋糕的兴趣不大,只端起面前的咖啡慢慢地喝着,感受不冷不热、气温适宜的古镇四月风光。

过了一会儿,他忽然想起了那个被自己放下的空瓶子,转头想看那个少年捡起来没有,结果却看见那个少年正站在石栏边上,直勾勾地盯着自己面前的生日蛋糕。

那渴望的眼神实在太热烈了,热烈得段栩砚当即一愣,然后也跟着一起看那块水果奶油蛋糕。

这蛋糕他是不感兴趣,可有人却馋得默默流口水。

段栩砚趁着少年的注意力都在蛋糕上,仔细地看了一眼少年,他发现少年把自己收拾得很干净。

一件印着卡通人物的长袖 T 恤,黑色衬得少年皮肤很白,一双杏仁眼又圆又亮,脸上的表情像是在尽力地克制对蛋糕的渴望,意外地生动。

也不知出于什么心理,可能是可怜他,也可能是因为那明明很渴望却又十分克制的表情让人心里有点儿难受。段栩砚朝他招了招手,露出平生最温柔和蔼的笑容。

段栩砚就坐在蛋糕边上,他这个举动一下子就引起了少年的注意。

但少年的第一反应是回头看,而且还是向身侧左右回头看,像在看段栩砚在叫谁。

四月的杏雨古镇没什么游客,这湖边的咖啡厅外一共就两个人,段栩砚和他。

在意识到周围没有其他人后,少年也没有马上反应过来段栩砚这是在叫自己,他脸上的表情愣愣的。

段栩砚脸上的笑意更甚,对少年道:"我是在叫你,过来一起吃蛋糕吧?"

莫小雨没有动,他站在原地像根木头桩子,一会儿看看那个蛋糕,一会儿又看看段栩砚,然后微微转过身要走。

段栩砚见状收回看着他的视线,拿起摆在一边的叉子,叉起蛋糕顶上一个鲜艳欲滴的草莓吃进嘴里。

莫小雨准备要走的脚步一下子又停住了。

段栩砚没有再去看他,自顾自地开始切蛋糕。他把蛋糕切成小份放在盘子里,然后放到对面。他也不去吃那块切好的蛋糕,反而把蛋糕上的草莓和切成小块的柠果都叉进盘子里。

他用眼角的余光瞥见了那穿着双拖鞋的脚还是站着没动,只好又切出两块蛋糕,然后转头朝咖啡店里的店员们招手,示意她们过来拿。

两个女店员开开心心地跑过来,双手接过蛋糕道谢,然后回到店里分着吃。

这一幕都落进了莫小雨的眼里,他脸上也露出了一点儿犹豫的表情。

段栩砚看着分出去后还剩大半的蛋糕,似乎感到十分为难,自言自语道:"吃不完就得扔掉了。"

过了一会儿,那少年终于有了点儿动静。

他慢吞吞地向段栩砚挪动,小心翼翼地,好像只要发现有什么不对劲的地方他就会马上转头就跑似的。

段栩砚很有耐心地等着他慢慢挪过来,少年走到距离他还差三步的地方忽

然停住不走了。

段栩砚伸手去端蛋糕,作势要站起来:"没办法了,只能扔掉了。"

莫小雨一听这话就急了,人也走到了段栩砚面前,两只手用力地左右摆动,声音清亮:"不要扔,不要扔,草莓……蛋糕,不要扔……"

段栩砚一看见少年脸上急切慌乱的表情心里立即后悔了,他把蛋糕放下:"好好好,我不扔,我不扔。"

莫小雨的眼睛还在直直地盯着蛋糕,嘴里絮絮念叨:"不要扔,不要扔……"

"我不扔。"段栩砚轻声说着,他怕吓到少年,人还往后挪了挪,保持着让少年感到安全的距离,"你想吃可以吃,坐下来吃,这些你都可以吃。"

莫小雨犹豫地看了一眼段栩砚,只对视一眼就挪开了视线。

段栩砚只能放轻声音:"没关系的,吃吧。"

同样的话他说了四五遍少年才肯坐,屁股还只坐了一半的座位。

段栩砚把蛋糕往他手边挪了点儿,一边仔细观察他的表情,一边把蛋糕叉子递过去:"你喜欢草莓吗?"

少年接过蛋糕叉子,握得很用力,低着头没有说话。

感觉到他的不安,段栩砚没再和他搭话,拿出手机翻看朋友圈,像是对坐在对面的人毫不关心。

这让莫小雨稍微松了一口气,在几次小心翼翼地偷瞄段栩砚后,发现他只是在很认真地看手机没有注意自己,才大着胆子吃蛋糕。

他面前的盘子里除了蛋糕外,还有堆得满满的草莓和杧果。

莫小雨一开始还吃得很小心,但没过多久就放开了埋头吃。

段栩砚用眼角的余光瞄他,见他吃完了盘子里的蛋糕后还意犹未尽地看着自己剩下的蛋糕,便低头伸手把剩下的蛋糕轻轻往他的手边推。

少年并没有露出受惊或是不适的表情,只是直勾勾地看着来到他面前的蛋糕,在瞄了一眼段栩砚后又开始埋头吃。

段栩砚猜他可能是肚子饿了,8寸的奶油水果蛋糕除了分给店员的两块,

剩下的全进了少年的肚子里。

大概是看在蛋糕的分儿上，莫小雨没有再对段栩砚露出不安或是警惕的神色。他低着头，嘴唇嗫嚅着想道谢，可他张开嘴还没说话，一直默默坐在他对面的段栩砚先开口了。

"好吃吗？"

莫小雨点头。

"你喜欢草莓还是喜欢奶油蛋糕？"

莫小雨露出一个思考的表情，然后郑重地回答："都……喜欢。"

段栩砚也郑重其事地点头："我叫段栩砚，你叫什么？"

莫小雨微微蹙起眉头，圆圆的杏仁眼又大又亮："莫……小雨……下雨。"

"哦，"段栩砚露出一个恍然大悟的表情，"下雨的雨。"

莫小雨一脸严肃地点头。

段栩砚嘴角止不住地往上扬，声音也不由自主地变得越来越温柔："你住在这儿吗？"

他的意思是问莫小雨是不是住在杏雨古镇，莫小雨扭头指向远处的绿荫。

"和奶奶。"

段栩砚顺着他指的方向看去，点头道："你和奶奶一起住。"

莫小雨又是一脸严肃地点头。

他的长相属于男性里很清秀的那一类型，眉眼有水乡特有的柔和，但是他可能是因为心里不安，所以总会刻意做出很严肃的表情，像一种威慑，叫不怀好意的人不要靠近自己。

段栩砚大概能猜到他这样的行为应该是家里人教过他，怕他在外面被人欺负，于是让他用足够凶的表情吓唬人，但他可能分不清什么情况下需要用到这种凶凶的表情，于是只能大多数时候都绷着一张脸。

段栩砚指了指他放在脚边的编织袋："你每天都要出来捡瓶子？"

"对，卖钱。"

段栩砚刚才就注意到他的手指上有水彩颜色的痕迹，轻声问："喜欢

画画？"

大概是因为谈到了喜欢的话题，莫小雨眼睛一亮，脸上严肃的表情都差点儿没维持住："画画，喜欢！"

段栩砚端起桌上的咖啡抿了一口："喜欢画什么？"

莫小雨看着他喝咖啡，没有回答。

段栩砚想他可能是渴了，用手机扫了一下桌子上的点餐码，点了杯热牛奶。

没过多久店员就端着热牛奶走了过来。

看见莫小雨时，店员脸上表情一愣，随后若无其事地把热牛奶端到桌子上："请慢用。"

莫小雨在杏雨古镇大小算是个名人，因他从小就住在这儿，古镇上很多人都认识他，也知道他的特殊，更清楚他不喜欢陌生人太过靠近他。

因此看见莫小雨和段栩砚坐在一桌，店员面上不显，心里却十分惊讶。

送来热牛奶的店员走开后，段栩砚把那杯牛奶推向莫小雨。

"小雨口渴了吗？"

莫小雨定定地看着那杯牛奶，点头道："渴。"

可他虽然这么说，手却没有去碰那杯热牛奶，而是低头开始掏口袋。

段栩砚发誓自己听见了硬币的声音。

然后下一秒，莫小雨从裤兜里掏出一把硬币，一块的、五毛的都有，或新或旧，叮叮当当地落在桌子上。

莫小雨仔细地数出五枚一块钱的硬币，一个叠着一个，叠好了抬头问段栩砚："够吗？"

段栩砚摇摇头："给多了，两个就好。"

莫小雨又慢慢拿下三枚硬币，把剩下的两枚推给段栩砚。

段栩砚笑着拿起那两枚硬币："谢谢小雨。"

莫小雨伸手去拿那杯热牛奶，还不忘对着段栩砚一脸严肃地点头："不客气。"

段栩砚看着他小口小口地喝牛奶,忽然道:"其实今天是我生日。"

莫小雨愣了一下,随后像有点儿紧张又像有点儿焦虑地转了转身体,眼睛不敢和段栩砚对视,东瞄西转的:"嗯,那……生日……生日快乐,祝你……生日快乐。"

段栩砚一脸认真道:"谢谢,谢谢小雨。"

莫小雨忽然就安静下来了,牛奶也不喝了,手指摸着玻璃杯玩:"我……我给你礼物,画画。"

段栩砚听懂了:"你要给我画画当作生日礼物?"

莫小雨点头道:"明天,给你。"

画画是莫小雨最喜欢聊的话题,段栩砚闲来无事便一直陪着他说话。

"你喜欢画花吗?哦,更喜欢画鸟……嗯,也喜欢画云,云要怎么画?"

莫小雨的手指就在桌上画一条波浪线。

段栩砚看得很认真:"云是波浪线,那海呢?"

莫小雨就多画了几条波浪线。

段栩砚是个很有耐心的人,有时莫小雨不能理解他的意思,他也能不厌其烦地多解释几遍,或者干脆用手机找图片给他看。

一番相处下来,段栩砚发现其实莫小雨并不笨,他只是反应比较慢,思考问题的方式既不像个孩子,也不像个大人,像在童话城堡和现实高楼之间跳跃似的。

他会好奇段栩砚的腕表,也会觉得里面的碎钻好看,但他更喜欢那根指着时间的针,因为那根针的颜色是星空蓝,当有光照在表盘上时,指针会熠熠生辉。

不知不觉间两人坐着聊了一个下午。

等天际被夕阳染红了,莫小雨才猛地反应过来他居然在这儿坐了一下午,没去捡瓶子!

这对莫小雨来说简直是一场灾难。

看着莫小雨脸上震惊无比的表情,段栩砚连忙安慰他:"没关系,这段时

间古镇上都没什么游客,就算你去捡了也捡不到几个瓶子的。"

莫小雨没有普通成年人的思维能力,他理解不了段栩砚的话,他只知道自己今天偷懒了,没去捡瓶子,不捡瓶子就没有钱,没有钱他就没东西吃,也买不了喜欢的画笔,奶奶要是知道了也会生气。

于是没捡瓶子等于要饿肚子,等于画不了画,等于奶奶会生气。

这三个后果不管哪一个,单拎出来都够他这心里七上八下的,更何况是凑在一块儿出现。

莫小雨急急忙忙地从座位上站起身,拎起脚边的编织袋,原地转了两圈后朝着一个方向走去。

段栩砚原本以为他这是要回家,可是莫小雨走的方向根本不是他刚刚指着的绿荫的方向。

因为担心莫小雨,段栩砚也跟着站起身。他知道莫小雨现在情绪不稳定,所以他拿出了全部的温柔和耐心,跟在莫小雨身边问:"小雨,你怎么了?你要到哪里去?"

"瓶子,我要捡瓶子……饿肚子,画,奶奶……"莫小雨的眼睛慌乱地四处瞟,好不容易找到一个垃圾桶就急急忙忙跑过去,掀开垃圾桶盖子。

正如段栩砚所说的,这个月份全国人民该上班的上班,该上学的上学,像古镇之类的旅游景点根本没什么游客,所以垃圾桶自然是空空荡荡一目了然的,没有瓶子可以捡。

但莫小雨理解不了,这个垃圾桶没有,他就找下一个垃圾桶。

段栩砚看他的表情慌慌张张的,意识到这时候得先让莫小雨冷静下来。

他拉住莫小雨的手腕,好在两人一下午的愉快交谈让莫小雨不再排斥他,于是段栩砚顺利地握住莫小雨的两只手腕。

"小雨,你听我说。"

莫小雨的眉头皱得紧紧的,嘴里絮絮叨叨地说着什么,但是段栩砚一句也没听清楚。

段栩砚在今天以前从来没有和小雨这样的人相处的经验,但联想一下今天

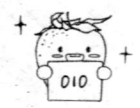

发生的事情,他也大概清楚了莫小雨是因为本来要做的事情没有做完,所以不知道该接着做还是该回家,于是人乱了,这时候要想让莫小雨冷静下来就只能陪着他把事情都做完。

"你要找瓶子,我帮你一起找。"段栩砚刻意把声音放得又轻又缓,他希望这样能让莫小雨听进去一点儿,"小雨不着急,我帮你一起找。"

莫小雨忽然停止了低语,睁着双圆圆的眼睛看着他,他好像听明白了又好像没明白。

但段栩砚看他能够安静下来还是稍微松了一口气,他松开了牵着莫小雨手腕的手,率先转身走了几步,然后回头看。

莫小雨在原地站了一会儿,还是在段栩砚温柔的眼神下跟着一起走了。

段栩砚领着他把古镇转了一圈,找遍了所有的垃圾桶,才勉强找到了七八个矿泉水瓶。

这时候天色已经彻底暗了,段栩砚把莫小雨送到白天他指的那片绿荫下,那儿有很高的台阶,走上去应该是有一片居民楼。

莫小雨背着自己的编织袋,手指着台阶的最高处:"杏雨街,小雨住。"

段栩砚笑着朝他点点头:"好,快回家吧。"

莫小雨却没动,他又像之前的每一次一样,睁着双湿漉漉的眼睛看着段栩砚,不说话。

段栩砚不解,他正想问莫小雨怎么了,莫小雨却又干脆地转身,用力地踩上台阶。

好在这台阶上有两盏明亮的路灯,把天黑后的台阶照得亮堂堂的。

段栩砚站在台阶下看着他一步步上去,他正想转身离开,却见已经走到一半的人突然停下回过头,抬起一只手略显僵硬地挥舞了两下。

段栩砚看得一愣,随即也跟着抬起手挥舞了两下。

莫小雨这才满意地转身继续往上走,身影消失在台阶的尽头。

段栩砚在原地站了一会儿才转身离开。在走回民宿的路上,他没忍住无声地笑了笑,觉得自己这一天过得还挺有意思。

乔衡信安排得很周到，尽管在段栩砚看来他这一趟来得很匆忙，但该准备好的乔衡信都准备好了。

杏雨古镇有几家民宿，环境清幽，古朴雅致，屋子里家电一应俱全。

段栩砚住的就是单独一栋的复式小楼，带个小院子，价格是普通民宿的两倍。

段栩砚睡在楼上，吃在楼下，餐食到点会有人送来，如果不想一个人吃，想热闹一点儿，走到隔壁就行了。

他住的这家民宿老板是对老夫妻，经营民宿已经有五六年的时间，平时吃住都在段栩砚住的复式小楼的隔壁，还有个很大的院子可以种菜。

老太太闲不下来，总是蹲在土地上倒腾她的小辣椒和小番茄。

这个月份民宿里没什么客人，除了段栩砚外，只有一对来写生的年轻情侣。

段栩砚回到民宿的时候其实早已过了晚饭的时间，但是老太太一直等着他，见隔壁的灯亮了就端来了今晚的晚餐。

白灼虾、土豆烧排骨、蒜薹炒肉丝，还有一大碗米饭。虽然只是最普通的家常菜，却能让人感觉到其中满满的诚意。

段栩砚对于自己给老太太添了麻烦这件事感到有些过意不去，想着明天出门回来得提一袋水果送给她。

以往放下饭菜就走的老太太今天却没着急走，而是轻声问他："你今天回来得晚是不是因为小雨？"

段栩砚没想到会从老太太嘴里听到莫小雨的名字，愣了一下后点点头，没说自己陪着捡瓶子的事情。

老太太笑弯了眼睛，对段栩砚道："白天的时候我瞧见你和他坐在一起聊天，挺好的，有人愿意陪那孩子说说话也好。"

老太太说到这儿就没再往下说了，只让段栩砚吃完了把碗筷放在桌上就好，一会儿她过来收拾。

段栩砚没听，吃完了就把碗筷送回隔壁去，回来时手里多了一盘小番茄，

是老太太自己种的。

民宿的洗浴间都在一楼,段栩砚洗漱完,换了身睡衣出来就见手机收到了几条微信信息。

温霖:学长!我听衡信学长说你来S市了?

温霖:你怎么不告诉我一声啊?

温霖:学长,我可以来找你吗?

温霖是他在大学时认识的学弟,小他一级,S市人。

在他的印象里,温霖是个胆大心细的人,人也很聪明,学生时期经常出现在自己身边。

此时看到温霖发来的几条微信,段栩砚只觉得为难,略微斟酌了一下应该怎么回。

段栩砚:来得匆忙。

他刚点击发送,对面秒回了一个委屈的表情包,紧接着飞快地回复。

温霖:学长,S市我很熟悉的,求求学长让我这个学弟尽一尽地主之谊吧!

段栩砚只能无奈应下。

第二天,段栩砚刚洗漱完下楼,透过一楼的落地窗就看见了站在爬满绿藤的院墙外翘首以盼的温霖。他下意识地看了一眼时间,此时距离他们约好见面的时间还有一个半小时。

段栩砚推开门,站在院门外的男生眼睛瞬间一亮,脸庞上都是讨人喜欢的笑容,脆生生地喊了声:"学长!"

段栩砚抿唇朝他笑了笑:"进来吧。"

温霖顿时连蹦带跳地进来。

段栩砚找了个杯子给他倒了杯水:"怎么来得这么早?"

"谢谢学长。"温霖双手接过杯子,仰头喝了一大口,脸蛋上是藏也藏不住的仰慕和欣悦,"我想带学长尝尝我们S市特有的早点,你一定没吃过。"

段栩砚无可奈何。

等他换好衣服出来，两人一起出门。

清晨的杏雨古镇路上见不到什么人，只有几个老人三三两两地或是在散步，或是在打太极。

温霖走在段栩砚身旁，一路像只活泼的麻雀，叽叽喳喳地和段栩砚说话。

其实也不怪他兴奋，毕竟他上一次见到段栩砚都是半年多以前的事情了。段栩砚平时工作很忙，即使自己有他的联系方式，两人也没有什么机会可以好好聊聊。

所以能像现在这样和段栩砚一起在路上走一走，对温霖来说简直像在做梦一样。

温霖说要尽地主之谊，前一天晚上还特意熬了个通宵整理好要带段栩砚去的地方，美食景点应有尽有，誓要招待好段栩砚。

而段栩砚跟着温霖这一走，太阳快落山了才回到杏雨古镇。

温霖满脸可惜地看着段栩砚："学长，真的不一起吃个晚饭吗？"

段栩砚这一天下来其实都有些心不在焉，总感觉好像有什么事情忘了做，但仔细去想又一直摸不到什么头绪。

"改天吧，我有点儿累了。"段栩砚朝温霖笑了笑，"温霖，今天真的谢谢你了。"

温霖不好意思地笑了笑："这没什么……学长，我明天还能再过来找你吗？"

"当然可以。"

温霖眼睛一亮："那学长我们明天见！"

与温霖话别后，段栩砚顶着橙红的夕阳走进杏雨古镇。

斜阳树影，幽幽静谧，白墙黑瓦，小桥流水。

走在这样的地方，再忙碌的人也会想慢下来的。

段栩砚并没有非要去和时间赛跑的想法，只是生活在钢铁丛林里，周围每一个人都行色匆匆，又如何能慢得下来。

夕阳把古镇所有人和物的影子都拉得很长，段栩砚正埋头走过石桥，视线

不经意地落到了前一天他坐了许久的湖边咖啡店。

只一眼他整个人便愣在了原地。

离着石桥不远的地方,莫小雨蹲在湖边的石栏下,脚边就放着他那个破旧的编织袋。

他像是在等什么人,原本埋头看着地面的脑袋会时不时地抬起来,左右看看,然后又重新低下。

看着这一幕,段栩砚心底像猛然间撞响了一口大钟,震得他心口发麻。

原来如此……原来他这一天的心不在焉是因为他把莫小雨给忘了。

——明天,给你。

莫小雨是在等他,他来给他送生日礼物了。

段栩砚在意识到莫小雨是在等他后,匆忙地跑下石桥台阶,朝蹲在湖边的少年跑去。

"小雨!"

莫小雨听见声音抬起头,见是段栩砚来了,于是缓缓站起身。

等段栩砚小跑到他面前时,莫小雨低头找出一张叠好的纸:"礼物,生日。"

段栩砚接过那张纸,展开一看是一张画,画得很好,至少比他想象的要好。

画上是两个坐在一起吃蛋糕的人,其中一个小人穿着一件白色的衣服,另一个则穿着黑色的衣服,从衣服的颜色来看莫小雨画的是昨天的他们。

再简单不过的线条和色彩却透出一种别样的温柔,叫人心里发软。

段栩砚看着这张画,没忍住笑了:"谢谢小雨,画得真好,我很喜欢。"

莫小雨点头"嗯"了一声。

段栩砚又认真地把手里的画看了一遍,妥帖地对折收好,对眼前的人轻声道:"小雨今天想吃蛋糕吗?"

莫小雨听得一脸茫然:"没有生日。"

段栩砚现在和他交流已经可以说是毫无障碍了,只听了四个字就明白了莫

小雨的意思。

"没有人过生日也可以吃蛋糕。"

莫小雨听完似懂非懂地点点头。

段栩砚直接用手机在外卖软件上下单了一个草莓奶油蛋糕,还额外多买了一点儿草莓,收货地址就定在了杏雨古镇的湖边咖啡厅。

骑手接单后大约还要四十分钟才能到,这四十分钟的时间里段栩砚打算就在这里等着。

但莫小雨显然不这么想,他甚至都不明白段栩砚刚才做了什么,把要送给段栩砚的画送出去后他就想走了。

结果他这刚一转身就被段栩砚手疾眼快地拉住胳膊。

段栩砚面露些许惊讶地问他:"你要去哪儿?"

"回家。"莫小雨说着指了指天,声音清亮,"要黑了。"

段栩砚轻声道:"我买了一个大蛋糕,我一个人吃不完,小雨和我一起吃吧,好吗?"

莫小雨没有马上答应,他低下头一脸的犹豫,显然不知道该顺从自己的内心留下一起吃蛋糕,还是该听奶奶的话,太阳下山了就回家。

段栩砚又接着说:"吃完了我送你回去,像昨天一样。"

"像昨天一样"几个字打动了莫小雨,这回他只犹豫了一小下就点头答应了。

段栩砚拉着他走到昨天坐过的位置上,咖啡店还在营业,段栩砚就点了两杯椰奶,一杯加冰,一杯不加冰。

店员把椰奶送来的时候看了一眼段栩砚,用一种哄小孩儿的语气和莫小雨搭话:"小雨等到啦!"

莫小雨听到自己的名字,抬头看了一眼店员,一脸严肃地点头。

店员笑了笑,把没加冰的那杯递给他,另一杯加了冰的递给了段栩砚,然后微微俯身靠近段栩砚,声音很轻,像怕被莫小雨听见似的:"小雨等了你很久,有四个小时了。"

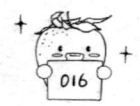

段栩砚满眼惊讶地看向店员:"四个小时?一直在这儿?"

"嗯,我和他说如果你来了我会告诉你他在找你,但他不肯,一定要在这里等你。"

段栩砚看向坐在对面位置的人,莫小雨正偷偷瞄那杯就在他手边的椰奶。

这明明是段栩砚特意点给他的,但莫小雨就是不敢伸手去拿。

店员说完就走了,段栩砚默默地看了莫小雨一会儿,忽然伸手把那杯莫小雨不敢碰的椰奶往他手里推:"小雨,这是给你的。"

莫小雨抬起头看了他一眼,然后低头想掏口袋,但段栩砚察觉后先一步抓住他的手腕,不让他拿硬币。

"小雨,这不要钱。"

莫小雨忽然皱起眉头,秀气的小脸上的表情有点儿生气,说出口的每一个字都很清晰有力:"要钱!我有!不要可怜小雨!"

段栩砚听得一愣,声音放得更轻:"小雨不可怜,但这是栩砚送给小雨的,小雨不用给钱。"

"……栩砚?"

莫小雨说这两个字时尾音还有点儿往上扬,像是在疑惑什么。

"对,我,我是栩砚,段栩砚,小雨刚才送我一幅画对不对?这是谢礼,等一下还有蛋糕,还有草莓,都是谢礼。"

段栩砚说到这又再特意强调一句:"段栩砚谢谢莫小雨。"

尽管段栩砚说的话有点儿长,但莫小雨听得很认真,特别是听到段栩砚说自己刚才送了一幅画给他时,还严肃地点了一下头。

段栩砚仔细看了看他的脸:"小雨收下吗?"

莫小雨想了想,忽然瞟了段栩砚一眼:"不要可怜。"

段栩砚摇头道:"没有可怜。"

莫小雨终于愿意接过那杯椰奶,也不再执着于掏硬币。

段栩砚见状松了一口气,转移话题:"小雨今天也在找瓶子吗?"

莫小雨用力点头,伸出左手比了个"1",又用右手比个"2"。

"你找到了 12 个瓶子？真厉害。"

莫小雨露出一个很浅的笑："以前，更多。"说着还伸出手臂画了个大圆弧。

"这么多。"

段栩砚很捧场，适时地发出一声"哇"，还给他鼓掌。

莫小雨脸上浅浅的笑带着几分腼腆。

四十分钟后，穿着整齐制服的外卖骑手出现在石桥上，此时天色也已经擦黑，湖边的咖啡店到了暂停营业的时间。

段栩砚不想耽误店员们下班，拿到骑手送来的蛋糕和一大袋草莓后就送莫小雨回家了。

两人像昨天一样一起走到绿荫里长长的台阶下。

段栩砚本想把手里的蛋糕直接给莫小雨，让他拿回去吃，但是他正要把蛋糕盒子递出去时，台阶上两盏明亮的路灯忽然熄灭了，周围瞬间陷入一片漆黑，黑得伸手不见五指。

段栩砚还没反应过来就先听到一声短促的叫声，很小，但并不尖锐刺耳。

"黑，黑了，好黑，看不见，小雨看不见。"

突然的漆黑显然让莫小雨陷入了一种恐慌之中，段栩砚听见耳边不断响起原地踏步的声音，能感觉发出声音的人心里的不安和焦躁，不光如此，他还听见呜咽声。

段栩砚急忙腾出一只手，找出手机打开手电筒，耀眼的白光瞬间照亮了两人脚下的地面。

"小雨不怕，你看有灯了。"

他这个举动在当下显然是最正确的，因为莫小雨很快就安静下来，大大的杏仁眼惊魂未定地盯着段栩砚手里亮着光的手机，巴掌大的小脸白得没剩下多少血色，嘴唇甚至还在微微颤抖。

"天黑了，天黑了，看不见……"

"你看得见。"段栩砚靠近他，"你看见栩砚了，是不是？"

莫小雨抿了抿唇，小声回答："看见了。"

"你看，栩砚手里有灯，我送你回家。"

可能是因为段栩砚的声音始终温柔冷静，所以他总是能以最快的速度安抚好莫小雨。

莫小雨也终于从路灯忽然熄灭的慌张中回过神，想起要回家。

段栩砚把手机照向台阶："小雨你看，这是台阶，从这里上去就能回家了。"

他这一下转开灯让莫小雨有些不太能适应，身处黑暗的不安让他本能地寻求保护，主动贴近段栩砚但没敢伸手碰他。

段栩砚感觉到他的靠近，他一点儿也不排斥，反倒把自己拿着手机打光照明的手肘送向莫小雨："小雨扶着。"

莫小雨求之不得，飞快地伸手抱住段栩砚的手臂。

"好，我们现在慢慢地走。"段栩砚牵引着莫小雨在漆黑的绿荫下迈步走上第一层台阶。

他知道莫小雨心里害怕，路上一直在和他说话，因为语言有镇定人心、安抚人心的神奇作用。

没多久，他们就走上了最后一层台阶。

杏雨街在高处，这里段栩砚从没来过，街道两侧都是老式的居民楼。

一走到这里，莫小雨就认出家在附近了，他下意识地拉着段栩砚往左边林立的房子走，一直走到一座独栋的小楼前。

小楼只有两层高，门口有个院子用栏杆围了起来，院子的角落堆满了莫小雨捡来的塑料瓶子，还有几个小纸箱。

看到家门，莫小雨松开了拉着段栩砚的手，低头找钥匙开门。

老旧的铁门"嘎吱"一声被莫小雨推开。

院子里静悄悄的，什么声音也没有，黑漆漆的也没有灯，看着不像是有人在住。

段栩砚微微蹙眉，他记得莫小雨说过他和奶奶一起住，可这儿怎么看像莫小雨一个人在住？

莫小雨把门推开后就小跑着去打开院子里的灯，说是灯，但其实就是个小灯泡，还没拳头大，由一根老旧的电线牵着悬吊在房门上，在寂静的夜色里孤单又暗淡地亮着，勉强能驱赶黑暗。

段栩砚看得眉头微微蹙起，跟在莫小雨身后进门，看着他低头找出另一把钥匙开门。

打开门后，屋子里一片漆黑，莫小雨熟门熟路地摸黑开灯。

屋子里的灯管像接触不良一般，闪烁了几下才彻底亮起来。

段栩砚也终于得以看清这间屋子，面积最多五十平方米，角落还有能到二楼的楼梯。

家具寥寥无几，称得上家徒四壁，目光所及只有几张板凳和一张小茶几，惨白的墙上布满了渗水留下的痕迹，上面还贴着几张已经发黄的画，还有张幼儿园的好孩子奖状，上面写着"莫小雨小朋友"。

尽管这间屋子是这样的老旧，但好在收拾得很干净，能看出住在这里的人每天都认真地在打扫卫生。

段栩砚的目光在环视屋子一圈后，最终落在了挂在墙上的黑白相框上，照片里是个慈眉善目的老人，眼神温柔，嘴角含笑，不难看出年轻时是个美人。

莫小雨进门第一件事就是跑到照片前，支支吾吾地对着照片上的老人说话："奶奶，楼梯黑了，小雨看不见，灯没有了，都黑了。"

段栩砚没有打扰莫小雨，只站在原地静静地看着。

莫小雨说完"都黑了"又忽然短促地笑了一下，笑声有种动画片里的小人似的可爱："栩砚有灯，栩砚有，看见了，回来了！"

段栩砚听到他说自己的名字，便把手里的东西都放到屋子里唯一的一张茶几上后，走到莫小雨身旁，轻声道："奶奶好，我是段栩砚。"

莫小雨一脸憨笑地看看段栩砚，又转头看向照片里的奶奶，然后又像想起来什么，转身就走，边走还边说："天黑了，吃饭，要吃饭，小雨饿。"

段栩砚听见他说饿，正想把买来的蛋糕打开给他吃，结果一转头却看见莫小雨走进厨房。

他看得一怔,莫小雨会做饭?!

很快,走进厨房的莫小雨手里端着两个大海碗出来,那两个大海碗特别眼熟,段栩砚想了一下才想起来他奶奶家也有一个,很有二十世纪审美风格的黄底大牡丹碗。

这两只大海碗里,有一只里面是已经彻底凉了的白米饭,另一只碗里面则有两个鸡蛋。

莫小雨把装着剩饭的碗放在茶几边的小板凳上,然后端着装鸡蛋的海碗走到墙角。

段栩砚的目光一直跟随着他,看他走向墙角才注意到地上居然有个电热水壶,还是粉红色的。

莫小雨把电热水壶加上水,然后把两个鸡蛋小心翼翼地放进去,再打开开关。

他做这些事时有种特别吸引人的认真,段栩砚不由得好奇他下一步还要做什么。

但莫小雨把鸡蛋放进去煮后就什么也不做了,他蹲在热水壶边像要等到里面的鸡蛋煮好似的。

他太认真了,段栩砚都不好出声打扰他,就站在一边看着他。

屋子里特别安静,只有热水壶在烧水的声音。

几分钟后,鸡蛋煮好了。

莫小雨把热水壶端去了厨房,段栩砚没忍住跟上去看,但他没有进去,只站在厨房门外,这厨房说是厨房,但里面空间狭窄得只够莫小雨转个身。

莫小雨站在洗碗池前,先把热水壶里的水倒掉,然后才打开盖子把里面的鸡蛋倒出来,开水龙头冲水,把两个鸡蛋放在凉水里泡了一会儿才拿出来,转身往外走。

段栩砚跟在他身后,眼神好奇地跟随他。

莫小雨回到茶几边,也不坐在小板凳上,就蹲着,熟练地把两个鸡蛋敲壳剥开,再放进装着剩饭的海碗里。

剥好了鸡蛋,他又忙碌地转身回厨房,找出两个大勺子,把剩饭上的水煮蛋用勺子碾碎,再将蛋白、蛋黄和冷硬的剩米饭拌到一起,拌好后分出三分之一装在另一个海碗里。

段栩砚以为他会把分量少一点儿的那碗给自己,但莫小雨却把那碗放在脚边,然后把剩下的分量多的那一份递给了段栩砚。

"栩砚,吃。"

段栩砚看着那碗水煮蛋拌剩饭,心里忽然难受得像有人往他心窝里灌了一大瓶醋。

见段栩砚没有接碗,莫小雨有点儿疑惑,疑惑完了他以为段栩砚是嫌少,稍稍犹豫了一下,他把那只要给段栩砚的碗拿回来,放回板凳上,再端起放在脚边他自己要吃的那一碗,从本来就不多的饭里又拨出一大半到段栩砚的碗里,然后重新端回给段栩砚。

"栩砚,多多了,吃,不吃,饿。"

段栩砚"嗯"了一声,伸手接过莫小雨递来的大海碗,在莫小雨捧起自己的大海碗打算扒拉里面最多就两口的米饭时,段栩砚伸出另一只手捏住他的海碗边沿,想把碗拿走。

但他小看了肚子饿的莫小雨,莫小雨紧紧地抓着自己的碗不让他拿走,皱起眉生气地看着他,疑惑段栩砚为什么抢他的碗,但还是好脾气地用另一只手指着段栩砚的碗:"栩砚有,栩砚有。"

段栩砚温柔地哄他把碗放下:"小雨,我们不吃这个了好不好?你看我们还有个大蛋糕,我们吃了饭就吃不下蛋糕,那这样第二天蛋糕就坏了。"

莫小雨一听这话,皱起的眉头就一点点松开了,眼睛也不由自主地看向放在茶几上的蛋糕盒子。

段栩砚见他的表情有缓和的迹象,于是用两只手去拿莫小雨紧抓着的碗:"小雨,我们吃蛋糕,不吃这个。"

莫小雨还是一脸犹豫。

段栩砚想到莫小雨十分勤俭,很珍惜食物,还特别讨厌浪费,于是温声哄

道：“不浪费，这些给栩砚吃，小雨吃蛋糕，吃草莓。”

段栩砚一边说着一边拉开装着草莓的袋子，里头满满的草莓，个个红彤彤的，果肉特别饱满，莫小雨一下子就看直了眼睛。

"哇——"

段栩砚趁他的注意力都被草莓夺走了时，赶紧把他手里的碗抢过来，把两只碗都放到一边，然后提起茶几上的草莓袋子走向厨房。

莫小雨下意识地跟了过去。

莫小雨家的厨房很小，段栩砚一米八几的个子站在里面已经很显拥挤了，目测身高勉强过一米七的莫小雨再跟着挤进来，小小的厨房就更转不开身了。

段栩砚看了一眼站在自己身旁的人，没有出声让他到外面等，而是先洗了两个大草莓，拔掉上面的青叶和果蒂再递给莫小雨。

莫小雨没有第一时间伸手去拿，而是先看了一眼段栩砚，像是在观察他的表情。

段栩砚笑着轻声道："给小雨的，快吃。"

莫小雨明确听见了段栩砚说是给他的，才伸手拿过草莓，放进嘴里。

段栩砚连着洗了好几个草莓给莫小雨吃，随后才把他带回客厅让他坐在板凳上，打开蛋糕盒子给莫小雨递了个塑料叉子。

蛋糕店附送的叉子末尾是个棕色的小熊图案，莫小雨拿在手里就满眼喜欢地摸勺子上的小熊。

段栩砚买这个蛋糕就是给他吃的，整个蛋糕从盒子里端出来就摆到莫小雨面前。

但莫小雨不愿意，拿着叉子的手在蛋糕上比画了两下，要段栩砚切开："栩砚吃。"

"栩砚不吃，小雨吃。"

莫小雨听了皱起眉头，不怎么高兴："要一起吃。"

他是真的不高兴，眉心皱得紧紧的，黑黝黝的瞳孔里映着段栩砚的影子。

段栩砚不想惹他不高兴，点头应好，把蛋糕分成小份。

莫小雨看着他把蛋糕切了才满意，然后低头吃自己的那份蛋糕。

段栩砚则把那两个大海碗里的水煮蛋拌剩饭倒在一个碗里，用刚才莫小雨拿来拌米饭的大勺子吃起来。

这米饭显然是隔天的剩饭，又冷又硬，加上煮好的鸡蛋拌在一起，没有什么味道，还很干，段栩砚吞咽都觉得很困难，但只要莫小雨一转头看他，段栩砚就会对他笑。

"好吃。"

莫小雨还特意看了一眼他的碗，见碗里的米饭真的被吃得一粒不剩时，就开心地憨笑了一声，也不知道是因看到段栩砚真的没有浪费而开心，还是感觉因自己做的饭好吃而开心。

他笑完了就迫不及待地用叉子叉起一角蛋糕给段栩砚："栩砚，吃。"

段栩砚哪里还吃得下蛋糕，但还是从莫小雨的手里接过，温声道："谢谢小雨，我一会儿就吃。"

莫小雨"嗯"了两声，又继续埋头吃他的蛋糕。

他的饭量不小，至少比段栩砚想得要能吃很多。

段栩砚看着没多久就下去一半的蛋糕，从心里疑惑莫小雨这样的饭量，刚刚那些水煮蛋拌剩饭他怎么可能吃得饱？

但是过了一会儿段栩砚就发现不对劲了。

莫小雨吃的速度比一开始慢了很多，段栩砚看他咽的表情有点儿辛苦，下意识地伸手摸了摸他的肚子，鼓鼓的。

段栩砚急忙拉住他的手，不让他继续吃："小雨，吃饱了就不吃了。"

莫小雨眉头皱得紧紧的，一脸严肃道："不吃要坏！不可以浪费！"

"不浪费，剩下的栩砚吃。"段栩砚说完重新取了个干净的勺子，当着莫小雨的面吃剩下的蛋糕。

莫小雨安静地看着，见他真的把蛋糕都吃完了才满意地点头："栩砚，好！"

段栩砚哭笑不得："小雨也好。"

莫小雨的生活习惯很好,吃完饭了就开始收拾,段栩砚跟在他旁边,时不时搭把手。把茶几和垃圾都清理干净后,两人各坐在一张板凳上开始大眼瞪小眼。

莫小雨家没有电视这种东西,实话说段栩砚从进门到现在,发现莫小雨家除了电热壶外,其他电器几乎没有。

段栩砚问他:"平时小雨在家都会玩什么?"

莫小雨想了想:"画画。"

段栩砚指着墙上贴着的画,有些已经泛黄了:"这些都是小雨画的?"

见段栩砚提起自己以前画的画,莫小雨很高兴,他从板凳上站起身,开始一张张讲解。

"小雨和奶奶,买鸡蛋!"

画上是个穿着黄色衣服的小人和一个大一点儿穿着粉色衣服、头发花白的大人,这一大一小手牵着手,走在大树下。

段栩砚认真地听着莫小雨讲解他的画。他发现这些贴在墙上的画,每一幅都有莫小雨的奶奶,那个已经过世、如今只剩下一张照片能让莫小雨思念的老人。

"奶奶买好吃的,奶奶睡着了,不理小雨,奶奶生气了。"

段栩砚看着那张莫小雨指着说奶奶睡着了不理他生气了的画,穿粉色衣服的老人躺在床上闭着眼睛,床边还有个小人,一张哭脸。

段栩砚不知道莫小雨能不能理解死亡,但他看着那张画上哭着的小人,心里只觉得难过。

墙上贴着的最后一张画还是莫小雨的奶奶,不同的是穿粉色衣服的老人表情是笑着的,怀里抱着花,莫小雨还在她的头上画了几道黄色的光,让人莫名感到神圣。

见段栩砚看着最后一张画,莫小雨认认真真地指着画上的奶奶:"奶奶去做神仙了,英奶奶说,要过很久……很久……很久……很久……"

莫小雨连着说了好几个"很久",然后才继续说道:"小雨才能再看见……

看见奶奶。"

段栩砚没问英奶奶是谁,他只是点点头,轻声道:"英奶奶说得对,小雨一定还能再见到奶奶的。"

晚上九点应该是莫小雨平时睡觉的时间,因为八点半的时候段栩砚就发现他眨眼睛的速度变得很缓慢,反应也比平时要慢,段栩砚和他说话要等上个几秒才能听到他慢慢地"嗯"一声。

段栩砚见状笑着起身,说:"小雨早点儿休息,栩砚也要回去休息了。"

莫小雨坐在板凳上,面无表情的脸上透着一点儿呆愣愣的神情,他看了段栩砚一会儿,才长长地"嗯"了一声,眼睛一点点睁大,然后揉着眼睛站起来。

"小雨困了……"

"我知道小雨困了。"段栩砚把一大袋草莓留下,只带走了其中用保鲜膜包起来的两盒草莓,"小雨再见。"

莫小雨抬起手臂有些僵硬地挥了挥,眼神清醒了一些:"栩砚再见。"

段栩砚推开有些老旧的门往外走,天越黑就显得这门上吊着的老灯泡光线越暗淡,段栩砚抬头看了一眼灯泡,留意了一下大小后才往外走。

莫小雨跟着他一起出来,见段栩砚走进黑暗里就特别担心,眉头都皱起来了:"栩砚,黑,看不见。"

段栩砚站在院门外打开手机的手电筒:"你看,我有灯。"

莫小雨记得这个带着他回家的很厉害的灯,严肃地点点头:"好!"

段栩砚朝他笑了笑:"好了,快回去吧。"说完转身往来时的方向走。

杏雨街下就是杏雨古镇,等他走到来时的楼梯,准备往下走的时候,也不知道为什么他忽然停下回头看了一眼。

这一眼就让他看见了十米开外,站在院门外静静看着他的莫小雨。

那么怕黑的一个人还是走出来送他了。

段栩砚不想他在外面站太久,朝他挥了挥手臂后转身快步走下楼梯,但他没有走下楼梯,而是走到了一个确定莫小雨看不见的位置停下。

等了三分钟，段栩砚才轻手轻脚地往上走，伸长脖子探头看莫小雨进去没有，确定没看见人才放心地离开。

回到民宿，他把两盒用保鲜膜包着的草莓送给了老太太，并说好了明天的晚饭他不回来吃。

临睡前，乔衡信给他打了个电话，电话刚一接通对面的人就开始滔滔不绝。

"你为什么在古镇度假休息都能这么忙？！微信也不看！你数数我给你发了多少条！我已经不是你最重要的乔乔了是吗？！"

段栩砚躺在床上有些疲惫地按了按眉心："不要随便给自己取乱七八糟的外号。"

电话那边的人沉默了片刻，声音忽然变得小心翼翼："你这声音……不太对啊！"

房间里的灯已经关了，窗外也静悄悄的，可是段栩砚一点儿睡意也没有，他不管睁眼闭眼脑子里想的都是孤独一人的莫小雨。

他总是忍不住想：莫小雨是什么时候失去奶奶的？失去奶奶后他就一直是一个人生活吗？每天都吃剩饭拌鸡蛋？

段栩砚沉默了一会儿，忽然问："衡信，你吃过水煮蛋拌剩饭吗？"

"……这是什么难民套餐吗？"

"我今天吃了，特别难吃，又干又硬，难以下咽。"段栩砚说着轻轻叹了一口气，"我在这边认识了一个人，他好像一直吃这样的东西。"

那边的乔衡信听得"嗤"了一声："谁啊？怎么会过得那么凄凉？"

"属于心智不全的特殊人群，具体情况我也不是很了解，不过，他很多习惯很好，应该是有一个很好的奶奶教导过他，可是奶奶已经过世了。"

乔衡信听着段栩砚沉重的声音，感觉自己的心情都被传染得有些沉重。段栩砚心软他是知道的，共情能力还很强，但自己送他去杏雨古镇不是让他去同情一个陌生人，把自己搞得郁郁寡欢的。

"栩砚啊，你知道的，你一个人的力量总归是有限的，就算你想帮他，你

又能做到多少?"

"能做多少做多少。"段栩砚淡淡道,"只要我在这里一天,他就别想再吃那种鬼东西。"

挂了电话后,段栩砚查了一下地图,最近的一家五金店距离他只有2.2千米,还好,不算远。

第二章
杏雨街的莫小雨

次日清晨。

段栩砚换好衣服出门，隔壁的老太太在院子里晨练，见他这么早就出门有些惊讶地问了句，段栩砚说自己要出门买东西。

2.2千米说远不远，说近不近的，段栩砚人生地不熟，最后还是干脆坐了辆三轮车。

到了五金店，段栩砚想了想昨天看到的灯泡大小后买了两个，见店里在卖小夜灯于是也买了两个，还是卡通人物的形状。他觉得莫小雨会喜欢。

五金店所在的街区很热闹，有各种各样的商店，段栩砚看什么都想买，看什么都觉得是莫小雨需要的。

半个小时后，段栩砚才提着两大袋子东西坐上三轮车，回杏雨古镇。

半路上他接到了温霖的电话。

"学长，你去哪儿了？我来找你，你不在。"

段栩砚这才想起温霖来："抱歉，温霖，我出门买东西了，今天有点儿事要忙。"

温霖沉默了一会儿："真的？"

"真的，确实今天有事，改天再约吧。"

温霖有些失落地"嗯"了一声。

段栩砚收起手机，看见路边有人在卖早点便叫停了三轮车。

他不知道莫小雨喜欢吃什么，就把看见的都给买下来，还多买了一个酸菜鲜肉的锅盔给踩三轮车的师傅。

回到杏雨古镇，他直直朝杏雨街走去，他不知道莫小雨出门的时间，怕和他错开了，一路走得匆忙。

等他赶到莫小雨家门前就听见院子里传来叮叮当当的声音，莫小雨背对着他正在院子里倒腾他捡来的塑料瓶子。

莫小雨今天穿着一件洗得都已经失去弹性的T恤，衣摆处还有几个小洞。睡了一觉起来的他，头发乱糟糟的，蓬乱得像个鸡窝。

"小雨。"

听见段栩砚的声音，忙碌的莫小雨抽空回头，圆圆的眼睛又大又亮，嘴里还咬着半块馒头。

段栩砚来得那么早就是怕他早饭没东西吃，此时看他嘴里吃着馒头心里松了一口气，松完这口气又感到疑惑。

他哪里来的馒头？

"小雨！忙着呢？"

段栩砚听见声音转头，看见莫小雨家对面的楼道里走出来一个穿着工作制服的年轻女性和莫小雨打招呼。

看见段栩砚时她明显愣了一下，随后礼貌性地朝他点了点头，随即加快脚步离开，走的时候还频频回头看。

莫小雨的目光只落在那女性身上一小会儿，回过神来便开心地给段栩砚开门："栩砚！"

段栩砚笑着问他："小雨在吃什么？"

"馒头。"

莫小雨说完就要把没剩多少的馒头掰一半给他。

段栩砚见状摇头道:"小雨吃。"

他话刚说完又听见外面有人喊小雨的名字,这回是个大爷,中气十足。

"小雨啊!早啊!"

莫小雨学着那大爷的声音和语气:"爷爷啊!早啊!"

他没有大爷那精神气,喊起来软绵绵的,叫人听了想笑。

牵着狗的大爷"哈哈"笑了两声,和段栩砚对视上时还朝他点点头。

段栩砚忽然就明白了莫小雨昨晚吃的剩饭鸡蛋,还有他这馒头是从哪里来的,但还是问他:"小雨的馒头是谁给的?"

莫小雨手里的馒头已经吃完了,听见问话他摇摇头:"小雨买。"

说着还伸出一根手指头:"一块钱。"

段栩砚愣了一下,他突然想起了那天他给莫小雨买了杯牛奶,莫小雨给他硬币的事情。

莫小雨不喜欢别人可怜他,也不要别人的施舍,他就连吃蛋糕都是听段栩砚骗他说吃不完要拿去扔掉才肯吃的。

段栩砚低头看了一眼自己拎来的东西,开始担心一会儿莫小雨要给他硬币该怎么办。

好在莫小雨还没有注意到他是拎着东西来的,看到段栩砚突然来找他玩,他很开心,满脸兴奋。

他想说点儿什么表达自己内心的快乐,但是他不知道要怎么表达,嘴里只能模模糊糊地喊着段栩砚的名字。

段栩砚让他喊得想笑:"小雨饿不饿?"

莫小雨睁圆了眼睛,终于发现了段栩砚拎在手里的袋子散发出的香香的味道。

他满眼好奇地看着,站在原地也没有要让段栩砚进屋的意思。

段栩砚只能轻声对他道:"小雨,我能进去坐坐吗?"

莫小雨"嗯"了一声,尾音往上扬,听上去像是感到疑惑时发出的声音,

也像是开心时发出的声音。

他走在前面给段栩砚开门。

段栩砚进门后就把带来的东西放在茶几上，放不下的就只能先放在地上。

他昨天留下的草莓已经剩得不多了，段栩砚顺手就拿去厨房洗干净，然后把带来的早点一样样拿出来。

早点他买的每样分量都不多，但是种类丰富，光是烧饼就买了鲜肉馅儿和蔬菜馅儿的，更不用说其他比如糯米鸡、烧卖之类的常见的早点。

段栩砚找出鲜肉馅儿的烧饼，在底下用油纸兜稳再递给莫小雨："小雨，快趁热吃。"

莫小雨看了一眼那个烧饼，在段栩砚准备编些"凉了就要扔掉"的瞎话哄骗他前，乖乖地伸手接过来："谢谢，栩砚。"

段栩砚愣了一下，忽然自心底生出一丝欣慰，感觉自己这一早上没白忙："不客气。"

莫小雨低头吃着鲜肉馅儿烧饼，段栩砚坐在他身旁的板凳上，把买来的豆腐花打开，浇上细细的白砂糖，再用勺子搅匀。

"小雨，这个好吃，是甜的。"

莫小雨抬起头，看着段栩砚把那碗白白的豆腐花放到自己面前，又从地上的袋子里找出新买的灯泡，起身朝门外走去。

莫小雨坐在板凳上愣愣地看着段栩砚站在门口，然后又进来拿了张小板凳出去，没忍住起身跟着出去看。

换灯泡对段栩砚来说是小事，以他的身高踩上板凳再踮个脚就能轻松够到门上悬吊着的灯泡。

莫小雨怕黑，这灯泡老旧得厉害，迟早有一天会不亮，到了晚上，莫小雨一个人因为害怕而慌起来也没人能安抚他。

莫小雨站在板凳边上仰起脸看着他忙，几分钟后旧的灯泡被拆下来，新的被换上去。

换好灯泡后，段栩砚满意地拍了拍手上的灰："好了，小雨，开灯看看。"

莫小雨听话地转身跑去开灯。

随着"啪"的一声脆响，原本暗淡的灯被耀眼的灯代替，亮得大白天也能让人感觉到刺眼，不难想象这若是在夜里打开该会有多亮。

莫小雨看得特别开心，"哇"了一声，眼神又惊又喜地看着段栩砚。

在这种眼神下，段栩砚都感觉自己在莫小雨眼中快接近无所不能了。

"好了，小雨，可以了，关灯吧。"

莫小雨又听话地把灯关上。

段栩砚进厨房洗手，莫小雨站在门边没进去，等听到厨房传出水声了，他才悄悄地转头往里看了一眼，确定里面的人没出来才慢慢地伸手去摸那个开关。

"啪"一声，灯开了。

又是"啪"一声，灯关了。

莫小雨一只手上还拿着半块没吃完的鲜肉烧饼，另一只手按在开关上，一会儿开一会儿关，满眼欢喜地看着头顶上新换好的灯。

段栩砚洗完手从厨房出来就看见他在玩那个灯，有些哭笑不得："小雨，灯不可以这样玩。"

莫小雨听见他的声音转头看了他一眼，有些不怎么情愿地收回手。

段栩砚没看见他的委屈，自顾自地坐在茶几边，给莫小雨拿出还热乎的糯米鸡："小雨快过来吃，凉了就不好吃了。"

莫小雨走回他身边的板凳坐下，刚两口吃完剩下的鲜肉烧饼，段栩砚就把已经不烫的豆腐花整碗放到他手上。

"快吃。"

他就像要把莫小雨这些年没吃过的东西都给他补回来，自己一口没吃全张罗着喂莫小雨了。

等莫小雨吃的速度慢下来了，段栩砚才把剩下的都吃干净。

莫小雨收拾了一下后就上二楼换了件衣服，那件有破洞且已经失去弹性的衣服似乎是他睡觉的时候穿的，要出门时就会换上一件干净的，是段栩砚熟悉的黑 T 恤，上面有一串已经掉色的花体英文字母。

当他背上那个破旧的编织袋时，段栩砚就知道他这是要出门捡瓶子了。

主人都准备出门了，他这个客人只能跟着一起走了。

等莫小雨关好院子的铁门，他却没有像段栩砚想的那样去杏雨古镇，而是转身朝着相反的方向走。

段栩砚见状一愣却没有问，只是对着莫小雨的背影道："小雨，肚子饿了就要回家哦，栩砚在这里等你。"

莫小雨听见这话愣了一下，停住脚步回过头，他还以为段栩砚会陪他一起去捡瓶子……

段栩砚还没有"修炼"到看他的表情就知道他在想什么的程度，见人转过来面向自己便笑着挥挥手："我们一会儿见。"

莫小雨准备"上班"了表情就会变得严肃，段栩砚朝他挥手时，他也抬手挥了挥，然后转身朝另一个方向走去。

段栩砚在原地站了一会儿，目送他离开，等到快看不见莫小雨的身影了才快步跟上去。

杏雨古镇也不是一年到头都有很多游客的，当感觉古镇里没什么人的时候，莫小雨上午就会去古镇外面捡瓶子，等中午肚子饿了回家吃过东西后他就会重新回到古镇里捡，然后赶在太阳下山前回家。

他的每一天几乎都是这样过，一个人也过得好好的。

但段栩砚放心不下他。段栩砚选择跟在莫小雨身后而不是和他一起走，就是想看看他一个人在外面的时候，会不会有人欺负他。

毕竟在杏雨古镇和杏雨街上都是莫小雨的熟人，在外面就不一样了。

莫小雨走出杏雨街后就往左转了，走了五十米，路边是一家幼儿园。

幼儿园大门外的墙上画着明黄色的长颈鹿，莫小雨背着编织袋从长颈鹿前走过时，特意停下来看了一会儿。

这个时间小朋友们都在教室里，外面只能听到小朋友们跟着老师一起唱儿歌的声音。

他们唱的还是那首耳熟能详的经典儿歌《小燕子》。

等幼儿园里的小朋友们唱完了最后一句，莫小雨才转身接着走。

段栩砚就走在他身后，离得没多远，当莫小雨走过幼儿园，走进一条安静的林荫路时，他就清楚地听见了走在前面的莫小雨正小声地唱着《小燕子》。

莫小雨的声音很清脆，有点儿少年感，他唱歌的时候和说话的时候咬字不同，没有那种清脆，而是有点儿含糊，像是吐字不太清晰。

他不太能记得住歌词，只有前两句能唱出来，后面就剩下哼哼了，不过好在没有跑调，音还是能算准的。

他一路哼着歌找沿街摆放的垃圾桶，翻出几个饮料瓶。

像他这样的大男孩儿，穿着挺干净却在人行道上翻垃圾桶是很引人注意的。

有好几个行人从他旁边走过时忍不住频频投去好奇的目光，毕竟从外表上看，莫小雨和正常人无异，却在翻垃圾桶。

找完一个垃圾桶他就找下一个垃圾桶，歌哼完了就不哼了，安安静静地走路，偶尔停下脚步捡起掉在地上的树叶。

他专门捡大叶子，一张张叠起来，叠得整整齐齐的，再沿路找到一棵大树，放在树根上。

段栩砚不知道他为什么要这么做，但莫小雨看上去乐此不疲。

走过林荫路后是一条十字马路，路上没有什么车，莫小雨站在人行道上，即使没有车经过，他也没有跑过去，而是站在原地等了近一分钟，等到绿灯亮了他才走过斑马线。

段栩砚跟着他走了一会儿，发现莫小雨不是随便走走的，他有自己的路线，因为他在走过一个转角时，进去几分钟后又走出来。段栩砚一时好奇跟过去看了一眼，发现里面并没有路，但是角落有个垃圾桶。

再接着往前走，行人就越来越多了，嘈杂的声音也多了起来。

莫小雨走在人行道上，他先翻了路边的垃圾桶，没找着瓶子他就打算走了，但是在路过一辆停在路边的小货车时还是一点点慢下脚步，直到彻底停住脚步站着不动。

那是一辆装满了苹果的小货车，大红苹果装得满满的，果香浓郁。

莫小雨站在原地定定地看着那些苹果，半晌都没动。

那卖苹果的老板似乎是知道莫小雨的，也没出声招呼他，躺在自己带来的躺椅上看手机，刷短视频，噪声般的音效持续不断，特别闹人。

莫小雨定定地看了一会儿那车苹果，然后背着自己的编织袋走过去。刚走到车边上，他连手都还没伸，躺在椅子上玩手机的老板突然从躺椅上直起身大声呵斥他："干什么！想偷东西啊！"

莫小雨被他这大嗓门儿吓了一跳，满脸无措："没有没有，买……小雨买……小雨买……"

那老板满脸嫌恶地看着莫小雨，挥了挥粗胖的手臂像赶苍蝇似的驱赶他："走开走开，不要挡着我做生意！捡破烂儿的吃什么苹果！你吃得起吗！"

莫小雨看他挥舞手臂有点儿害怕，脸色都隐隐发白，他可能是以为这老板要打自己，仓皇地转身跑走了。

躲在树后看见这一幕的段栩砚气得脑子一片空白，他重重吸了一口气，拿出手机查了下当地城管的电话，然后一边追莫小雨一边打电话举报。

莫小雨被那老板吓得不轻，跑了好一会儿才敢停下，躲在树后小心翼翼地看那个老板有没有追上来。

好在段栩砚反应快，躲得及时才没被莫小雨看见。

等他打完举报电话，莫小雨也继续往前走了。

刚才的小插曲显然影响了莫小雨的心情，整个人垂头丧气的。

段栩砚看得有点儿心疼，却也十分无奈。

莫小雨这一跑，没走多久就到了一个像市集一样的地方，这里摆摊卖小吃和水果的人很多，也有像刚才那个人一样，开着小货车卖水果的。

莫小雨走在人来人往的小路上，一边走一边留意，终于让他看见了一个卖苹果的，不过是用小三轮车载着卖的。

车上的苹果个个又大又红，还摆得整整齐齐的，特别干净漂亮。

老板是个看上去五十来岁的大爷，慈眉善目，看着眼前来往的行人脸上总笑呵呵的。

莫小雨站在不远处小心翼翼地看了那大爷一会儿，可能是在想他凶不凶。

过了一会儿，他终于鼓起勇气走过去，声音有点儿颤抖："爷……爷爷……"

一看有客上门，大爷从小板凳上起身，笑脸相迎，普通话带着点儿口音："孩子，你要买苹果吗？"

"买……买。"莫小雨伸出细细的、颤抖的食指，"小雨买一个，一个。"

大爷估计是第一次遇到只买一个苹果的客人，愣了一下："你只买一个？"

"嗯，给栩砚……给栩砚买。"

莫小雨自己肯定是舍不得买来吃的，但是他舍得买给段栩砚吃。

大爷从莫小雨开口说话时就感觉不太对，两句话就确定了眼前这个看上去还没二十岁的大男孩儿心智不全。

他依然笑着，问莫小雨："你带钱了吗？"

"带了，带了。"莫小雨说着急忙开始掏口袋，硬币叮叮响，他把口袋里所有的硬币都拿出来，堆满了手心。

大爷伸出两根手指拿起一个硬币，对莫小雨道："这就够嘞！"

莫小雨愣愣地点头："好。"

大爷从小三轮车的边上扯下一个塑料袋，挑了个最大的苹果装进袋里，然后又挑了一个装进去，把袋子系好才递给莫小雨："来，孩子拿好，买一送一。"

莫小雨听不太懂，他也不太明白为什么"买一送一"会有两个苹果，只是讷讷接过道谢："谢谢爷爷，谢谢爷爷。"

"不客气，回家和许燕一起吃。"

段栩砚在听见莫小雨说要买苹果给他时，心窝里好像顷刻间被塞满了世界上最柔软的羽毛。

那是一种他以前从来没有体验过的，非常新奇的感觉。他有点儿分不清到底是惊讶更多还是愉悦更多。

他以为莫小雨想吃苹果，结果不是，他是给自己买的。

段栩砚静静地看着买完苹果的莫小雨离开，等他走远些了才走到大爷的摊位上，道："大爷，帮我装一袋苹果。"

结账时他给了五十块，没等大爷找钱就走了。

莫小雨买到苹果显然很开心，连背影看上去都精神了不少，过天桥下台阶的时候都不好好走，要蹦着下。

段栩砚提着一袋苹果跟在他后面，陪着他在外面走了将近三个小时。其间路过小公园时，莫小雨还在空无一人的公园里玩了一会儿滑滑梯。他本还想玩一下跷跷板，但是他一个人，没有人能和他一起玩，于是他自己坐了一会儿就起身离开了。

直到看见杏雨古镇，段栩砚才发现不知不觉间莫小雨竟然走回来了——他这是走的提前规划好的路线，绕了一大圈路最后回到这里。

段栩砚看着莫小雨走向绿荫下的杏雨街，自己则提着买来的苹果先回了趟民宿。

老太太正在做饭，中午烧了排骨，隔着老远段栩砚就闻到了排骨的香气。

段栩砚和她打过招呼，把中午他的那一份饭菜用盒子打包装起来。

老太太家里有很多以前用过的饭盒，她找出几个洗干净后给段栩砚装了满满一盒烧排骨，还有一份番茄炒鸡蛋和一份宫保鸡丁。

段栩砚把苹果都留下后带着装好的盒饭走向了杏雨街。

走上长长的楼梯后，段栩砚看见一个穿着藕色马甲的银发老太太正站在莫小雨的家门外。

莫小雨可能在屋里，院门关着，银发老太太站在外面喊他："小雨——小雨——"

没过一会儿，莫小雨从里面小跑着出来，脸上还有未干的水迹。他手里抓着一个洗好的苹果有些开心地喊了一声："英奶奶。"

银发老太太见他出来了，便把手里提着的袋子给他："要好好吃完，英奶奶明天再过来。"

莫小雨乖乖接过袋子，把手里的苹果递出去，随后又从兜里掏出几个硬币也一并递出去："谢谢英奶奶。"

那个被莫小雨叫作英奶奶的银发老太太拿到苹果时很惊讶："这是谁给你的？"

"小雨买！"

银发老太太摇摇头，把苹果还给他："奶奶不吃，小雨留着吃。"

说完转身往杏雨街外走，从她走路的姿势能看出她的腿脚并不好，左边那条腿是跛的，走起路来一瘸一拐。

莫小雨一只手拿着苹果，另一只手提着袋子，目送英奶奶走远了才想起转身回屋。

段栩砚适时叫了他一声："小雨。"

莫小雨听见熟悉的声音转头，见段栩砚来了，脸上竟然没有像之前看见他一样露出开心的表情，也不像早上的时候开心地喊他名字。

段栩砚走到院门外，看清他脸上的表情时愣了一下，怎么感觉莫小雨有点儿……不开心？

"小雨？"

"栩砚说等我。"莫小雨看着他微微皱起眉头，"栩砚没有等！"

段栩砚听得微微一怔，这才想起来早上莫小雨出门捡瓶子的时候，自己和他说过会在这里等他。

莫小雨抱着苹果回家时可能在路上就想着会在这里看见他，可他等了好一会儿，段栩砚都没有出现。

莫小雨不知道段栩砚前面说的那句话的意思是他一会儿还会再过来，以为他会在原地一直等自己。他只知道段栩砚说话不算话，说好的等自己也没有等，是骗人。

他有点儿生气，气得苹果都不想给段栩砚了。

段栩砚连忙解释:"有一位奶奶给小雨做了烧排骨,我去取了,你看。"说完举起手里的四层大饭盒给他看。

莫小雨沉默了片刻,脑袋微微一歪,看着段栩砚手里的饭盒:"奶奶?烧排骨?"

段栩砚点头,轻声道:"嗯,我一直在这里等你,只是刚刚去拿东西了。"

莫小雨好像接受了他这个解释,慢慢松开了皱着的眉头。

段栩砚笑了笑:"小雨,那我现在能进来了吗?"

莫小雨点点头,段栩砚这才往里走。

等两人都坐到小板凳上,莫小雨就像献宝一样把刚才没给出去的苹果给了段栩砚,然后又找出另一个大苹果,也一并给了他。

段栩砚特别捧场:"哇!"

莫小雨开心得脸颊微微发红:"大苹果!"

段栩砚看着他,问:"小雨不给自己留一个吗?"

莫小雨摇头道:"给栩砚。"

"为什么要给栩砚?"

莫小雨歪了一下头,像是不明白段栩砚为什么这样问,但他还是回答:"因为栩砚好,对小雨好。"

说完了他也不管段栩砚是什么反应,转过身面向茶几,打开了英奶奶给他的袋子。

这袋子看上去像是超市里常用的中号袋,应该是使用过很多次的缘故,袋子皱巴巴的,里面有两个八十年代的老式饭盒,还有三个水煮蛋和一个小塑料袋装着的咸菜。

段栩砚看到水煮蛋时一愣。

莫小雨打开其中一个饭盒,里面装着满满的白米饭,还是热乎的。

段栩砚看了一会儿,指着另一个饭盒问他:"小雨,这里面是什么?"

莫小雨"嗯"了一声:"饭。"

"两盒都是米饭?"

莫小雨点点头。

段栩砚终于知道了他吃的剩米饭是哪里来的，原来是这位英奶奶中午送来的，放到晚上再吃自然就凉了。

段栩砚不可能眼看着莫小雨在自己面前吃这些，他把那个袋子里装着的鸡蛋和小咸菜拿走放到一边。

莫小雨眼看着他把吃的拿走，有些着急地"嗯"了两声，却说不出话。

段栩砚没有出声安抚他，而是打开了自己带来的四层大饭盒。

盖子刚一掀开，烧排骨的香气顿时扑面而来，急得在座位上扭来扭去的莫小雨一下子就安静了下来，看着烧排骨的眼睛都有些发直。

段栩砚看了一眼他的表情，没忍住勾起唇角，逐一打开其他的饭盒，番茄炒蛋和宫保鸡丁色香味俱全，只是看着都让人胃口大开。

段栩砚取出筷子夹起一块烧排骨放在莫小雨的米饭上："小雨，快吃，这是一个老奶奶专门给你做的。"

莫小雨转过头看向段栩砚："老奶奶？"

"嗯，栩砚住的地方有一个老奶奶，她认识小雨，还跟我夸小雨。"

"夸小雨？"莫小雨的尾音有一点点扬起，像是疑惑又像是开心。

"你吃完了我就告诉你。"段栩砚找了个勺子舀了些番茄炒蛋拌在莫小雨的米饭里，拌好了顺手把勺子递给他。

番茄炒蛋做的是甜口的，汤汁甜甜的，拌米饭特别香。

英奶奶带来的那种老式饭盒有点儿小，装满了一盒米饭实际并没有多少，好在段栩砚带来的饭盒里有一盒是米饭，见莫小雨吃完了没见饱就把那一盒分出一些米饭添给他。

比起烧排骨这类肉菜，莫小雨好像要更喜欢番茄炒蛋，段栩砚猜想可能是因为这道菜是甜的。

段栩砚看着莫小雨，时不时给他夹菜，自己却一口也没有吃。

没过多久莫小雨就注意到他没有吃，几乎就要埋到碗里去的头缓缓抬起来看他，然后用自己的勺子舀起一块烧排骨放进他的碗里，学着段栩砚跟他说话

时的语气："栩砚，快吃。"

段栩砚逗他："栩砚要是都吃完了怎么办？"

莫小雨"嗯"了一声，转回头继续吃饭，往嘴里塞一口米饭前，说了句："栩砚喜欢吃，给栩砚。"

"那小雨喜欢吃吗？"段栩砚问。

"喜欢。"

段栩砚笑了一声，学他说话："小雨喜欢，给小雨。"

莫小雨"嗯"了一声："给栩砚。"

"给小雨。"

"给栩砚。"

像这样毫无营养的对话来来回回四五次后，莫小雨忽然乐了，还笑出了声。

段栩砚坐在他身边看见他抿唇笑得眼睛弯弯，心里也觉得满足和高兴。

两人一起吃了个午饭后，莫小雨没有休息，而是回到院子把快装满的编织袋里的塑料瓶都倒出来。

他捡回来的空塑料瓶哐哐倒了一地。莫小雨蹲在地上认认真真地把塑料瓶的盖子拧下来，装在脚边的小袋子里面，然后把空瓶子用力一脚踩得扁扁的。

同样的步骤他重复了许多次，段栩砚要帮忙他还不让。

"脏，脏，脏。"莫小雨嘴里一边说着脏，一边挥舞着手臂阻止段栩砚靠近，不管段栩砚怎么说都不让他帮自己处理塑料瓶子。

段栩砚没办法，也怕自己再坚持说要帮忙，莫小雨会着急，站在一边看了一会儿就进屋把那两个苹果都给洗了。

莫小雨家里没有刀具，段栩砚没办法把苹果切成小块。

等他从屋子里出来看见一辆三轮车"吱嘎"一声停在外面，踩车的大爷头上还戴着一顶草帽，皮肤晒得很黑，衬得身上那件白背心白得显眼。

这大爷还没下车就先中气十足地喊了声："小雨啊，白爷爷来了！"

莫小雨背对着段栩砚站着，段栩砚看不见他的表情，但是从背影看，段栩

砚能感觉到他挺开心的。

白爷爷进门一看见满地踩得扁扁的塑料瓶，二话不说先给莫小雨竖了个大拇指。

莫小雨看见了"嘿嘿"一笑，转头看向段栩砚，朝他拍了拍胸脯，像是在炫耀说"白爷爷这是在夸我"。

段栩砚抿唇笑了笑，也向他竖了个大拇指。

白爷爷这才看见段栩砚，疑惑地问："你是？"

"白爷爷您好，我叫段栩砚，是小雨的朋友。"

"小雨的朋友？"白爷爷求证般看向莫小雨，见莫小雨点头视线又重新落回段栩砚身上。

老一辈都自诩会看人，还是一看一个准。

白爷爷第一眼先看出了段栩砚很有钱，第二眼就看出这小子不光有钱，还是个好人。

老话说眉看兄弟眼看心，白爷爷横看竖看，段栩砚这面相怎么看都是个和气的善人，长得还很好看，比他孙女贴在墙上的那些海报上的明星都要好看。

"小伙子，哪里人啊？"白爷爷问。

"我是 A 市人。"

"哦！好地方！富裕！"白爷爷又接着问，"A 市的，那你咋跑 S 市来了？"

"我来散散心的，四处走走。"

白爷爷又长长地"哦"了一声，点点头。

两人说话时，站在两人中间的莫小雨一会儿看看这个，一会儿看看那个，谁在说话他就看谁，小脑袋转来转去。段栩砚都担心他一会儿转得头晕，就往前走到白爷爷面前，把手里的苹果递出去："白爷爷，您吃个苹果，我刚洗干净的。"

白爷爷看他手里只有两个，摆手道："你们吃，我不爱吃水果。"

段栩砚坚持要给他："爷爷拿着吧，我和小雨分着吃一个。"

莫小雨听到自己的名字"嗯"了两声。

白爷爷推拒不过只好接下了。

段栩砚两只手握着苹果，转身对莫小雨道："我给小雨变个魔术。"

莫小雨"嗯"了一声，听不懂，但好奇段栩砚要做什么。

段栩砚握着苹果的手用力一掰，苹果直接一分为二，还分得特别漂亮。

莫小雨眼睛一亮："哇！"

段栩砚把分了一半的苹果给他："小雨吃。"

莫小雨"嘿嘿"笑了两声，开心地接过那半块苹果。

白爷爷看莫小雨笑得那么开心，脸上表情微微一怔，似乎对此感到有些惊讶。

段栩砚注意到他的表情变化，问了句："爷爷，怎么了？"

白爷爷也不知道该怎么说，叹了一口气："自从两年前小雨他奶奶走了后，我好像就没见过他这么开心了。"

见白爷爷提起了莫小雨的奶奶，段栩砚愣了一下："爷爷认识小雨的奶奶？"

"认识，认识好多年了。"谈起已经过世的人，白爷爷语气有些许沉重，"小雨命不好，他奶奶命也不好，命一样苦。"

段栩砚特别想问，但他对白爷爷来说只是个第一次见面的陌生人，这些事又是莫小雨家里的事，可以说是他的隐私，他作为外人是不好多问的。

白爷爷看了段栩砚一眼，忽然对莫小雨道："小雨啊，爷爷渴了，能给爷爷倒杯水吗？"

莫小雨闻声一顿，点点头听话地转身走进屋子里。

段栩砚看出了白爷爷这是把莫小雨支开，于是一脸不解地看向他。

但白爷爷没有解释，而是先看了一眼房门，确定莫小雨在里面听不见他们说话才对段栩砚道："我看你是个好孩子才告诉你的。"

段栩砚点头道："和小雨有关吗？"

"小雨是他奶奶捡回来的。"

段栩砚听得一愣："他们没有血缘关系？！"

"没有。"白爷爷摇头,"小雨这孩子,脑袋的毛病是从出生就有的,他是生下来就这样,大概是两岁的时候吧,应该是被他亲生父母发现了,可能是嫌生了个傻儿子丢人,找个地儿就把孩子给扔了。"

段栩砚听得眉头越蹙越紧,心口又闷又沉,像压了块大石。

"小雨他奶奶年轻的时候傻,让个男人给骗了,给人当了五六年的第三者都不知道,还是有孩子了被人家老婆找上门才发现。她一害怕挺着个大肚子就跑了,一直跑到我们这儿来,孩子也在路上没了。"

白爷爷说起莫小雨奶奶的过去心里很不好受:"她一个女人家,流浪到我们这儿来,一没手艺二没本事的,就一直靠捡破烂儿混口饭吃,小雨就是她捡破烂的时候捡回来的,那时候她自己年纪也不小了。"

这是一段由旁观者来口述也令人心情沉重的过往。

白爷爷说到这儿,莫小雨端着个碗小心翼翼地走出来,他一路走得特别小心,生怕碗里的水洒了,直到把碗给了白爷爷才松了一口气。

"呼——"

段栩砚听到莫小雨的呼气声有点儿想笑,可这会儿刚听完莫小雨被亲生父母抛弃的过去又实在是笑不出来,他把手里的半块苹果给了莫小雨。

莫小雨虽然已经吃完了自己的那半块,但他没忘记这半块是栩砚的,摇摇头:"栩砚吃。"

段栩砚轻声道:"栩砚吃不下了,小雨吃。"

莫小雨看了他一眼,像在想他说的是不是真的。

段栩砚没有说话,只是对他笑了笑,莫小雨"嗯"了一声就接过那半块苹果。

白爷爷要干活儿,喝完水了就把碗和苹果放在一边,他来是为了收莫小雨堆在院子里的塑料瓶的。

莫小雨帮着他从三轮车上拖下个大编织袋,把院子里所有被踩得扁扁的瓶子都塞进袋子里,再用绳子绑得结结实实的。

白爷爷从三轮车上拿出一杆秤,大概称了一下重量就从腰包里拿出个沉甸甸的布袋子，里面全是硬币，"叮叮"地响，数也不数就整袋交给了他。

莫小雨从爷爷手里接过，还特意拿给段栩砚看："小雨，赚钱，买鸡蛋。"

段栩砚看着袋子里满满的硬币，好奇地问："为什么都是硬币？"

"小雨喜欢。"白爷爷正把装上车的麻袋用绳索固定，"他不喜欢纸币。"

小雨点头附和："不喜欢，小雨不喜欢。"

白爷爷整理好后，坐上三轮车就准备回家了，临走前他还特意对小雨道："小雨啊，新闻说过两天会刮台风，下雨风大你就不要出门捡瓶子了，我听说这台风挺厉害的。"

莫小雨听得似懂非懂。

白爷爷踩着三轮车掉了个头，朝两人挥了挥手便离开了。

段栩砚转头看莫小雨，见他表情有些困倦，猜想他这是累了："小雨累了就去睡个午觉吧。"

莫小雨确实是困了，低头揉了揉眼睛："栩砚……"

段栩砚听懂了他的意思，轻声道："小雨睡午觉，栩砚就回去了。"

一听自己去午睡段栩砚就要走，莫小雨一下子睁大了眼睛，努力做出一副并不困的样子，摇了摇头。

段栩砚略一歪头看了看他："那栩砚再陪你玩会儿？"

莫小雨点头。

两人回到屋子里，莫小雨上二楼抱了个存钱罐下来，存钱罐的材料是很劣质的塑料，外形还是个深蓝色的小猪，感觉很粗糙，像是那种两元店里买到的东西。

但莫小雨显然很宝贝，他把那个存钱罐猪摆到桌子上，然后又拿出刚才白爷爷给他的装满硬币的袋子，开始把硬币一个个投进存钱罐里。

段栩砚手肘支在桌上，手掌托着腮，坐在一边静静地看着莫小雨，有些难过。

他想到了一向信任自己且毫无保留地支持自己所有决定的父母，有点儿不敢相信这个世上竟然真的有狠心抛弃自己孩子的父母。

莫小雨确实是个很特别的人，他反应慢，有些时候也不太能理解别人说的话是什么意思。

你要吓唬他、欺负他太容易了，只要对他稍微凶一点儿他就会害怕。他还怕黑，黑了看不见路会急得像小狗一样原地打转。

但这两天相处下来，段栩砚发现莫小雨身上的优点比缺点多，他很有规矩，不会随便碰别人的东西，不喜欢浪费食物，会和人分享，会记得别人对自己的好然后回报别人。

他不喜欢别人可怜他，邻居给他好吃的他不会觉得这是理所当然的，会付钱给人家，尽管不多，但他一定会给。

他不够聪明，但是他很勤劳，用自己的双手努力挣钱生活。他还很孝顺，一直惦念着对自己恩重如山的奶奶。

他的身上有两种美好却有些矛盾的特质，柔软又坚强，这些很宝贵，使得段栩砚很想保护他。

不知过了多久，小猪存钱罐已经被塞得满满的，还有些塞不进去的被留在袋子里。

莫小雨抱着那个重新变得沉甸甸的小猪存钱罐，脸上露出了一个很纯真的笑。

段栩砚不知不觉也跟着一起笑。他问莫小雨："重不重？"

莫小雨点头："重。"

强台风要来了，这两天S市的气压一直很低，还闷热得厉害。

莫小雨不管出门在外还是在家里都被热得满头大汗，他家里根本没有空调这种东西，一楼也看不见风扇。

段栩砚特意找了个时间出门给他买风扇，大的小的都买了一个，小的是可以随身携带的，充满电了可以用上一整天，很实用。

莫小雨很喜欢，去哪里都抱着不撒手。

他现在和段栩砚关系很好，路上远远看见了都要小跑着冲过来叫一声"栩

砚",早没有了一开始的拘谨。

段栩砚还带着他去过一次自己住的民宿,奶奶看见小雨特别高兴,找出了不少小饼干给他。莫小雨熟练地要掏硬币,段栩砚就会把他手上的小饼干拿回来,等他视线落在自己身上了再还给他。

这时候莫小雨就会愣住,握着硬币的手伸也不是收也不是,眼神无助且茫然地看着段栩砚,不知道该怎么办。

段栩砚轻笑一声问他:"栩砚给的,小雨要给钱吗?"

莫小雨抿了抿唇,其实他从来没有看见过段栩砚不高兴,也正因如此,他不想看见段栩砚不高兴,听见问话他摇摇头。

段栩砚就帮他把塑料袋撕开,让他拿着吃。

饼干是香草夹心的,莫小雨还挺喜欢吃,走的时候段栩砚还给他装了一小袋让他带回去吃。

自那之后第二天,台风要来了,再有两个小时就要登陆S市了,天色开始变得昏暗阴沉,风也开始慢慢地刮起来,风力逐渐增强。

段栩砚帮着民宿老夫妻加固院子里的东西,把院子围着的木栅栏用钉子和铁丝加固,花花草草也做了一些保护措施。

老太太最担心她养了多年的白色山茶,翻出以前台风天用过的大塑料袋把花给罩住,尽力保护它们不会被台风吹坏。

段栩砚帮着他们把院子收拾了一下,随后也回到自己住着的地方,把阳台上摆着的小盆栽、小多肉都收回屋子里。

看着窗外乌云压顶的天空,段栩砚有些担心一个人在家的莫小雨。

中午的时候他们一起吃了午饭,之后段栩砚因为要回来帮民宿老夫妻做应对台风的措施,就让莫小雨不要出门好好待在家里睡觉。

莫小雨还是知道台风天的,知道台风来了外面会刮大风下大雨,很危险,他也不敢在这时候出门。

段栩砚是看着他乖乖上了二楼才放心地回民宿,走之前还给他留了很多吃的和水,担心自己万一过不来会饿着莫小雨。

到了下午,窗外的风忽然一下变得很大,刮得呼呼作响,连门窗都被吹得微微颤动。

狂风暴雨席卷了这座城市,天空好似裂了一条口子,豆大的雨点拼了命地挤着往下落,地势稍矮些的街上满是积水,甚至连古镇的湖水水位都涨了上来。

这场台风来势之猛烈,比段栩砚想象得要强许多,雨已经连着下了两个多小时还不见停,风更是越刮越大,从二楼的窗户往外看能看到古镇的路面上一片狼藉。

天黑后,段栩砚拧着眉查看气象短信,上面说这雨会一直下到半夜,最强风力是14级。

他太担心莫小雨了,有点儿后悔自己没留个手机给他,要不然这时候打个电话也能知道他状态好不好。

到了晚上八点,窗外依然是风雨交加,段栩砚看着黑黝黝的窗,心里一直很不安。

突然"啪"的一声响,整间屋子忽然陷入黑暗中,与此同时,一楼和楼梯墙上挂着的应急灯亮了。

段栩砚心里猛地一跳,迅速起身下楼。

一楼玄关有雨伞和雨衣,还有个应急备用的强光手电筒。外面风大,雨伞用不了只能穿雨衣。段栩砚从柜子里随手拿了一件穿好,拉开门,强风扑面而来,门被风吹得撞在墙上发出"哐"一声响。

段栩砚穿着雨衣站在风雨里,举目四望一片漆黑,连路灯都熄灭了,隔壁民宿也是没了灯,整个杏雨古镇在台风天里成了一座没有灯的古镇。

段栩砚不知道这停电是只有杏雨古镇停了,还是别的地方也停了。但是杏雨街离古镇很近,他怕杏雨街也停电了。莫小雨怕黑,停电了自己给他买的小壁灯也亮不了。

想到这儿段栩砚简直是心急如焚,拿上手电筒后急急忙忙地往外走,在风雨中朝那片绿荫跑去。

杏雨街地势高，楼梯处那两盏路灯已经熄灭了。

段栩砚十分庆幸自己带来了强光手电筒，把整个楼梯照得恍若白昼，也把那些被强风吹断落在地上的树枝和落叶照得一清二楚。

他心里着急，上楼梯都是一步两三级。等跑上了楼梯后，看着风雨中一片漆黑的杏雨街，段栩砚更着急了。

杏雨街果然也停电了！

他跑到莫小雨家门口，院门没有锁，把手伸出去打开门扣就能进去。

一楼的门不出意外也没有上锁，一拧门就开了，屋子里一片漆黑。

段栩砚举着手电筒照向角落的楼梯，喊了声："小雨！"

二楼顿时响起了莫小雨充满慌张和不安的声音："栩砚！栩砚！"

段栩砚听到他的声音松了一口气，把手电筒放在茶几上，脱掉了身上湿漉漉的雨衣，也顾不上满头满脸的水，更顾不上二楼是莫小雨休息的地方，拿起手电筒径直上楼。

这是他第一次上二楼，二楼的大小和一楼差不多，也没什么多余的东西。有台老式电风扇，角落里摆着一张床垫，莫小雨就趴在床垫上，身上盖着起球的旧被子，整个人躲在里面。

见段栩砚来了，莫小雨特别委屈："黑了，都黑了，看不见。"

见莫小雨好好的，段栩砚才彻底放下心。

"是啊，都黑了，所以栩砚来找你了。"段栩砚就地盘腿坐下，手电筒的光对着角落。

他刚一坐下，莫小雨就急了，嫌段栩砚坐得太远，披着被子从床垫上站起身，光着脚走向坐在地上的段栩砚，然后紧挨着他坐下。

段栩砚转头看着和自己肩膀挨着肩膀的莫小雨，能闻到他身上洗衣粉的味道。

段栩砚来了后，莫小雨一点儿也不害怕了，杏仁眼又大又亮，心里还有点儿兴奋，可能是觉得这样子很好玩。

窗外的风声雨声不断，窗户里强光手电筒强势地照亮了一大半的房间。

任凭台风呼啸，莫小雨一点儿也不害怕，段栩砚在这儿就像奶奶还在时一样令人安心。

莫小雨一向简单的心房里住进了一团温暖的火。

段栩砚不是奶奶，不是英奶奶，更不是白爷爷，不是这杏雨街上任何一个看着他长大的老街坊、老邻居，他是和莫小雨没有任何关系的"陌生人"。

也正因如此，这种感觉才是他身边这么多人里只有段栩砚能给他的。

他的母亲生下他，却抛弃了他。他的心智不全，异于常人。他可能想一辈子都想不明白这一切是为什么，甚至没有办法去表达自己心中所想，但是他有体会的能力。

因为这是生命赋予他的与生俱来的能力。

台风离开后的S市天气晴朗，不冷不热，那股压得人胸闷的气压也随台风一起离开了。

窗外的鸟叫声清脆悦耳，并不恼人。街上环卫工人扫地的声音"沙沙"响，段栩砚就在这样的早晨里缓缓醒来。

当他睁开眼睛看见莫小雨时还以为自己在做梦。

莫小雨的长相很清秀，没有那么精致但是给人感觉很舒服，鼻子肉肉的，睫毛长长的，是毫无攻击性的长相。

白皙的皮肤更是有种莹润的透感。

段栩砚微微转头看了一眼不知何时已经重新亮起来的白炽灯，扶着莫小雨的肩膀轻轻摇晃了他一下："小雨，起床了，天亮了。"

他本以为莫小雨会犯一下迷糊又或者赖床不起，但没想到他只叫了两声，莫小雨就睁眼坐起来了，他眯着惺忪的睡眼看了看段栩砚："……嗯？"

段栩砚抿唇笑了笑："早安，小雨，肚子饿了吗？想吃什么？"

莫小雨表情呆愣没有说话，看上去似乎还困得很，还想睡。

段栩砚看他犯困的样子心里觉着好笑："小雨还想睡？"

莫小雨没应，眼神也呆呆的。

段栩砚见他这反应脸上笑容淡了些,有些担心地摸了摸他的额头,好好的,也没发热,那这是怎么了?

"小雨?"

莫小雨缓缓地眨了眨眼睛,抿着唇不说话。

"小雨是不是还想睡?"

莫小雨眯了一下眼睛,缓缓点头。

"那你睡吧。"

莫小雨几乎是后脑勺儿刚一沾枕头眼睛就闭上了,不过两三秒的工夫便又沉沉地睡过去。

段栩砚无声地笑了笑,轻手轻脚地起身把亮了一晚上已经快没电的强光手电筒收好,再轻手轻脚地下楼。

他昨晚穿来的雨衣还在,地上的水迹也已经半干了,段栩砚稍微收拾了一下才离开。

他昨晚走得急连手机都没拿,等洗漱完换了身衣服才想起来要看一看手机。

打开微信看见温霖给他发了好几条信息,粗略扫了一眼后,段栩砚简单回复了一下自己没有及时回复的原因。

随后他带上手机准备出门,结果刚一出去就看见温霖站在门外。

段栩砚愣了一下:"温霖?你怎么在这儿?"

温霖被他问得神色有些尴尬:"我……我有点儿担心学长,就过来看看。"

段栩砚笑了笑,侧身先把门关好后再往外走:"吃过早饭了吗?"

温霖摇头道:"还没有。"

段栩砚道:"我现在要去接一个人,不介意的话和我们一起吧?"

接一个人?

温霖还在疑惑段栩砚在这儿还有哪个朋友时,段栩砚已经先抬脚往外走了。

"温霖,走吧。"

温霖"哦"了两声，便跟着段栩砚往杏雨街所在的高处走，走向一片异常繁盛的绿荫下，看着眼前长长的楼梯，温霖越发疑惑。

而段栩砚却对这块像居民区的地方非常熟悉，不像是只来过一两次的样子。

他正满心疑惑，就看见段栩砚走到一间独栋的小楼前，小楼院子里有个穿着黑色T恤的人背对着他们蹲在地上，好像在刷牙。

段栩砚站在院子门口没说话，温霖看他没出声，也安安静静地站在一旁，等到院子里的人刷完牙洗好脸，段栩砚才叫了一声。

"小雨。"

院子里的人听见声音转过头来，一看见段栩砚眼睛一下就亮了："栩砚！"

这像朋友一样亲近的称呼让温霖更加疑惑，难道段栩砚在这里真的还有其他认识的朋友？就是眼前这个人？

莫小雨刚擦完脸，额前的碎发沾了点儿水，脸蛋更显白皙，他一脸欢喜地打开院门让段栩砚进来。

段栩砚抬起手十分自然地把莫小雨肩上的灰尘拍去，很有耐心地轻声问："小雨洗好了吗？"

莫小雨点点头，对温霖也只是看了他一眼便很快转开了视线，好像毫不在意。

温霖没有错过莫小雨眼神里对段栩砚的依赖，同时他也很快就察觉到了不对劲的地方。

段栩砚对莫小雨说话的态度和语气不像是在对着一个正常的成年人，反倒像一种哄人的语气。

"小雨肚子饿不饿？栩砚带你去吃小饺子。"

莫小雨区分不了馄饨和饺子，他觉得馄饨和饺子很像，但是比饺子小，所以叫小饺子。

他很喜欢吃小饺子，尤其是虾仁三鲜馅儿的，段栩砚之前带他去过一次，在杏雨街外的早点店里吃的。

所以一听段栩砚说要去吃小饺子，莫小雨的眼睛更亮了，都忘了自己手里还拿着毛巾，开开心心地就要跟段栩砚走。

段栩砚哭笑不得地拉住他："小雨还要带着毛巾去？"

莫小雨愣了一下，才想起来自己刚刚在洗脸，毛巾还没放回去，"嗯"了声后转身往屋子里跑。

温霖默默站在一旁看着段栩砚脸上温柔的笑容，心里的疑惑越来越大，想问又觉得当下的场合不太合适，欲言又止。

第三章
依依不舍

段栩砚带莫小雨去过的那家卖馄饨的店在杏雨古镇外,所以在接到莫小雨之后还得返回杏雨古镇,走过石桥,从古镇的正门出去。

杏雨古镇有一条街,不少小吃店开在街道两侧。有家馄饨店是夫妻店,据说是从父母的手里继承下来的,开了很多年,店主也认识莫小雨。

店里的虾仁三鲜馄饨是招牌,也是莫小雨最喜欢吃的。

段栩砚先点了两份最大碗的,然后拿起桌上的茶壶先给莫小雨倒了杯水,再另外倒了一杯给一路都没怎么说话的温霖。

"温霖,你想吃点儿什么?"

温霖看了一眼坐在他旁边的莫小雨:"和你们一样就好。"

段栩砚点点头,对老板道:"再加一碗。"

店里的馄饨都是现包现做的,很新鲜。在等老板煮馄饨的时候,段栩砚看着只喝了两口水就不再喝的小雨,问:"小雨想喝甜豆浆吗?"

莫小雨口味偏甜,这几天有些被段栩砚"惯坏"了,就爱喝甜的,不怎么愿意喝没有味道的水。

见莫小雨点头,段栩砚手指轻点了一下他的水杯:"小雨喝掉一半,栩砚

就去买。"

莫小雨特别乖,不想喝水也不会讨价还价,端起水杯听话地喝下一半。

段栩砚见状满意地点头,二话不说起身往店门外走,馄饨店对面有卖现磨豆浆的,豆浆又香又稠。

他人刚走,温霖就先看了一眼视线追随段栩砚而去的莫小雨,然后看见段栩砚已经过马路了便转回头来,一言不发地看着莫小雨。

莫小雨心思细腻敏感,他几乎瞬间就察觉到了坐在对面的人打量的眼神,虽然不知道为什么,但也跟着一脸严肃。

温霖和他对视了一会儿,然后若无其事地拿起桌上的杯子抿了口水,用只有两个人能听见的声音对莫小雨道:"你真狡猾。"

莫小雨哪里听得懂"你真狡猾"是什么意思,但他直觉不是好话,皱着眉反驳:"小雨脚不滑!"

温霖一看他那茫然天真的模样心里就来气,实在太狡猾了!这家伙到底从哪儿冒出来的?!

温霖低声说:"我告诉你,学长可不是你一个人的朋友。"

莫小雨一脸疑惑:"学长?"

温霖被他噎了一下:"就是段栩砚!"

这下莫小雨听懂了,也不高兴了,他连忙张嘴点头道:"是,是。"

怎么会不是呢?段栩砚每天都和他在一起,和他一起捡瓶子,一起玩,一起散步。他们每天很多时间都在一起做很多事情,就像以前奶奶还在他身边的时候一样,也是对他一个人最好,奶奶是他一个人的奶奶,那段栩砚也是他一个人的朋友。

温霖存心要欺负他:"不是!"

"是!"莫小雨眉头皱得紧紧的。

"在说什么?"段栩砚买完豆浆回来就听见莫小雨在说话,好奇地问。

莫小雨一看段栩砚回来了就像找回了主心骨,着急地说:"栩砚是小雨的……好朋友,好朋友。"

"好朋友"三个字还特别加重。

段栩砚点头,把一根吸管插进豆浆杯里,递到他手里:"对,好朋友。"

见段栩砚说对,莫小雨顿时下巴一扬,转头一脸得意地看着温霖。

温霖只觉得自己在对牛弹琴,莫小雨根本不懂他是什么意思,这时他也终于意识到自己和莫小雨说这件事是多么荒唐和幼稚。

莫小雨什么也不懂,很多东西对他来说都太复杂了,他是理解不了的。

想到这儿,温霖心里舒服了许多,也有心情敷衍莫小雨了:"嗯嗯,对对对,好朋友,好朋友。"

莫小雨轻轻地哼了声,说是哼也不对,因为没那个气势,也不像是不高兴和不满,倒更像是他鼻子不舒服了。

这时老板端来了三大碗馄饨,莫小雨的注意力直接被转移了。

段栩砚把过了遍热水的筷子和勺子给他,轻声道:"有点烫,吹凉再吃。"

莫小雨"嗯"了两声,专心吃比他脸都大的那碗馄饨。

温霖对馄饨兴趣不大,他不太喜欢吃,吃了几口就想起了个事:"学长,定好什么时候回去了吗?"

段栩砚拿了张纸巾给莫小雨,店里太热了,风扇是左右摇摆着吹的,吹的风也是热风。莫小雨已经被热出一脑门儿的汗。

听见温霖的话,段栩砚答得有些心不在焉:"还没有定好,大概会再多住几天。"

说完他转头注意到了隔壁桌的人已经吃完走了,店里暂时只剩下他们这一桌客人,段栩砚在得到老板的同意后,将墙壁上的风扇暂时对准了他们这一桌。

段栩砚怕自己挡着风了还往外坐了些,然后才对温霖道:"公司有衡信,我不在他也不会有什么问题。"

温霖看着坐在对面的莫小雨正在自以为没人知道地把碗里那两根生菜往馄饨底下埋,他正觉得莫小雨这个掩耳盗铃般的举动很好笑时,坐在一旁的段栩砚也看见了。

但他什么也没说，只是低头叫了声："小雨。"

莫小雨埋生菜的动作一顿，偷偷瞄了段栩砚一眼，乖乖地把那两根才埋下去的生菜又夹出来，往嘴里塞。

温霖看得眉头紧蹙，他知道段栩砚没有定下要回去的时间是为什么了。

一转眼，段栩砚就在杏雨古镇从四月住到了六月初。

民宿店老奶奶的生日在六月初。她今年已经六十五岁了，两个儿子都在国外定居，一年到头也见不上一面。段栩砚偶尔能看见他们一家人在视频通话，有回就听见视频里的人说走不开回不去，打了钱让民宿奶奶自己买些需要的。

这件事段栩砚放在了心上，早上见到莫小雨就顺嘴和他说了一句。

莫小雨一直很喜欢民宿店的老奶奶，因为他每次去找段栩砚，奶奶都会给他好吃的，还会留他一起吃饭，所以听见段栩砚说奶奶要过生日了就想着要送礼物。

他站在台阶上，一手拿着杯豆浆，一手拿着段栩砚给他买的风力十足的小风扇，吹得额发往后贴，露出光滑白皙的额头："奶奶生日，礼物。"

"那小雨要送给奶奶什么礼物？"段栩砚说着走到台阶边上，为避免踩到草地，小心地弯腰捡起被人丢在花丛里的矿泉水瓶，再放进手里提着的编织袋里。

"给奶奶花。"

"奶奶有好多花了。"

莫小雨想到民宿奶奶漂亮的小院子，也觉得她是不缺花的，那他还能送什么？

"……给奶奶画画。"

"好，那小雨睡完午觉就起来画吧。"

现在天气越来越热了，段栩砚怕他中暑，中午之后都不让他出去捡瓶子，但莫小雨事业心很强，觉得不去捡瓶子，瓶子就让别人捡了，可段栩砚告诉他，如果他出去中暑了，挣的钱就都得拿去买药了，反而得不偿失。

莫小雨不知道得不偿失是什么意思，但他知道自己不想段栩砚不高兴，所以他现在只在早上没那么热的时候到古镇里捡瓶子，段栩砚现在有的是时间，一般都会陪着他。

于是古镇里的人就总能看见段栩砚提着编织袋走在前面，莫小雨拿着小风扇走在后面。

咖啡厅的店员看到这样的场景已经见怪不怪了，但古镇的游客都觉得很新鲜，特别是当他们看见段栩砚手腕上的腕表以及从头到脚的高奢品牌，就会暗自感叹有钱人的想法还真是古怪。

等到中午，太阳高了，气温也随之变高后，段栩砚带着莫小雨回了民宿。

段栩砚很早前就已经和英奶奶打过招呼，以后都不需要她再给莫小雨送饭，莫小雨一日三餐都跟着他吃，他吃什么莫小雨就吃什么。

他住的地方莫小雨也不是第一次来了，一进门莫小雨就会自己乖乖地换鞋，跟着段栩砚去卫生间洗手洗脸，装瓶子的编织袋就放在院子里，不会有人去动。

等他洗好了，段栩砚就会带他去隔壁。

六月来古镇的游客也慢慢多了起来，除了段栩砚外，民宿店老奶奶住的小院里还多了其他的住客：一对中年夫妻，一个背着吉他的年轻人，还有个总是穿着长裙的女生和她的朋友。

莫小雨不怕人多，也不怕陌生人，但是对于其他人打量自己的眼神他会很敏感，也会变得十分拘谨，怕自己闯祸，怕自己做错事。

几乎是他一进门，饭厅里坐着的所有人都会转头朝他投来好奇的视线，莫小雨瞬间停下了往里走的脚步，站在原地有些手足无措。

段栩砚比他晚两步进来，见他站着不动，走到他身边轻声道："小雨，怎么啦？"

莫小雨什么也没说就往他身后躲。

段栩砚笑着回头问他："栩砚在这儿，你怕什么？"

听到这话，莫小雨原本低着的头慢慢抬起来，对上段栩砚温柔而坚定的眼神，慢慢地也觉得好像没什么好怕的，他不是一个人在这里。

段栩砚等莫小雨走出来了才和他一起走向饭厅，笑着同其他人打了声招呼："大家好。"

莫小雨听见段栩砚这么说也跟着学："大家好。"

这里坐着的人除了结伴来的，互相之间都不认识，连对方叫什么名字都不知道，见段栩砚这么客气有礼都有些不好意思。

"你好，你好。"

"我们刚刚是不是吓到他了？"

段栩砚就看莫小雨："小雨？"

莫小雨有点儿不好意思："没有。"

段栩砚就替他解释了两句："他只是有点儿害羞。"说罢看了一眼厨房，民宿奶奶还在里面忙碌。

段栩砚就指指厨房，对他们道："我们进去看看。"

"请便，请便。"

等段栩砚和莫小雨走进厨房后，那几个人才面面相觑。

民宿奶奶一看见段栩砚和莫小雨，脸上的笑意更浓。她从洗好的草莓里拿了两颗给他们："早上买的，很甜。"

段栩砚把自己的那一颗也给了莫小雨，然后一边挽起袖子一边对民宿奶奶道："奶奶，有什么我能帮您做的？"

民宿奶奶指着几个已经炒好的菜："那就帮我把菜都端出去吧。"

"好。"

段栩砚正想把最大最沉的砂锅端出去，莫小雨吃完草莓蹭过来："小雨也想。"

段栩砚指着桌上的两道凉菜："那小雨就端这两个。"

可以帮忙做家务让莫小雨觉得很开心，他端起一盘白糖西红柿跟在段栩砚身后走出去。

十分钟后，民宿所有人都在饭厅的大长餐桌旁坐下。

莫小雨紧紧挨着段栩砚坐，他的右手边是段栩砚，左手边则是民宿奶奶，左右都是他熟悉的人让他少了几分拘谨和不自在。

今天民宿奶奶炖了一大锅土豆牛腩，砂锅里的每一样食材都被炖得绵软烂糊，浸满浓郁汤汁。

莫小雨特别喜欢把菜和米饭拌在一起吃，段栩砚经常和他一起吃饭，知道他这个习惯，看他因为桌上有其他人在就不敢伸筷子，只敢夹眼前的菜时，就用公勺舀了两块土豆放到莫小雨的饭碗里，再浇上两勺浓郁的汤汁帮他拌好，又用公筷往里夹了两块牛腩。

莫小雨看着段栩砚帮自己夹菜拌饭，一双杏仁眼笑得像弯弯的月牙。

段栩砚看他傻笑："笑什么呢？快吃。"

坐在两人对面的女生看见了忽然相视一笑，其中一个穿着长裙的女孩儿亲切地和莫小雨搭话："这样拌会更好吃吗？"

莫小雨低头看了一眼自己的碗，点点头。

"那我也要学你这样吃，看着很香。"

莫小雨见她真的学着自己的样子浇汤汁和土豆拌米饭吃，有些开心地看向段栩砚，满眼写着：你快看！

桌子最尾端坐着那个走到哪儿都背着把吉他且话很少的男生，他不参与饭桌上的任何话题，只顾埋头吃饭。

段栩砚的座位离他是最近的，听力又好，男生一句藏在碗里的话声音小得本该只有他自己能听见，但偏偏让段栩砚听见了。

他说："真傻。"

段栩砚眸子瞬间一冷，给莫小雨夹玉米烙的时候，不经意地用眼角的余光剐了他一眼。

这一眼杀伤力十足，男生被吓得一口饭吞也不是吐也不是地卡在嗓子眼儿。他猛地放下手里的碗起身往外走，伴随着像要把肺咳出来的咳嗽声，整个人咳得面红耳赤。

桌上几乎所有人都向他投去了关切的视线，民宿奶奶和爷爷都担心地出去看。

连莫小雨都转过去大半个身子，一脸担心地看着在外面咳嗽的人。

段栩砚放下手里的筷子，温声说："小雨好好吃饭。"

莫小雨听话地转回来。

午饭后，段栩砚送莫小雨回家睡午觉，等他再回来的时候民宿一楼只有民宿奶奶在洗碗。

段栩砚走到她身边："奶奶，我有件事想和您商量一下。"

民宿奶奶听罢关了水龙头，把湿漉漉的双手往腰间系着的围裙上擦了擦："嗯，什么事？"

段栩砚低头沉默了几秒："奶奶，是这样的，再过几天我就得回A市了。"

听到这个消息民宿奶奶倒不意外，毕竟当初段栩砚订民宿的时候没定那么长时间，是后来又花钱延长时间的。

"那……小雨知道这件事吗？"

段栩砚摇头道："我还没想好要怎么告诉他。"

民宿奶奶眼神温柔地看着他："小雨一定会很舍不得你。"

段栩砚闻言笑了笑："我也舍不得他，但是没有办法，休息够了我也得回去工作……以后有时间我会回来看他的，只是不知道那个时候他还记不记得我。"

民宿奶奶肯定地点头道："他一定会记得你。"

段栩砚无声地笑了一下，道："奶奶，其实我是有件事想拜托您。"

"嗯，你说。"

"小雨他一个人住，没有人能照顾他，之前虽然有英奶奶给他送些吃的，但是英奶奶年纪大了，腿脚也不好，微薄的退休金还要分给小雨一口饭吃，我在的时候我能照顾他，我就怕我走了……"段栩砚说到这顿了一下，"奶奶，您能不能……"

这件事情段栩砚自觉有些麻烦民宿奶奶了，他之前一直都想得挺好的，给奶奶一张银行卡，里面定时存上一笔钱，让莫小雨一日三餐到民宿这里吃，所有需要的费用由他来出,但临到头,话都到嘴边了,才忽然发觉这些话要说出口并没有那么容易。

还是民宿奶奶领会了他没说出口的话。

"你想小雨到我这儿来吃?"

段栩砚点点头,把那张提前准备好的银行卡拿出来:"伙食费我会出,就是得麻烦奶奶您帮我照顾他一下。"

中午天热,莫小雨都不会出门,他现在每天只有上午和下午四五点钟相对凉快的时间会去古镇捡瓶子。

到了七八月暑假的时候是他最忙的时候,杏雨古镇的游客会翻好几倍,那时候他一整个白天都会在古镇里,不会再到杏雨街外去捡瓶子。

莫小雨睡午觉的时候就在惦记民宿奶奶过生日的事情,睡醒后洗漱了一下就找出画笔和纸准备画画。

画笔是段栩砚给他买的超豪华套装,打开盒子四排超过一百种颜色的画笔排列得整整齐齐,琳琅满目,选颜色都选不过来。

而他之前那套从垃圾桶里捡的、粗糙简陋的十二色画笔已经被段栩砚以交换的名义换走,然后拿去丢得远远的了。

莫小雨想不明白为什么段栩砚要拿这么好的一套画笔和自己换,但段栩砚表现得特别特别想要,还特别嫌弃自己买来的精美画笔,于是莫小雨只能和他交换了。

段栩砚来的时候莫小雨正在画画,他特别认真地坐在茶几前,画纸上已经粗略地浮现了他要画的东西,能看得出来他在画民宿奶奶的小院子。

莫小雨画画不能算有天赋,画面也非常稚嫩,充满孩子气。但是他喜欢,开心了要画,不开心了也要画,都是些简单的元素和色彩,却能让看的人觉得开心。

段栩砚是提着一碗杧果西米露来的,莫小雨看见他很开心,放下手里的画笔,把画了一半的画拿起来给他看:"栩砚,栩砚!"

段栩砚认真地看他的画:"小雨画得真好,是不是还会再画个奶奶?"

莫小雨点点头，指指段栩砚再指指自己。

段栩砚有些意外："还有我和小雨？"

莫小雨接着点头："还有爷爷。"

爷爷说的就是民宿奶奶的丈夫。

段栩砚放下手里的东西："为什么小雨要画那么多人？"

"人多好，奶奶开心。"莫小雨这句话说得很认真，显然他就是这么想的。

对于莫小雨来说，画画也像是在写日记。他在画里记录生活，这也是为什么他的奶奶过世后他就没再画过奶奶，因为奶奶已经不在他的生活里。

但现在，他有一本很厚的画本，虽然他的画里不会再画奶奶了，但是他会画段栩砚，很多的段栩砚，现在还有民宿的奶奶和爷爷。

段栩砚由衷地希望他的世界能再大一点儿，再多装一些人进来，可莫小雨的世界没办法再大了，他就这么一亩三分地，装着的全都是他珍视的人。

两天后是民宿奶奶的生日。

段栩砚订了个很大的生日蛋糕，上面铺了满满的水果。

莫小雨特别开心，这是他第一次去参加别人的生日宴。太阳落山前段栩砚去接他时，发现他穿了件以前很少看见的衣服——一件黄色T恤。

莫小雨指着衣服上的卡通人物："好看！"

他太喜欢了，所以平时舍不得穿，今天奶奶过生日他就给找出来穿上了。

段栩砚夸他："真好看。"

莫小雨眼睛弯弯的，笑得很腼腆。

段栩砚提醒他："带好礼物了吗？"

莫小雨点点头，把藏在身后卷成筒的画给段栩砚看。这种把画卷起来不折叠的方式是段栩砚教他的，他学过一次就记住了，没再折过画。

两人检查好了要带的东西后就一起朝民宿走去。

此时太阳已经快要落山了，古镇的游客少了很多。

莫小雨心情好，这一路都不好好走，看见台阶就要跳一下。

等两人走到民宿的时候天已经彻底黑了，小院子外面挂着小吊灯，像星星一样特别漂亮，是民宿里住着的长裙女孩儿和她的朋友准备的。

莫小雨很少在天黑后出门，这是他第一次看到这样的小吊灯，张着嘴"哇"了一声。

他这个反应取悦了两个女生，两个女孩儿嬉笑着拿了两颗大白兔奶糖给他。

莫小雨没拿，他下意识地先转头看段栩砚。

长裙女孩儿就笑他："我给你的，你为什么要看他呀？"

莫小雨瞄了她一眼，接过奶糖低声说了句"谢谢"。

"不客气！"

今天来参加生日宴会的都是民宿里的客人，除了段栩砚和莫小雨外，还有长裙女孩儿和她的朋友以及那对中年夫妻，那个背吉他的男生前天退房了，今晚自然不在场。

民宿奶奶今天准备了一大桌菜，餐桌上摆得满满当当的，人多热闹，她心里也高兴。

吃晚饭前，大家给生日蛋糕点上蜡烛，关了灯在烛火下唱了首生日歌。莫小雨不会唱，但是他会拍手鼓掌，坐在段栩砚身边笑得直冒傻气，看见奶奶吹蜡烛的时候，他一脸羡慕。

段栩砚买的蛋糕很大，每个人分了一块还有剩余，民宿奶奶就把剩下的切好分给了左右的邻居。

生日宴会散场前，莫小雨在段栩砚的鼓励下把那幅画送给了民宿奶奶。

民宿奶奶收到他亲手画的画十分惊喜，简直是爱不释手，捧在手里怎么看也看不够："小雨画得真好，我要买个最漂亮的画框挂在墙上，让每个来的人都好好看看。"

莫小雨来的时候很开心，走的时候更开心了。段栩砚送他回家的路上，平地走得好好的非要蹦跶两下。

"生日！生日！小雨喜欢生日！"

他真希望民宿奶奶可以每天都过生日，因为这样大家就能在一起吃蛋糕、一起唱歌，这实在太令人开心了，他从来没有这么开心过。

段栩砚笑着看他，觉得这个时机正好："小雨，以后每天都去民宿奶奶家好不好？"

莫小雨点头。

"早上要去，中午要去，晚上也要去，只要你肚子饿了，就去民宿找奶奶，奶奶会给你做好吃的。"

莫小雨听着话转过头看他，脸上笑意淡了些。

段栩砚继续道："天气越来越热了，热了小雨就不要出去，就待在家里，出门的时候要记得带小风扇，晚上睡觉前要记得给小风扇充电。

"瓶子捡不到就算了，在外面不要走得太远，太阳下山前一定要回家。

"我知道小雨很聪明，但是在路上看到有些没有人牵着的狗狗你就躲着点儿走，不要看它们，也不要害怕，更不要跑，你要慢慢地走。

"如果有人很大声地跟你说话，你不要害怕，先听他在说什么，如果是不好的话、骂人的话，小雨就捂住耳朵不要听。

"如果身体有哪里不舒服，比如说头疼啊，肚子疼啊，不要害怕，去民宿找奶奶，告诉奶奶你哪里痛，奶奶会带你去看医生……"

段栩砚也没有想到这些叮嘱的话居然一说起来就没完没了，他也没打什么腹稿，就是想到哪里说到哪里。

他的注意力都在想自己还有没有什么遗漏上，一点儿也没有发现莫小雨的异样。

等走出去四五步了才发现莫小雨没跟上，他疑惑地转头一看却对上了一双满是泪水的杏仁眼。

段栩砚心头一震。

这是他第一次见莫小雨哭，他完全没想到莫小雨哭起来是这样的，很安静，没有发出一点儿声音，却让他的心脏像被什么东西紧紧攥住了一般，疼得他呼吸都不敢用力。

他声音沙哑着，有些无措："小雨……"

莫小雨的声音带着让人心疼的哭腔："栩砚生气了？"

段栩砚看着他说不出话。

"小雨惹栩砚生气了？"莫小雨一边说眼泪一边扑簌簌地滑落，顺着脸庞流到下巴，"栩砚再也不想和小雨做好朋友了？"

"小雨……"

段栩砚往回走了几步，走到莫小雨身前，拿出随身带着的手帕擦去他脸上的泪水，温柔地解释："栩砚没有生气，一点儿也没有，小雨那么乖，栩砚怎么会生气？"

"栩砚生气了……奶奶生气，就是这样的。"莫小雨扁着嘴哭，眼泪像怎么也流不完似的，不断地从眼角滑落。

段栩砚哑口无言，因为他知道莫小雨说的奶奶不是民宿奶奶，是他家里的奶奶。

在莫小雨的记忆里，奶奶躺在床上走不了路的时候，每天都在"生气"，每天都有说不完的话，就像刚才的段栩砚一样，叮嘱他要做什么，不要做什么。

直到有一天，躺在床上的奶奶不说话了，不管他怎么叫她，她都不理他，莫小雨就知道奶奶这是特别生气了，奶奶特别生气后就走了，再也没有回来，不管他有多想她。

莫小雨不知道为什么段栩砚要这么"生气"，要说那么多和那时候的奶奶说得一样的话，但他知道自己不想让段栩砚像奶奶一样，生气以后都不回来了，他不想看不见段栩砚。

在他很小的时候奶奶就教导过他，做错事了要知错认错，要改正，但他不知道自己哪里错了，也不知道哪里让段栩砚不高兴了，但是是他不对就要道歉，就要说对不起，栩砚不生气了就不会像奶奶一样不见了。他这么想。

"呜呜——对不起——小雨错了，小雨改，栩砚不要生气……"

段栩砚给莫小雨擦眼泪都擦不过来了，只能连声轻哄："不哭不哭，栩砚没有生气。"

莫小雨太害怕、太伤心、太难过了，他根本听不见段栩砚在说什么，只知道下意识地反手紧紧抓住眼前人的手指："呜——栩砚——你不要不理小雨，不要不见……"

"好好好。"段栩砚被他哭得六神无主，手忙脚乱，情急下举起三根手指头发誓，"小雨，我发誓我没有生气，也不会不理小雨。"

莫小雨没说话，低下头用手抹眼睛。

段栩砚认真地说："小雨，栩砚真的没有生气，也没有不想和小雨做好朋友，只是栩砚要回家了。"

莫小雨抽噎了一下，抬起泪汪汪的眼睛看着他，连长长的睫毛上都沾了点泪水："栩砚回家？"

尾音是带着点儿疑惑地往上扬。

他转头看向民宿的方向，伸手指了指，眉心微微蹙起。他什么也没说，但那表情就像在说那儿不是你的家吗。

段栩砚摇摇头："那儿不是栩砚的家，栩砚的家在很远很远的地方。"说着他指了指天上。

"小雨见过飞机对不对？栩砚回家要坐飞机回去。"

莫小雨跟着他手指的动作仰头往漆黑的夜空看，正好看见一架闪着光的飞机缓缓飞过。

他一抿唇，眼眶里聚着的眼泪更多了："呜呜——太高了，栩砚不要去那么高。"

段栩砚只好再解释："会下来的，栩砚只是要坐飞机回家，因为要去很远很远的地方。"

"很远？"莫小雨稍抽搭了两声，"小雨找栩砚……"

段栩砚张了张嘴，说不出话，他实在不知道该怎么说能让莫小雨明白A市有多远，不是像现在这样莫小雨想去找他，只要走几步到古镇民宿就能找到他。

"小雨，那太远了……"

莫小雨以为段栩砚不同意，急切道："小雨早早去，早早去。"

段栩砚摇摇头："早早去也不行，太远了，小雨去不了的。"

莫小雨委屈地扁着嘴，抓着段栩砚手指的手用力到指关节发白，低着头带着哭腔含糊地说不要不要，也不知道不要什么。

莫小雨的反应比段栩砚预想得要大，他想过莫小雨会舍不得他，但他一点儿也没想过他会哭，还哭得这般伤心难过，像天塌了一样。

他一点儿办法也没有，也终于后知后觉地发现是自己把这一切想得太简单了。

是自己擅作主张，未经允许地走进了莫小雨的世界里，放任自己对莫小雨的心疼和爱护之心，就想着莫小雨吃了很多苦，想对他好，每天都花很多时间和莫小雨在一起，他缺什么就给他买什么，他不缺自己也想买。

他没有意识到自己这样做会让莫小雨彻底习惯了自己的存在，习惯自己在他身边。

一个正常的成年人有自我疏导能力，当习惯了一个人的出现却找不到那个人时，会想起来那个人已经不在这里，即使这带来的落差感会让人陷入惆怅甚至悲伤，但那只是一时的。

因为这个世界很大，每个人的身边都有无数人来来往往。

这世界车水马龙，你能习惯有个人一直在你身边，也总有一天会习惯那个人已经不在你身边。

可莫小雨不一样，他的世界里没有那么多人，多一个少一个对他来说都是天大的事。

他的一亩三分地里以前只有奶奶常伴身边，后来只有段栩砚，段栩砚走了那便是又剩下他一个人了。

他不是不能一个人，他只是没有办法习惯再次回到一个人的状态，他甚至没有办法理解段栩砚走了还会回来是什么原因，虽然那可能需要很长一段时间。

莫小雨的世界没办法理解这件事，但他知道自己这是要被抛下了，段栩砚不想再和他玩了，他以后都见不到段栩砚了。

他一点儿也不想这样，可他也不知道自己该怎么办，他认错了也不行，说要去找也不行，他完全不知道自己到底要怎么做才能把段栩砚留下，永远留下，永远陪着他，做他的好朋友。

他现在能做的就是紧紧抓着段栩砚，只要他不放手段栩砚就没办法走了，于是他一只手抓着段栩砚还不够，连另一只手都用上了。

段栩砚只能尽力安抚他，想把自己被莫小雨抓得有点儿疼的手指抽回来："小雨……"

他刚做出要把莫小雨的手拿开的举动，莫小雨就有些激动地连连摇头："不要不要不要不要——"

段栩砚十分无奈，轻轻摇晃一下自己的左手手腕："那小雨就这样一直抓着？"

莫小雨没应，倒是没再哭了，眼圈红红的，鼻子也红红的，看上去特别可怜。

段栩砚彻底心软了，他对莫小雨从来都是心软的，他自己都不明白为什么莫小雨会对他有那么大的影响力，好像轻而易举就能让他举白旗投降。

"这么难过吗？"

莫小雨现在有点儿生段栩砚的气，抿紧嘴唇不说话。

段栩砚还能怎么办？他现在就算把莫小雨送回家了，莫小雨也不会放开他的。

"小雨不放开就跟栩砚走咯？"段栩砚晃了晃被莫小雨抓着的手，试探性地侧过半个身体要往回走，莫小雨也依然一声不吭。

段栩砚就带着他原路往回。

一路上，莫小雨的两只手始终紧紧抓着段栩砚的手腕。

段栩砚想换个姿态都不行，只要他略微挣动，莫小雨就是叠声的"不要不要"。

段栩砚轻叹了一口气,带着他走在路灯下:"你可真是个小祖宗。"

民宿二楼。

所有灯都已经关了,只有窗外不知从哪里来的光勉强照进房间,在地上留下暗淡的光影。

莫小雨还穿着他那身衣服,侧身躺在段栩砚的床上,可能是哭过一场有些累的缘故,他蹙着眉睡得很沉。可即使他已经熟睡,两只手也依然紧紧抓着段栩砚,抓他的手腕,像是生怕人跑了。

段栩砚就坐在床头,一条腿放在床上,另一条腿则撑在原木地板上,任由睡着的莫小雨紧抓着自己的手。

他维持这个姿势已经快两个多小时了,直到他给乔衡信发了一条微信,然后火速接到了对方的电话。

"先不回去了是什么意思?"乔衡信不可置信地追问,"你这是住着住着不想走了吗?S市这么好?!"

段栩砚转头看了一眼身旁熟睡的莫小雨,怕吵醒他,特意放低了声音:"有点儿事,走不开。"

乔衡信沉默了几秒:"你干吗那么小声说话?不方便?有人在你旁边?"

"嗯。"

乔衡信不可置信:"嗯?你'嗯'?这个点居然有人在你旁边!"

段栩砚无奈道:"不是你想的那样……总之有些复杂,说来话长。"

乔衡信和他认识这么久了也算是非常了解他,他一下子就想起了之前段栩砚和他说过的心智不全的小可怜。

"该不会是因为那个小可怜吧?吃难民套餐的那个?"

段栩砚眉头微微一蹙:"他现在没那么可怜。"

乔衡信见他没有否认,越发肯定了自己的猜测:"你说实话,你是不是被那个人给赖上了?他看你有钱赖着你不放了?"

乔衡信这番话说得段栩砚很不舒服,但乔衡信什么也不知道,有此猜想也不能怪他。"

"没有，是我不放心他。"段栩砚道，"我没考虑到他习惯了我在他身边，我要是走了又剩下他一个人该怎么办。"

乔衡信十分不解："这种事怎么还需要你考虑？该怎么办怎么办呗，在遇到你之前他不是一直一个人吗？你走后，他也只是回到以前的生活而已，跟你有什么关系？"

"问题就在于我放心不下……他心智单纯却也敏感细腻，我还没说我要走，他就听出来了。"

乔衡信听得心里一跳："然后呢？"

"然后就哭了。"段栩砚说着看了看莫小雨紧抓住他不放的手，"抓着我哭着不肯让我走，哭累了就躺在我的床上睡着了……睡着了手也不肯放。"

不管乔衡信怎么绞尽脑汁都无法想象段栩砚说的这幅画面。

他憋了半天才憋出几个字来："你在说笑呢吧……"

"没有说笑，现在情况就是这样，我要是走了他估计能恨我一辈子。"

"那这……你……你就永远不走了？他不舍得你，你就不走，你放心不下，你就不走，要是一直这样，你就在那边买房定居再也不回来了呗？！"

段栩砚没说话，他这会儿心里也乱着，不知道该怎么办才好。

在 A 市，乔衡信的头发都要被自己抓成鸡窝了："老段啊，我知道你这人心软，但是不管怎么说，这心软也要有一个度，你不能因为自己善心大发而影响了你本来的生活吧？他多可怜、多让人放心不下，那也是他的人生，你有你的人生，你根本没有责任和义务去负责别人的人生，你自己的人生、自己的生活也很重要啊！"

乔衡信说的每一句话段栩砚都明白，也能想得到，可如果他能放得下，他也不会到今天都没有回 A 市，甚至连机票都还没有订。

段栩砚长久的沉默让乔衡信又头疼又后悔，开始自己生自己的气："我当初可真不该选这么个地儿！让你多一个牵挂！"

段栩砚不认同他这话，淡声道："我倒觉得当初来这里来对了，我一点儿

也不后悔遇到他……说来也要多亏你那天给我订了个生日蛋糕。"

想起初见莫小雨的时候，段栩砚脸上不自觉地露出一点儿笑，连说话的声音都染上了笑意："要不是那块蛋糕，我应该也不会接触到他，这一点还是要谢谢你。"

"你可别谢我。"乔衡信气自己气得肝疼，"我不管啊，我认识你时间更长，我比他更需要你！我一个人忙不过来了，赶紧给我回来！"

段栩砚不说话了，睡在床上的莫小雨也不知道是梦见了什么，忽然睡得不安稳起来，嘴里发出模模糊糊的梦呓。

段栩砚把耳朵凑过去听，就听见莫小雨在叫他。

"栩砚……栩砚……"

叫了几句莫小雨突然惊醒了，猛地睁开眼睛，他醒了第一件事就是确认自己有没有牢牢抓着段栩砚。

在看见自己的手已抓牢段栩砚的衣角，段栩砚人就坐在他身边，他能看得见也能摸得着后，才彻底放心地松了一口气。

段栩砚被他这一连串的反应逗笑了，干脆打开免提，把手机随手丢在床上道："你要是能看见他现在这个反应，你也会不忍心走的。"

莫小雨躺在枕头上眨着眼睛看他，他这会儿刚醒，人还有点儿蒙，完全听不懂段栩砚这是在说什么。

乔衡信沉默了一会儿："什么反应？"

"你见过奶猫吗？那种刚出生还没睁眼的。"

"你想说那个小可怜蛋是奶猫？"

"只是给你举一个例子。"

乔衡信总觉得哪里怪怪的，而且还是越品越怪，他能肯定有哪里不对，虽然还找不出来，但是肯定有问题。

他想了想又实在是想不出，只好先放在一边，继续劝："你要是实在放心不下，你就找个人照顾他，给点儿钱，就当雇个保姆。"

段栩砚想都没想就摇头："这不可能，行不通。"

乔衡信忽地心生一计："那要不这样，反正他在那里也是一个人，你问问他愿不愿意，干脆把人也一块儿带走，这事情不就解决了？"

段栩砚不是没有思考过这个办法的可行性，事实上他其实早就动过要把莫小雨带去 A 市的心思，但莫小雨不是普通人，这不是他问一句然后莫小雨答一句就能决定好的事情。

莫小雨能想到的和想不到的，自己都必须要为他考虑清楚，首先要考虑莫小雨能不能适应一个新环境，其次还要再考虑莫小雨和自己去 A 市之后，自己每天去上班后莫小雨怎么办，把他扔在家里，还是由着他在外面到处走？

A 市不比在杏雨古镇，那是一个每个人都十分忙碌且行色匆匆的钢铁丛林，飞快的生活节奏充斥在每一天的每一分每一秒里。

段栩砚不觉得莫小雨会喜欢那样的地方，他觉得杏雨古镇很好，杏雨街也很好，莫小雨就适合住在这样的地方。

那他又怎么能带莫小雨离开呢？把这样天真单纯的莫小雨带去一个复杂且完全陌生的城市里？

段栩砚又一次沉默了，乔衡信不用问都知道他在想什么，便直言道："不管怎么说，你也得先问问他的意思吧？不能就你自己绞尽脑汁地想这个想那个，不问问你怎么知道他是怎么想的？"

段栩砚听完视线便和躺在床上的莫小雨的视线对上了。

莫小雨疑惑道："……嗯？"

段栩砚和莫小雨默默地对视了数秒，拿起手机和乔衡信说了句"行了早点儿睡"，便把通话挂断了。

乔衡信连个"你"字都没说完就被挂了电话。

段栩砚稍稍扯了一下自己的衣角，莫小雨就又默默握紧了，看着他的眼睛还带着点儿警惕。

段栩砚想了想，干脆把另一条腿也放到床上，盘腿坐在床头，低头俯视躺在床上的莫小雨，轻声道："小雨……"

他刚开个头，莫小雨的"雷达"就开始哔哔响。他怕段栩砚再说那些要

他一个人干什么不要干什么的话，急急道："不听不听，小雨不听，栩砚不要说。"

段栩砚伸出另一只手拍拍他的肩，拍了两下莫小雨就安静下来了，睁着圆圆的杏仁眼看他。

段栩砚等他安静下来了，才接着说刚才没说完的话："小雨想不想出去玩？"

"不想！"

"跟栩砚一起呢？"

莫小雨就不说话了，眼睛直勾勾地盯着他看。

"小雨如果不舍得栩砚的话，那要不要和栩砚去远方玩？"段栩砚一边想一边说，"咱们先试一天，如果小雨觉得喜欢想留下，那就想玩多少天玩多少天。如果小雨不喜欢，想回家或是想家了，栩砚就马上送小雨回家，好不好？"

这一大段话莫小雨要消化一会儿才能理解。事实上其他的事情他都不关心，他只在乎段栩砚会不会走。于是他沉默了一会儿问："和栩砚？"

段栩砚点头道："和栩砚。"

段栩砚想了想又接着补充："和现在一样，你大多数时间都能看见栩砚，但是早上九点到下午五点栩砚要上班，这段时间里小雨会和其他人一起玩。五点以后，栩砚带你回家，给你做饭，陪你玩，陪你画画，会好好照顾你。"

莫小雨听完就点头了："好。"

他点头答应得太快了，段栩砚都愣了。

"小雨，你再想想。"

莫小雨不解，声音软软的："想什么？"

段栩砚就给他仔细分析："跟着栩砚走了，你就不住在杏雨街了，也不在S市了。"

莫小雨点头道："哦。"

"住在小雨家附近的爷爷、奶奶啊，都看不见了，身边还会有很多小雨不认识的人。"

"哦。"

段栩砚静静地看了他一会儿:"小雨不害怕吗?"

莫小雨摇了摇头:"有栩砚。"

"有栩砚你就不怕了?"

"不怕了。"

"那要是没有栩砚呢?"

"怕。"

"有多怕?"

莫小雨就闭上眼睛呜呜假哭。

段栩砚让他逗笑了:"这么怕?"

莫小雨收住假哭,认真地点头:"怕。"

他答得太诚恳了,像是从内心最深处说出来的。说完他抓着段栩砚的左手,伸出小指去钩段栩砚的小指:"栩砚一直和小雨做好朋友。"

这不是个问句。

段栩砚点点头。

莫小雨开心地钩紧了他的小尾指:"拉钩!骗人小狗!"

段栩砚也钩紧了他的小尾指:"那就决定好了,小雨去栩砚那儿玩?"

莫小雨的心情忽然变得很好,"嗯"了两声:"决定好,决定好,去玩,去玩。"

段栩砚还在担心他没有完全理解这件事,莫小雨已经闭上眼睛睡觉了,而且睡得十分安稳,反倒显得心事重重的段栩砚不够果断冷静。

第二天,段栩砚是感觉到有阳光晃了眼睛才醒的。

他一睁眼就看见了正盯着他的莫小雨。

段栩砚先伸了个懒腰,舒展有些僵硬的身体,沙哑着声音问:"小雨几点起床的?"

莫小雨摇头,他是自然醒的,醒的时候天才刚亮,他也不知道是几点。

段栩砚把两只手放在脑后枕着,用刚醒还有点儿酸涩的眼睛看着莫小雨。

莫小雨盘腿坐在他身边，也盯着他看。

过了一会儿，段栩砚忽然伸出左手的大拇指，莫小雨不明所以，但还是伸手握住那根大拇指。

"小雨的身份证呢？"

莫小雨知道那是什么，奶奶和他说过那很重要，一定要收好不能弄丢，所以他都压在枕头下。

"枕头。"

段栩砚"嗯"了一声："一会儿刷牙洗脸，然后下楼去民宿奶奶那里吃早饭，吃完早饭了小雨就回家把身份证找出来，我陪你收拾东西，我们下午就走。"

莫小雨点点头。

段栩砚沉默了一会儿，忽然问他："知道我们要去哪里吗？"

"栩砚那儿。"

"真聪明。"

段栩砚找出了新的牙刷和毛巾给莫小雨用，然后从行李箱里找出了一件他很少穿的T恤和牛仔裤，让莫小雨洗漱完顺便洗个澡换上。

昨晚莫小雨一直抓着他的手腕不肯放，于是到最后两人都睡着了也没去洗个澡，身上穿着的还是昨晚的衣服。

虽然说没出什么汗，身上也没什么味道，但一会儿还要下楼去民宿奶奶那儿吃饭，总不能澡都不洗就去。

莫小雨的身高只有一米七出头，身材清瘦单薄不说，骨架也偏小，段栩砚给他的衣服他穿是能穿，就是大了不止一点儿。衣服套在身上空空荡荡的，显得整个人更加瘦小。

在莫小雨洗澡时，段栩砚查了一下当天的航班，从S市飞往A市的航班下午四点正好有一班，而且订票的人并不多，现在仍有很多空余的座位。

段栩砚想了想，应该来得及。

十分钟后,淋浴室的水声停了。

段栩砚就站在门外等,没过一会儿,卫生间的门就被打开了。

莫小雨湿着头发走出来,身上穿着件印着简单图案的白T恤,裤子是淡蓝色的牛仔裤。这一身简简单单的衣服被他穿得青春气息十足,很有活力,像个还在读大学的少年。

段栩砚仔细看了看,除了衣服有点儿大、裤腰有点儿松以外,其他都挺好的。

段栩砚勉强满意:"等到了A市我再给你买几身衣服。"

莫小雨疑惑不解:"小雨有。"

"我知道。"

段栩砚另外找了条干净的毛巾给莫小雨擦头发:"栩砚买很多衣服给小雨,咱们换着穿,一天一件不重样的。"

莫小雨还是坚持:"小雨有。"

在他看来衣服有几件够穿就可以了,而且他的衣服都好好的还没有破洞,不用买新的。

段栩砚最会哄他:"对,小雨有,有黑的,有白的,还有黄的……"

莫小雨自己也在那里数,发现段栩砚说对了他所有的衣服颜色,还小声地"哇"了一声。

段栩砚就笑道:"栩砚厉害吧?"

莫小雨点头道:"厉害。"

"小雨也厉害。"

段栩砚让莫小雨擦完头发,就掏出手机,打开里面的《消消乐》小游戏,让他坐在床上玩,自己拿着衣服进了卫生间。

莫小雨会玩《消消乐》,他还很厉害。

段栩砚偶尔哄他,会让他玩小游戏,给他玩个半小时一小时的,莫小雨就会很开心。

他倒不是执着于游戏的娱乐性,而是《消消乐》的游戏画面五颜六色的,

玩法也简单，他才喜欢玩的。而且他还很听话，不用段栩砚说，自己玩到眼睛累了就会乖乖把手机放下，让眼睛休息。

他坐在房间的大床上，正专心地点着屏幕上的颜色方块。

突然，手机屏幕上的游戏画面变了，系统自带的铃声响起。

而这手机铃声才短暂地响了一秒不到就被快速接通。

电话那头的乔衡信都被这秒接的速度震惊到了，有那么一瞬他很不自然："……喂？"

莫小雨沉默了片刻后也跟着"喂"了一声。

乔衡信直接愣住了，这个声音绝对不是段栩砚的。

"……你是谁？"

"小雨。"莫小雨乖乖答了一句，然后又补充，"莫小雨。"

"莫小雨？这名字怎么那么耳熟……"乔衡信仔细想了想，终于想起来了，"哦！你就是莫小雨啊！"

莫小雨："嗯？嗯。"

"那什么，那谁，段……段栩砚呢？"

"栩砚洗澡。"莫小雨认认真真地和电话那头的人玩起你问我答的游戏。

乔衡信在知道接电话的人就是那个莫小雨后，整个人莫名紧张起来，手都不知道该往哪里放。

他哪里想得到这个莫小雨的声音居然是这样的！有少年的清脆也有一股说不出的乖巧劲。

哪怕乔衡信从来没有见过莫小雨，但他此时光是听这个声音脑海里也有了个大概的形象了。

接下来乔衡信说话都不自觉地把声音放轻，把语速放缓。

"小雨啊，栩砚洗好了吗？"

莫小雨抬头看了一眼卫生间的方向，水声还没停。

他先摇头，摇完才意识到电话里的人看不见，于是道："没有。"

乔衡信就长长地"哦"了一声："那我先和你聊聊吧！你今年多大了？有

没有二十岁？"

"十九。"

说到这儿乔衡信忽然问："小雨知道栩砚要回家了吗？"

莫小雨"嗯"了一声，有点儿开心："知道，小雨一起。"

乔衡信："……嗯？一起？！"

不知道什么时候，淋浴室的水声已经停了。段栩砚打开卫生间的门，头顶着一块白毛巾出来，见莫小雨把手机贴在耳朵上好像在跟谁通电话，不由得愣了一下："小雨，你在和谁打电话？"

莫小雨摇头道："不知道。"

段栩砚走到他身边坐下，把手机拿过来一看："衡信，你跟小雨说什么了？"

"干吗？我和他聊聊不行吗？"

段栩砚转头看向莫小雨，见他表情什么的都很正常才放下心。

"当然可以聊聊。"

段栩砚正和乔衡信说话，说到下午就会订机票回去时，他忽然感觉身边坐着的人动了动。

还没等他看清楚莫小雨在干什么，他头顶上随意披着的毛巾就被拿开了。

莫小雨在给他擦头发。

在意识到这个事实后，段栩砚的心里就像流入了一股暖流。

莫小雨身上有一种很特别的气质，能温暖人心。因为他懂得珍惜，也懂得回报，且从不吝于表达。

段栩砚忽然沉默让电话那头的乔衡信很是不解。

"怎么了？"

"……没怎么，到了再给你打电话。"

说完段栩砚将手机扔在一边。

莫小雨擦头发的动作有些笨拙，但是他每个动作都很轻柔，就像怕弄疼了段栩砚。

段栩砚能感觉得到他的小心翼翼,脸上止不住地笑,轻声道:"小雨怎么那么厉害呢?还会擦头发。"

莫小雨抿唇笑得有些腼腆,感觉段栩砚头发已经不滴水了,摸上去虽然还是凉凉的,但已经不湿了,就拿开毛巾,有些兴奋道:"好啦!"

段栩砚站起身,抬起手摸了摸头发:"哇,都干了!"

莫小雨脸上的笑容更大:"都干了!"

段栩砚逗他:"你是杏雨街最会擦头发的大师——莫小雨吗?"

莫小雨就伸出两只手捂住脸,趴到床上"咯咯"笑。

段栩砚听着他的笑声,看着他活泼开朗的模样,想起初见时的莫小雨,竟觉得恍如隔世。

第四章
莫小雨的彩虹梦

早上八点半,等段栩砚和莫小雨下楼到隔壁时,民宿奶奶早就做好了早饭。

饭厅的餐桌上,每个座位前都摆着一份早餐,桌上还有朵放在碗里漂着的特别漂亮的白色洋牡丹。

段栩砚一眼就认出来这洋牡丹是院子里的,在好奇心的驱使下就随口问了句。

民宿奶奶说道:"昨晚风大给吹掉了,我早上起来瞧见了觉着有点儿可惜,听说加点儿水放着花就能多留两天。"

说着奶奶略微歪了下头看向站在段栩砚身边、正低头看那碗花的莫小雨,笑弯了眼睛:"小雨喜欢吗?"

莫小雨点点头:"喜欢。"

"小雨快来坐下,奶奶今天特意做了你喜欢吃的海鲜饼,你看,有大虾还有鱿鱼。"

因为担心饭菜凉了,每个人的早饭上都盖了个盘子。民宿奶奶一边说着一边打开盘子,露出底下煎得金黄的海鲜饼。

莫小雨特别喜欢吃这海鲜饼，看见上面铺得满满的大虾和鱿鱼，眼睛亮亮地"哇"了一声。

民宿奶奶笑得见牙不见眼，拉开椅子招呼莫小雨坐："来来，小雨快坐下吃，凉了就不好吃了。"

民宿奶奶很疼莫小雨，总会给他多准备些好吃的，知道莫小雨喜欢吃甜口的，连粥都煮甜甜的栗子小米粥。

段栩砚坐在莫小雨旁边的座位上，正用筷子把海鲜饼分成刚好一口的大小，方便莫小雨吃。

海鲜饼分好了莫小雨也没有动，他在等段栩砚吃第一口。

段栩砚把手里的筷子给他，温声说："这是小雨的。"

莫小雨笑着接过筷子，开心地享用他的海鲜饼和甜粥。

段栩砚看了他一会儿，然后转头看向一旁的民宿奶奶说："奶奶，我决定带着小雨一起回Ａ市了。"

民宿奶奶听完一愣，愣过后笑了起来，连连点头道："这样也好，我还怕你走了之后小雨会伤心难过，要是你愿意带着他一起回去，那再好不过了。"

莫小雨正低着头喝粥，听到自己的名字疑惑地抬起头。

民宿奶奶看见了就笑着问他："小雨要和栩砚去Ａ市了，开不开心？"

莫小雨点头，脸上的笑带着喜悦，没有一点儿不安或恐惧。

民宿奶奶看得满心感慨："能遇到你，小雨的命就不算是苦的，还算是有福气。"

这句话莫小雨就不太能明白是什么意思，他疑惑地转头看向段栩砚，小声地叫他的名字："栩砚……"

段栩砚轻声道："没事，奶奶在夸你。"

见莫小雨低下头继续吃他的早餐，段栩砚才接着道："我也不知道他能不能习惯，能不能适应，就想着先试试。我带他回去住几天，他能习惯当然最好，他要是习惯不了我就送他回来，到那时候可能还要麻烦奶奶您多照顾他一下。"

民宿奶奶点头答应了。

吃过早餐后，段栩砚带着莫小雨回杏雨街，让莫小雨把身份证找出来，再收拾几件衣服，其他用不上的就不要带了。

在莫小雨收拾东西的时候，段栩砚出去了一趟，给周围所有和小雨关系还不错的邻居和收废品的白爷爷，包括街道办事处和居委会都打了一声招呼，做了登记，还给居委会留下了一张自己的名片。莫小雨毕竟属于特殊人群，即使他已经十九岁了，段栩砚带走他还是需要打个招呼，告诉他们一声。

等回到莫小雨家的时候，他看见一楼的地上放着个编织袋，就是平时莫小雨出门捡瓶子的时候会带着的那个编织袋。

而莫小雨正蹲在地上，努力地把他那盒精美画笔往编织袋里塞。

段栩砚看得一愣，然后抬手拍了下自己的额头，自言自语般说了句："想漏了……"

莫小雨还在努力把那套画笔往编织袋里塞。段栩砚轻轻叫了他一声："小雨。"

莫小雨停下了手里的动作，抬头看他："嗯？"

段栩砚走过去拉着他，把人从地上拉起来："小雨先把要带走的东西都拿出来，等一下回去了把东西和栩砚的放在一起，好不好？"

莫小雨看了看自己的编织袋，也慢慢意识到了用这个装可能不行。

段栩砚轻声向他解释道："这个袋子太小了，栩砚有一个大箱子，可以和小雨一起用。"

莫小雨微微睁大了圆圆的杏仁眼："大箱子？"

段栩砚点头道："对，很大的箱子。"

一听段栩砚说箱子很大，莫小雨最后犹豫地看了一眼编织袋，点头同意了。

段栩砚就把编织袋里的东西往外拿，两个映着牡丹的大海碗，他给莫小雨买的卡通人物小壁灯、小风扇、绘画本……

编织袋里装着的有不少都是段栩砚买给他的，而编织袋的最下面放着的是几件包成一团的衣服。段栩砚想把这几件衣服叠好，结果打开来一看，衣服里放着一个相框。

原来挂在墙上的莫小雨奶奶的相框被莫小雨取下来了。他怕相框被压坏了，于是拿自己的衣服包得严严实实的。

段栩砚捧着那相框静静地看着，照片上的老人神情温柔。他曾经不止一次想象过这位老人的弥留之际，她必然是走得十分不情愿、不甘心，到死也放心不下莫小雨的。

段栩砚能理解那种放心不下，也正因理解，他才更加地心疼莫小雨，心疼得他恨不得把人带在身边，走哪儿都带着，让谁也欺负不了他。

"栩砚？"

段栩砚抬头对上了莫小雨不解又担心的眼神，温柔地笑了笑："小雨，我们等会儿得去一下英奶奶家，告诉她小雨要去栩砚家里玩。"

莫小雨点点头。

段栩砚让莫小雨再检查一下还有没有什么东西要带的。把所有要带走的东西都整理好之后，段栩砚带着莫小雨出门去了英奶奶家。

英奶奶住在杏雨街外的老街区。

莫小雨认识路，带着段栩砚往老街区走。在路上看见一个踩着三轮车走街串巷卖水果的大爷时，段栩砚叫停三轮车买了两大袋的水果。

杏雨街对面马路的街区房子也像杏雨街一样藏在繁盛的绿荫下，看上去也是一样老旧，一样安宁。

英奶奶住的房子也像莫小雨家一样在一楼，还有个特别小的院子，角落深色的小酱缸里种着整齐的大蒜和葱。

两人到的时候，英奶奶正好出门倒垃圾。

莫小雨喊了她一声："英奶奶！"

英奶奶听见声音回头。老人家眼神不好，看不清楚，等段栩砚和莫小雨走到跟前了才认出他们来。

段栩砚说："奶奶好。"

英奶奶是个不苟言笑的严肃老人，因为有一条腿不太好使，她走路的时候总会佝偻着背，背着一只手，给人不太好相处的感觉。

听见段栩砚叫她，英奶奶也只是严肃地点点头，然后看向莫小雨："怎么了，小雨？"

莫小雨特别开心地说："英奶奶，小雨，栩砚，家里玩！"

这一句话几乎是两个字两个字地往外蹦，但英奶奶还是听懂了。她眉头微蹙地看向段栩砚："你要带着小雨到你那儿去？"

段栩砚点头。

英奶奶是莫小雨的奶奶生前的朋友，也是莫小雨失去奶奶后，可以说是唯一天天照顾莫小雨的人。

她的能力有限，身上穿着的衣服和鞋子都有缝补过的痕迹，连晒在院子里的衣服也是破旧得很，可尽管如此，她依然尽力照顾了和她非亲非故的莫小雨两年之久。

对于段栩砚要带走莫小雨这件事，英奶奶并不是很赞同，于是皱着眉不说话。

气氛一时间便凝固了下来。

莫小雨是个很敏感的人，他能感觉到气氛的变化，但是比起认识更长时间的英奶奶，莫小雨下意识去寻求庇护的人却是段栩砚。

他一只手抓着段栩砚的手臂，整个人都藏到了段栩砚后面。

段栩砚两只手都提着水果，只能偏头轻声安抚他："小雨，没关系，英奶奶只是担心你。"

莫小雨小声地问："为什么？"

"英奶奶怕栩砚会欺负你。"

"嗯？"莫小雨觉得英奶奶是误会了段栩砚，便从段栩砚的身后探出半个头来，帮段栩砚解释，"英奶奶，栩砚没有……欺负，不会……欺负，栩砚好。"

英奶奶有些严厉的眼神先是看了看莫小雨，又看了看段栩砚，最后扫了一眼段栩砚手上提着的水果，淡淡道："小雨愿意，我这个外人又哪里有资格说

什么，只不过有一件事我要拜托一下你。"

段栩砚点点头："奶奶您说。"

英奶奶直直地看着他："我知道你是个好人，可是如果有一天，你觉得这个孩子是个累赘，不想再管他了，你就把他送回来吧。"

段栩砚张了张嘴，这一刻他想说的话很多，但最后说出口的却只有一句话："奶奶，我不会觉得他是累赘的。"

英奶奶只是看了他一眼，什么也没有说，就转身回屋了。

莫小雨有些无措地看着英奶奶的背影，段栩砚则把手上的两袋水果递给莫小雨，然后拿出钱包抽出里头所有的现金，约莫十张一百元的放进水果袋里用水果挡住，对莫小雨道："小雨，去把这个给英奶奶，要记得说'谢谢英奶奶，我会回来看您的'。"

莫小雨在段栩砚眼神的鼓励下提着两袋水果追进了英奶奶家。

等了一会儿，莫小雨出来了，手里抓着三张一百元钱。

这钱看上去有些旧了，像是藏了很多年，还能闻见一股旧钱特有的味道。

莫小雨捏着钱无助地看着段栩砚，像做错了什么事一样忐忑："英奶奶给小雨……"

段栩砚早就猜到了英奶奶会给莫小雨钱。这三百块钱对英奶奶来说，大概是她在保证自己的日常生活开销下能拿出来的全部积蓄，心中顿时无比庆幸自己方才往水果袋子里放了钱。

"这钱是英奶奶给小雨的，那小雨就好好收着。"段栩砚说完就带着人往杏雨古镇走。

繁盛的绿荫下摇曳了一地的细碎光影，温柔地披在两人的身上，宁静的小路上两人的对话很清晰。

"小雨有没有记得说谢谢英奶奶？"

"有。"

"'我会回来看您的'有没有说？"

"有。"

"英奶奶有没有说什么？"

"没有，英奶奶眼睛红，给小雨钱。"

段栩砚回头看了一眼莫小雨，莫小雨表情很正常，没有悲伤和不舍，他更多的是一种茫然。

他只知道他舍不得段栩砚，不想和段栩砚分开。可他不知道也有人会舍不得他，就像英奶奶，就像段栩砚。

下午两点，段栩砚和莫小雨告别了民宿奶奶，拖着行李箱离开了杏雨古镇。

网约车就等在杏雨古镇外，段栩砚在确认过车牌号后就和司机师傅一起把行李箱和行李包放进后备厢里。

莫小雨所有的东西都和段栩砚的放在一起，他什么也不用拿，只要跟着段栩砚走就行了。

这是莫小雨人生第一次出远门，也是第一次坐计程车。因为从杏雨古镇到机场有差不多一个小时的车程，段栩砚很担心他会晕车。

而结果也正如他所预料，车子从杏雨古镇出发走了还不到半个小时，莫小雨就晕车了。

他整张脸白得没剩下多少血色，表情也是恹恹的，靠在车枕上说疼说不舒服。

好在段栩砚早有准备，拿出了民宿奶奶给他的祛风油，倒了一点儿抹在莫小雨的太阳穴和人中的部位。

等红绿灯的时候，司机师傅一直透过后视镜看车后座的动静，看段栩砚在照顾莫小雨。莫小雨不舒服了也不闹腾，只白着脸抿着唇，时不时吐出一两个字来。

他这安静听话的样子很容易让人心生好感，原本司机师傅看出他的特殊不想多管闲事的，但见莫小雨那清秀的小脸泫然欲泣，难受得想哭的样子还是心软了，趁着等红绿灯的时候找出副驾驶座的手套箱里放着的话梅。

话梅还是整包的，没有拆开过。

司机师傅把话梅递给了后座的段栩砚："让他吃点儿话梅，能好点儿，要不然等会儿吐了遭罪。"

段栩砚道了声谢后接过话梅，打开让莫小雨拿一颗吃，他的手刚才摸过祛风油，不能拿。

莫小雨听话地拿了一颗放进嘴里。

段栩砚想把剩下的还给司机师傅，但司机师傅让他拿着。

"我看你们目的地是机场，他连坐车都晕，上了飞机可能还会晕机，你准备着点儿吧。"

听到这话，段栩砚没再坚持把话梅还回去，只是等车子到了机场后，APP自动结算时额外打赏了二十块钱，算是跟司机买下了话梅。

下车后，段栩砚带着莫小雨完成了行李托运后去候机。其间段栩砚还接了个电话，是温霖打来的。

他这几天正好出差不在S市，没办法来送机，电话里一直说着抱歉。段栩砚本也不想麻烦他来送机，就随口应了说以后有机会A市再聚。

到了候机厅，路过琳琅满目的商店，两个人找到了一个人少些的位置坐下，耐心等候机场广播信息。

莫小雨就坐在段栩砚身边，他的斜对面就是那排卖食品的商店，于是他的视线总会时不时地飘向其中一家卖泡芙的店。

段栩砚眼角的余光一直在注意他，看他自以为隐蔽地偷偷看那些排队买泡芙的人，眼神中流露出一丝羡慕，但没一会儿他就转开了视线，看看瓷砖，看看椅子的扶手，看看候机厅的吊顶，然后再悄悄地把视线转回去，以为谁也不知道。

段栩砚看得想笑，轻声问："小雨能不能陪栩砚去买点儿东西？"

莫小雨当然是点头。

段栩砚拉着他从座位上起身，径直走向泡芙店。

柜台里的草莓泡芙和巧克力泡芙是人气最高的，他伸出手指在玻璃橱窗上点了一下，对店员道："各来两个。"

　　莫小雨站在他边上，安安静静地看着柜台里精致的泡芙，察觉到有人在看他，下意识地转头，发现几个穿着裙子的女孩儿在看他们。

　　他本是好奇，但没想到一对视，那几个女孩儿忽然慌张了起来，转身跑走了。

　　段栩砚听见声音，扭过头，见他好像在看什么，好奇地问："怎么了？"

　　莫小雨轻轻摇头，他的晕车反应这会儿已经快没了，脸色也好看了不少。

　　买好了泡芙回到座位上，段栩砚帮莫小雨戴好一次性手套："小雨想要吃草莓的还是巧克力的？"

　　这个问题他不问也知道，但是他还是希望莫小雨能回答。

　　"草莓的。"

　　段栩砚把袋子打开让他自己拿。

　　将近二十块钱一个的泡芙自然是好吃的，里头冰冰凉凉的草莓味奶油甜而不腻，莫小雨吃得眼睛都是亮的。段栩砚买了四个泡芙，他连着吃了两个。

　　没过多久机场广播就通知他们的航班开始登机，段栩砚找出纸巾让莫小雨擦擦嘴角，两人一同朝登机口走去。

　　登机一路十分顺利，莫小雨坐到位置上了还一脸好奇地看着窗外。段栩砚原本以为他会害怕，但想象中莫小雨惊慌的场面并没有出现，甚至晕机都没有出现，因为他睡着了。

　　莫小雨早上起得太早，习惯的午睡今天也没有睡成，于是坐到位置上没多久眼皮就开始打架。

　　段栩砚看得好笑，用手掌虚虚挡在他的眼睛前，看着莫小雨的眼睛以一种很缓慢的速度眨动。很快他的脑袋一歪，没过多久呼吸变得绵长。

　　飞机平稳地起飞，两个多小时后平稳落地。

　　睡了一路的莫小雨醒的时候人还迷迷糊糊的，只知道要紧跟着段栩砚。

　　取了行李之后，两人走出接机口时，莫小雨正低头揉眼睛，忽然听见有人在喊他特别熟悉的名字。

"段栩砚——老段啊！我在这儿！看我看我！"

莫小雨听见声音抬头左右望了望，终于在接机口外的人群里看见一个穿着西装、正挥臂向他们招手的人。

乔衡信一眼就看见了段栩砚，紧接着第二眼就看见了走在他旁边的男生，青涩得像是一个大学生。

如果他没记错的话，这男生身上穿着的衣服还是段栩砚的。

段栩砚也看见了乔衡信，在朝乔衡信走去时，他一直偏头小声地和莫小雨说话。

乔衡信看得挑眉，等人走到跟前了才听见一点儿段栩砚的说话声。

"……小雨叫他衡信哥就好。"

乔衡信顿时眉开眼笑，眼睛都快眯成一条缝了："小雨！"

段栩砚看了他一眼："好好说话。"

乔衡信立刻收起那副接近谄媚的表情，正了正脸色："小雨你好，初次见面，我是老段的好朋友乔衡信。"

莫小雨转头看段栩砚，见他点头便小声叫了句："衡信哥。"

乔衡信闻声夸张地捂住心口："你放心小雨，衡信哥也会好好照顾你的。"

段栩砚好笑地抬手拍了拍乔衡信的肩膀："走吧，小雨也肚子饿了。"

乔衡信顺手接过段栩砚手上的行李箱："走着，我已经订好了座。"

去往机场外停车场的路上，莫小雨满眼好奇地看着他们，一会儿看看乔衡信，一会儿看看段栩砚。他不太能听得懂他们在说什么，但就是好奇，一双圆圆的杏仁眼总是盯着段栩砚的侧脸看。

段栩砚能感觉到他的视线，转头问："小雨，怎么了？是肚子饿吗？"

莫小雨犹豫了一下，点点头。

段栩砚找出剩下没吃完的两个泡芙，一边把包装袋打开一边说："小雨不要吃太多，先吃两口垫一下，等会儿我们就要吃饭了。"

莫小雨"嗯"了一声，接过包装袋低头咬了一口泡芙。

乔衡信故意问他："小雨，你在吃什么？"

莫小雨看了他一眼,把咬开的泡芙给他看,很快又拿回来,也不管乔衡信看清楚没有。

乔衡信见状茫然地看向段栩砚:"他是不是不喜欢我?"

"不是。"段栩砚忍不住抿唇笑了笑,"他是有点儿不高兴了。"

乔衡信走近看了看莫小雨的脸,没看出有哪里像在不高兴:"他哪里不高兴?"

"我刚才一直在和你说话,没有和他说话。"段栩砚看着莫小雨咬了两口就不吃了,便把剩下的收起来,对乔衡信继续说道,"我从认识他到现在,从来没有因为和别人说话而有些忽视他,所以他是有点儿生气了。"

说完他一脸好笑地看向莫小雨:"是不是?"

莫小雨转开脸,一副没听懂的样子。

乔衡信听得有趣:"……嫉妒?"

段栩砚摇摇头:"不是。"

"……算了,走吧,再晚就要遇上晚高峰了。"

乔衡信订的是一家私房菜,店里的招牌菜都是有些偏甜口的,比如菠萝咕咾肉和糖醋肉。

乔衡信订座前特意问过段栩砚和莫小雨有没有什么忌口的,得到答案后,乔衡信直接就订了这家他和段栩砚都来过的私房菜。

这家店的包间都是要提前预约的,没有可以堂食的大厅,所以一进店就有穿着制服的女店员核对信息,然后再为他们领路去包间。

莫小雨一路都紧紧跟着段栩砚走,好奇地看着周围古色古香的装潢。听见有水声,透过一扇落地窗看见外面的假山水池和水里游着红白相间的锦鲤时,莫小雨的眼睛都睁圆了,他拉着段栩砚兴奋地要他看:"栩砚,鱼!鱼!"

杏雨古镇的湖里也是有鱼的,但不是这种漂亮的锦鲤。莫小雨特别喜欢颜色鲜艳的东西,锦鲤红白黑三色混杂的视觉效果很绚丽,他看得都有点儿不想走了。

"小雨,我们吃完饭了再来看。"

莫小雨闻声依依不舍地转回头："栩砚,有鱼……"

"嗯,看见了,小雨想看的话,我们一会儿再来看。"

走在前面的乔衡信听了后,脖子一麻,忍不住回头问："你是一直这样和他说话的?"

段栩砚点点头。

乔衡信慢下两步贴着段栩砚的左肩,用一种开玩笑的口吻说："我现在有点儿嫉妒他了,你要不也哄哄我?"

段栩砚闷笑了一声,忽然偏过头,抬手抓住他的肩膀,用和莫小雨说话时的轻柔语气跟他说话,整个低沉的声线突然温柔下来："衡信……"

他只开了一个头,后面的话都还没来得及说,原本安安静静走在他右手边的莫小雨忽然道："栩砚,小雨肚子疼。"

段栩砚瞬间转回头："肚子疼?"

他的注意力一下收了回来,关切地拉着莫小雨的手腕："是哪里疼?"

莫小雨低着头嗫嚅:"……肚子疼。"

段栩砚抬眼看他,轻声问:"……是真的疼?"

莫小雨就不说话了。

乔衡信:"……噗。"

莫小雨瞅了一眼憋笑的人,因为心虚声音还低低的:"没有疼……"

段栩砚微微蹙眉:"小雨。"

他对莫小雨说不了重话,即使这会儿有些不悦了也没有说出一个字。

但他没说出口莫小雨也能感觉得到,他最怕段栩砚生气,段栩砚都不需要多说,莫小雨只是听他叫自己的名字的语气就能听出来。

因为听出来了,莫小雨心里更难受了,他其实也知道自己这样不对,但他不知道自己刚才为什么要那样。

气氛在沉默中忽然生出一点儿凝滞,乔衡信轻咳了一声想要缓解一下气氛:"老段,走吧,我也有点儿饿了。"

段栩砚看着莫小雨低着头不敢看他脸的样子,还是心软了:"小雨,要真的肚子疼了才可以说肚子疼。"

莫小雨低低"嗯"了一声。

因为这个小插曲，之后吃饭的时候气氛一直活跃不起来。

莫小雨只低着头吃碗里的，没有一次自己伸筷子夹菜。段栩砚给他夹到碗里了他就吃，没有夹他就干吃米饭。

于是一顿饭下来，段栩砚不是在给他剥虾就是帮他挑鱼刺夹菜，还要忙着和乔衡信说话，自己都没吃多少。

在这样的气氛下，乔衡信都觉得有些不自在，吃得差不多了就放下筷子，对段栩砚低声道："我去个厕所，你想想办法，他现在情绪不太对。"

等乔衡信出去后，段栩砚放下手里的筷子，用手边的湿毛巾擦了擦手，然后挪了挪身下的椅子。

"小雨……"

他还什么都没说，莫小雨就先把脸转了过来，垂下长长的眼睫毛，声音又低又软："栩砚，你不要生气。"

段栩砚无声地张了张嘴，叹了一口气，道："小雨，我没有生气……"

段栩砚知道刚才莫小雨为什么会忽然那么说，那是他拉回自己注意力的方式。莫小雨已经习惯了段栩砚每天围着他转，甚至很多时候段栩砚身边都是只有他一个人。

段栩砚完全能理解这种占有欲，何况莫小雨心智不全，就像个孩子。

但他到这一刻，从莫小雨说不要生气开始，他才隐约明白了一些刚才没有意识到的，就是莫小雨表现出这种占有欲或许还因为他有些不安。

环境的变化对莫小雨来说不是没有影响的，从见到乔衡信的那一刻，从他因为和乔衡信多说了几句话开始，就几乎是莫小雨的视线钉在他脸上开始，到不久前他一句"衡信"，莫小雨显然变得比之前更加敏感了。

因为他不安。

莫小雨简直可以说是这个世上最好哄的人，尤其是当那个哄他的人是段栩

砚，那就更好哄了。

段栩砚郑重其事地说："小雨，你看着栩砚。"

莫小雨听话地转头看他，白皙清秀的小脸上没有什么表情，唯有那张小嘴抿着，瞧着有些委屈，又大又圆的杏仁眼安静地看着段栩砚。

"小雨，衡信是我很好的一个朋友，很久以前我就认识他了，他陪着我做了很多事情，就好像我陪着你做了很多事情。"段栩砚直直地望着他，柔声道，"我和衡信是好朋友，我和小雨也是好朋友，同样地，衡信和小雨也可以是好朋友。"

莫小雨只是看着他不说话。

段栩砚又继续道："小雨可以找衡信哥一起聊天，一起画画。你想想，早上的时候小雨不是还和衡信哥一起打过电话吗？"

听到这儿，莫小雨的表情变得茫然起来。

段栩砚就开始帮他回忆这件事："小雨不记得了吗？小雨正坐在床上玩《消消乐》，忽然手机里有个人在说话。"

借着《消消乐》，莫小雨终于想起了早上的时候他和乔衡信通过电话这件事，小脸上的表情一下子变成了恍然大悟。他用一只手指着包间的门，张了张嘴想说些什么却没能说出来。

段栩砚则伸手轻轻地把他指着包间门的手拉回来："小雨，在这个世界上每个人都可以有好多好多的朋友，不只有一个，但是对栩砚来说，小雨只有一个。"

莫小雨很缓慢地眨了一下眼睛，也不知道是听懂了没有。

"对小雨来说，栩砚是不是只有一个？"

莫小雨很快地点了一下头。

"对栩砚来说，小雨也只有一个。"段栩砚又一次重复，细数着他的优点，好像自己也在为此深深自豪一般。

"小雨那么厉害，会捡瓶子，会画画，还会帮人擦头发……"

说到擦头发，段栩砚还很神秘地先是看了一眼包间的门，然后凑到莫小雨的耳边像说悄悄话一样偷偷告诉他:"衡信哥一点儿也不会擦头发。"

莫小雨听了微微睁大眼睛。

段栩砚一脸认真,悄声说:"衡信不会捡瓶子,也不会画画。小雨会画花、小院子、小鸭子、大树,还有太阳,他都不会画。"

莫小雨听到这儿,表情隐隐显出一点儿骄傲和得意来。他先是回头看了一眼包间的门,确定乔衡信没回来,才凑到段栩砚耳边像怕被人听见似的说悄悄话:"小雨都会。"

段栩砚眼底顿时盈满了笑意,连连点头:"对,小雨都会,小雨那么厉害,是这世上独一无二的莫小雨。"

莫小雨让段栩砚这一通夸得脸都红了,什么不安啊、嫉妒啊,都被他忘在九霄云外了,抿唇笑得眼睛弯弯的,讨喜的杏仁眼里亮着点点的光。

等乔衡信去完洗手间回来,包间里的气氛已经彻底破冰回暖了。

莫小雨不再只埋头吃饭,想吃什么会主动告诉段栩砚。

乔衡信看着感觉很神奇,忍不住问:"你还真有一手,怎么哄的?"

"小雨脾气好,不用特别哄。"

乔衡信看了一眼跟变了个人似的莫小雨,"啧"了一声:"在下佩服。"

吃完饭后三人从包间里出来,段栩砚信守承诺,陪着莫小雨去看那落地窗前的锦鲤,还把手机的拍照功能打开让他拍着玩。

莫小雨拿着段栩砚的手机拍了几张因聚焦没成功而模糊成一片的锦鲤图后,意犹未尽地被段栩砚拉走了。

段栩砚对他道:"小雨喜欢鱼,栩砚给你买,买个大鱼缸放在家里,小雨每天都能看见。"

乔衡信听得一哼:"那他要是喜欢鲨鱼呢?"

"他不会喜欢鲨鱼的。"段栩砚淡淡道。

他的肯定让乔衡信疑惑:"你怎么知道?"

"因为鲨鱼的颜色单一,不过他倒是有可能会喜欢那种很聪明的白海豚。"

乔衡信听得一愣,下意识地问:"为什么?"

"因为它聪明，他会觉得好玩。"

乔衡信只觉得无语，一边拉开车门一边道："你还真是了解他。"

段栩砚只是笑笑。

莫小雨和他一起坐在车后座，因为莫小雨会晕车，车里就没有开空调，而是放下一半的车窗。

尽管这样车里会变得很吵，车外的风声和杂音都会进来，但这样至少莫小雨没有出现晕车的反应，他的眼睛亮亮地映着车窗外的高楼大厦、耀眼的霓虹灯。

段栩砚的房子离市中心不远，是被绿植环绕、带花园和泳池的独栋别墅区。乔衡信的房子是当时和他一起买的，离得也很近，步行大概十分钟就能到。

进了小区，乔衡信把两人和行李留下后就自己开车回家了。

段栩砚一手拖着行李，一手拉着莫小雨往别墅走。

他家里是请了个阿姨定时上门打扫卫生的，所以他离家这么久了，家里还是一尘不染，所有东西摆放得整整齐齐，干净得像样板房，无形中透出一股冷清。

段栩砚进了玄关后先把屋子里的灯都打开，再找出拖鞋给莫小雨换上。

"小雨，快进来。"段栩砚朝站在玄关犹豫不前的莫小雨招手，见人还是站在原地不动只好走回去拉着他。

"这里是栩砚的家，以后也是小雨的家，你想做什么就做什么。"

段栩砚行李都不管，就带着莫小雨满别墅转，带他看客厅、厨房、书房，角角落落都给转了一遍。

然而满屋子这么多东西，莫小雨最感兴趣的是扫地机器人。他坐在沙发上后，还总伸着脖子看地上圆圆的扫地机器人走到哪儿去了。如果扫地机器人刚好走到他的脚下，他就会把脚抬起来，趴在沙发上看着扫地机器人走。

段栩砚正在厨房给他倒水，忽地就听见莫小雨正兴奋地喊他："栩砚！栩砚！它去你那里了！"

段栩砚低头看见扫地机器人从他脚边走过。

晚上九点，莫小雨洗澡，段栩砚给他收拾客房。

他家里就是空房间多，除了主卧、书房、健身房以外，客房都有三间。

等莫小雨洗完澡穿着睡衣出来，段栩砚找出吹风机给他吹头发。这个点其实已经到了莫小雨平时睡觉的时间，段栩砚给他吹好头发看他眼皮开始打架了就让他躺好睡觉，关了灯后又留了盏小壁灯给怕黑的莫小雨。

他以为自己走了后莫小雨很快就会睡着，但实际上房门一关，没多久莫小雨的困意就慢慢消失不见了。

他躺在床上翻来覆去，一会儿盯着房顶的吊灯看，一会儿又看看窗、看看小壁灯，越看越觉得陌生，越陌生他就越清醒，越清醒他心里就越是慌。

段栩砚家里每间房的隔音效果都很好，门一关，窗户一关，基本上就听不见杂音。

莫小雨安安静静地躺了一会儿，忽然就眼泪汪汪的。他抿着唇侧过身体，眼泪从他眼眶滑落，沾湿了枕头。

他有点儿想家了，虽然那个家里只有他一个人，没有这里大，还很旧，但那是他生活了很久很久的家，是他每天太阳落山前能回去的地方。

莫小雨不敢哭出声音，小声地呜咽，因为他怕被段栩砚听见。他虽然有些事不太明白，但他懵懵懂懂地还是知道如果段栩砚知道他想家了，一定会送他回杏雨街的。

他是想家没错，可他更想和段栩砚待在一起，段栩砚就像他亲哥哥一样，他不想回去一个人待着。

莫小雨背对着房门面朝里，把被子拉起来盖过头，把小小的哭声都藏进被子里。

不知过了多久，他还在吸着鼻子抽噎，盖过头顶的被子忽然被人轻轻拉开了。

他泪眼婆娑地转过头看见了段栩砚。

段栩砚用手背轻柔地抹去他脸上的泪水："小雨想家了是不是？"

莫小雨抽噎了两下，眼泪汪汪地看着忽然出现的段栩砚："栩……

栩砚……"

段栩砚"嗯"了一声，用手背给莫小雨擦泪水："小雨想家了是不是？"

莫小雨伸手紧紧抓住段栩砚给他擦眼泪的手，胸口起伏了两下："没……没有……没有想家……"

段栩砚轻声道："小雨可以想家的，那是小雨的家。"

莫小雨还是摇头不承认："没有没有，小雨没有想。"

"那小雨是想奶奶了？"

莫小雨点点头，声音还带着哭腔："嗯嗯，想奶奶……"

段栩砚扶着他的肩膀把他扶坐起来，把放在他床头的莫小雨奶奶的相框拿给他看。

莫小雨一只手接过相框抱在怀里，另一只手却还牢牢抓着段栩砚的手腕。他好像怕段栩砚不相信，又一次强调："小雨没有想家。"

段栩砚轻笑着点头："好好，小雨没有想家。"

莫小雨静静地盯着他看，因为刚刚哭过，长长的睫毛湿漉漉的，眼角还有未干的泪痕。

他其实并不是爱哭的人，段栩砚从认识他到现在，见他哭的次数加上这次一共也只有两次，且两次都是哭的时候一定要紧紧抓着他的手。

段栩砚只要试着要把手抽回来，莫小雨就会皱着眉，有点儿生气地抓得更紧。

比如现在，段栩砚只要稍微晃动一下手腕，莫小雨就有些不满地"嗯"一声。他先把奶奶的相框找个位置放下，然后把另一只手也用上，紧紧抓着段栩砚，抓牢了也一声不吭，就像得一直抓着一样。

段栩砚看他眼神已经开始发直了，知道他这是哭完困了，轻声道："小雨，困了吗？"

莫小雨摇头道："不困。"

"栩砚困了。"段栩砚说完直接顺势躺下。

莫小雨看着躺在床上的人，抓着段栩砚手指的手还是不肯松开。他先把奶

奶的相框放回床头，然后再躺下。

段栩砚坐起来看着自己一个人偷偷哭得眼睛都有些红肿的莫小雨，将手放在他肩上："小雨哭了，怎么不来找栩砚？"

莫小雨抿了抿唇。他哭得有些口渴了想喝水，但没说，只说："栩砚睡觉。"

"小雨是不是想喝水？"

段栩砚问了莫小雨就点头："嗯。"

"那你说'栩砚，小雨渴了想喝水'。"

莫小雨就乖乖重复了一遍。

段栩砚拉着他下床。

房间外的走廊里留有两盏复古的小壁灯，段栩砚不用手机的手电筒照明也能看得见路下楼。

进了厨房，他拿了个干净的杯子先接了点儿凉水，放了两勺蜂蜜后又再往里兑了点儿热水，水温合适了再送到莫小雨手里："不烫，直接喝。"

莫小雨捧着杯子喝，眼睛还一直盯着段栩砚看，抓着他的手到现在也不肯松一下。

段栩砚看着他喝，忽然问："小雨明天早上想吃什么？"

莫小雨想了想，把喝完蜂蜜水的杯子递还给段栩砚，道："大虾？"

段栩砚把杯子扔进洗碗池后就再没管，牵着莫小雨回二楼："好，明天栩砚给小雨买很多大虾。"

莫小雨睡的房间是二楼的次卧，段栩砚睡的主卧就在次卧隔壁，一墙之隔。

莫小雨以为自己是要回刚才的房间，但没想到段栩砚拉着他直接走过了，打开了另一扇门，推开门后打开墙壁上的开关。

莫小雨跟在段栩砚身后进门，好奇地左右看了看，这间房间比他那间要大得多，床也更大。

"小雨睡大房，栩砚陪你入睡。"

莫小雨眼睛惊喜地微微睁大，用力点头："好。"

段栩砚就分出一半的床给莫小雨。

莫小雨睡在床上了还有些兴奋。段栩砚在床的另一头睡下，然后用遥控器关了房间的灯，唯独角落里留着一盏光线微弱的小壁灯。

段栩砚看着一直睁着眼的莫小雨："好了，快闭上眼睛睡觉。"

莫小雨乖乖闭上眼睛。

过了一会儿，莫小雨的呼吸就变得平稳而绵长，他的入睡速度非常快，几乎不需要酝酿。

段栩砚默默听着他的呼吸声，很快自己也睡着了。

第二天一早，莫小雨起床的时候房间里只有他一个人。他坐在床上盯着窗帘发愣，也不知道是睡蒙了还是没睡醒，也不说话，就坐着一动不动。段栩砚推门进来的时候，他也没有反应。

段栩砚轻着手脚走到床边，轻声叫他："小雨。"

莫小雨："……嗯。"

"来，看看你的眼睛。"

莫小雨缓缓转过脸，眼睛睁得大大的。

段栩砚仔细看了看他的眼睛："还好没肿……小雨想接着睡还是起床？"

莫小雨摸了摸自己完全蓬起来的头发，也不说话，就盯着段栩砚看。

"小雨？"

莫小雨"嗯"了一声："睡觉看见栩砚了。"

"你梦见栩砚了？"

莫小雨点点头。

段栩砚扶着他下来："小雨梦见什么了？"

"梦见栩砚。"

"嗯，梦见栩砚干了什么？"

莫小雨很仔细地想了想，回忆梦境对他来说不是很难的事情，难的是他不知道该怎么表达给段栩砚。

"梦见栩砚种彩虹。"

段栩砚笑了笑，觉得莫小雨的梦比童话更美好。

"种了很多吗？"

莫小雨点点头，两条手臂抡了一个圆："这么多！都给小雨！"

"那你要分一些给衡信吗？"

莫小雨忽然不说话了，开始左顾右盼地好像在找什么东西，视线一会儿往上一会儿往下，就是不接段栩砚的话，也不看他。

段栩砚知道他这是不想送的意思，但他看莫小雨这个反应实在觉得很好玩，存心追着他问："小雨有那么多彩虹了，只要分出一点点给衡信就可以了。"

莫小雨微微皱眉，这对他来说可真是个大难题，因为他一点点也不想分出去，可他又不想让段栩砚觉得他小气。

于是在犹豫了一会儿后，他勉强答应了："好吧，一点点。"

段栩砚笑着说："衡信会很高兴的。"

早上八点半，门铃响了。

段栩砚起身打开玄关墙上的门禁显示屏，院子外的大门口站着个穿着配送制服的小哥。

段栩砚换了鞋开门出去，莫小雨也跟着他一起往外走。

两人一前一后走过别墅门前的石子路，配送小哥把一大袋东西递给了段栩砚，然后便骑着小摩托离开了。

莫小雨站在门口看着配送小哥离开，还抬起手轻轻挥了挥。

段栩砚看着他好像永远也没有什么烦恼的脸庞，拉着他往回走："栩砚给小雨做大虾吃。"

"栩砚做？"

"嗯。"

"哇！"

段栩砚确实会做菜，他的手艺虽然比不上民宿奶奶，但是几道家常菜还是拿得出手的。

昨晚莫小雨说想吃大虾，他一早起来就用APP下单了新鲜的大虾送货上门。

大虾有一个特别简单又特别好吃的做法，就是白灼。段栩砚站在厨房里不算熟练地清洗有他小半个巴掌大的虾，再剪掉虾须挑出虾线，从袋子里找出葱切成段，再把姜切成片。

莫小雨一直站在他旁边看着，感觉无聊了就出去找扫地机器人，五六分钟后，就又回到厨房，站在段栩砚身边盯着他的动作。

段栩砚已经慢慢习惯了他围着自己打转，从不驱赶他，也不会觉得他站在厨房碍手碍脚。

一个小时后，用砂锅熬好的瑶柱粥和一大盘白灼虾被端上了餐桌。

莫小雨喜欢吃大虾，但是他不会剥壳，想吃只能等段栩砚给他剥。

他坐在段栩砚身边正埋头喝粥，时不时就有一只白嫩的大虾裹着鲜甜的酱料送到他的盘里。

吃过早餐，莫小雨找出那套精美画笔坐在客厅的茶几前画画。

段栩砚休假这么久回来工作也要重新回到正轨，尽管他今天不用去公司，邮箱里还是有好几封待处理的邮件。

他给自己泡了一杯咖啡，给莫小雨准备了一杯蜂蜜水，还往里加了一个百香果。把满满一杯泡好的百香果蜂蜜水放在茶几上后，他没有打扰在画画的莫小雨，而是端着咖啡杯回到餐桌上。

莫小雨来了之后，他就没有按照以往的习惯回书房工作，而是把东西都搬到客厅的餐桌上，他坐在这里，莫小雨只要一抬头就能看见他。

在大多数时候莫小雨都是个很安静的人，不聒噪，不碎碎念，也不会刻意去折腾出动静来。他就像一朵花一样安静，有风吹来了，也只会轻轻摆动一下。

不知不觉段栩砚的注意力从电脑屏幕上移开，他靠着椅背，安静地看着低头在纸上画画的莫小雨。

莫小雨画画的时候特别认真，不会动来动去，你只能听见画笔落在纸上的沙沙声。

不知过了多久，可能是一个小时，莫小雨停下了画画的手。

他端详着自己的画，抿唇，嘴角勾起小小的弧度。

段栩砚见莫小雨像发呆一样看着自己的画，半晌才放下画笔，抬起头，眼睛看向自己。对上这样一双纯真的眼睛，这世上怕是没有一个人敢说自己不会心生保护之意。

段栩砚就感觉自己的心口里好像多了团温暖的羽毛，毛茸茸的，又充满了温度。

莫小雨拿起桌上画好的画展示给段栩砚看，画纸上是夜幕和星星，代表着段栩砚和莫小雨的小人坐在巨大的月亮上。

段栩砚的手肘支在桌上，手掌托着一边的脸颊看着他的画，笑意盈盈："真好看，小雨画的是栩砚和小雨坐在月亮上看星星吗？"

莫小雨脸上笑容更大了，连连点头："梦见的，梦见的，和栩砚。"

段栩砚愣了一下，不免有些疑惑地问："小雨不是梦见栩砚种彩虹吗？"

"是另一个，都是栩砚。"

段栩砚恍然大悟地点头，问："那小雨开心吗？"

"开心。"说这话时莫小雨脸上的开心显而易见。

"那如果小雨梦见了和别人坐在月亮上，比如衡信哥，小雨会开心吗？"

莫小雨脸上的笑收起了一些，眉头微微蹙起："不要不要，不开心！"

段栩砚这时候一点儿都不像是个成熟稳重的大人。他乐此不疲地追问。

"一定要是栩砚？"

"嗯！"

"其他人不可以？"

莫小雨想都没有想就摇头："不可以，不可以。"

段栩砚似乎不太相信，从座位上站起身朝莫小雨走去。

他没有走到莫小雨的身边，而是停在茶几边上，和莫小雨面对面隔着一张茶几桌，两条腿跪坐在地毯上，手肘撑着茶几桌面和他对视："为什么？"

"栩砚好！"

"可是小雨以后还会认识很多的人，交很多好朋友。大家都很好的。"

莫小雨一脸疑惑地看着他，没明白他的意思。

段栩砚斟酌了一下："小雨不会只有栩砚的，因为这个世界很大，也有很多的人，以后小雨一定会认识喜欢小雨和想跟小雨做好朋友的人。"

他这段话很长，长得莫小雨需要花一些时间去理解，然而他即使思考和理解了，也依然没能完全明白，脸上的疑惑渐渐变成茫然。

段栩砚看清他的茫然后忽然低头笑了一下，笑自己幼稚，不成熟，斟酌着说了那么多话不过是在引导莫小雨说出自己想要的答案。

他想听莫小雨回答"是的"。

他希望自己是与众不同的，希望自己可以始终让莫小雨觉得开心。

但这些希望不过是他自己的意愿，并不是莫小雨的。

段栩砚笑了笑："好啦，栩砚不打扰小雨了，你继续画画吧。"

说完起身走回餐桌。

莫小雨微微拧眉看着他，张张嘴无声地叫了声"栩砚"。

段栩砚没注意到，因为他坐回座位上很快就重新投入工作当中。

莫小雨坐在茶几前眼巴巴地看着他，总觉得段栩砚好像不太开心，但他不知道为什么。

莫小雨有睡午觉的习惯，到了下午一两点他就不太愿意动了，坐在沙发上脑袋一点一点的，连扫地机器人跑到他脚下，他也只是默默低头看一眼，再把挡着扫地机器人的脚抬起来。

段栩砚忙完，看他坐在沙发上犯困就带着他回二楼的主卧，拉上窗帘让他躺了一会儿。莫小雨躺在床上睡姿规矩，两只手交叠放在肚子上，缓慢地眨了两下眼睛，下一秒便沉沉地睡去。

段栩砚感觉莫小雨呼吸变得绵长了才小心翼翼地看了一眼，确定莫小雨睡着了才轻手轻脚地出去。

下午三点左右，段栩砚正坐在书房的电脑前，乔衡信给他打了个电话，约他晚上出门聚餐。

段栩砚不在Ａ市的这段时间里，他身边所有的朋友在知道他是去休假后，没有一个人打扰过他，昨晚乔衡信发了条去机场接段栩砚的朋友圈，他们才知道段栩砚休完假回来了。

乔衡信说："姚清他们挺长时间没看见你了，都很想见你，说今晚有时间的话可以一起聚聚，见一面，看看你好不好。"

段栩砚本想拒绝的，但是乔衡信这话说得软，再者朋友们的关心和好意合情合理，找他前也让乔衡信先打个电话过来问问他的意见。

换作平常段栩砚去便去了，但是现在不一样，他身边还有莫小雨，他要是出门了，莫小雨就得一个人在家，他不可能做得出来把莫小雨一个人扔在家里这种事。

乔衡信好一会儿没听见电话那头的人说话，一挑眉就知道他在担心什么，道："你把莫小雨一起带上不就好了？怎么，你还怕我们把他吃啦？"

段栩砚还是犹豫："小雨毕竟不太一样，我应该多考虑一些。"

"我看他挺好的，你也不用那么小心翼翼，都是朋友你还担心，那他以后要怎么办？你还真打算去哪儿都带着他一起？"

段栩砚最近一直在考虑这件事，要莫小雨跟着他一起去上班也不是不行，他心里愿意，但这总归不是长久之计。

他希望莫小雨的世界可以再大一点儿，接受多一点儿人进去，热闹一些，而不是只有他一个人。

莫小雨不是他的附属品，他是一个有着完整人格、有自己的脾气和思想的人，他理应去获得一个正常的、体面的人生，段栩砚愿意为此助力。

"嗯，那我带着小雨一起去。"段栩砚最终还是应下了。

"放心，我会打好招呼的。"

挂了电话后，段栩砚坐在座位上许久都没有动，然后忽然想起了什么，打开手机微信列表翻找联系人。

因为书房的隔音效果好，段栩砚怕莫小雨醒了在外面找不到他，所以书房门一直是开着的，这也让他在第一时间听见了主卧房门被打开的声音，还有莫小雨小声叫他的声音。

"小雨，我在这里。"

他话音刚落门外就响起了脚步声。

段栩砚眼睛含笑地看着书房的门，没过一会儿脚步声就停了，一个睡得头发乱蓬蓬的脑袋从门框边探了出来，圆圆的杏仁眼大而有神。

看见书房里的段栩砚，莫小雨站在门边没进去，小声地叫他："栩砚。"

"小雨饿不饿？"段栩砚起身从桌子后走出来，走向门边的莫小雨，"有没有洗脸？"莫小雨摇头，下意识地伸手去拉段栩砚。

他很喜欢做这个动作，想来可能是他没有太多安全感的表现，所以总是要抓住他信任的人，好像生怕对方跑了。

段栩砚在任何时候都不会拒绝他拉着自己的动作，都是由着他。

段栩砚带着他走向主卧的卫生间，看着站在洗脸池前用手捧水洗脸的人，道："小雨，晚上栩砚带你出去玩好不好？"

莫小雨湿着脸转过头看他："出去玩？"

之前在杏雨街的时候，到了晚上段栩砚和他都不会再出门，而是待在莫小雨的家里一起画画，到了莫小雨要睡觉的时间段栩砚再回民宿，所以此时听见段栩砚说晚上要出去玩，莫小雨更多的是疑惑。

"对，出去玩。"

段栩砚轻声道："带小雨去认识一下栩砚的朋友。"

莫小雨拿起一旁的毛巾擦了擦脸，好奇地问："……衡信哥？"

"有衡信哥，但是还有其他几个人，他们都想认识一下小雨，和小雨做好朋友。"

莫小雨听得眼睛微微一亮："和小雨做好朋友？"

段栩砚笑着点点头："对。"

莫小雨"嗯"了一声，把手里的毛巾洗了洗再拧干挂好。

段栩砚肩膀靠着卫生间的门框，看着他问："小雨答应了？"

莫小雨用力点头："答应了，答应了。"

第五章
愿意在这儿

到了傍晚，太阳落山后段栩砚带着莫小雨走进别墅的车库，开车出门。

莫小雨虽然会晕车，但是好在他不是特别排斥坐车，段栩砚会专门给他留一条车窗缝，外面有风吹进来莫小雨会好受一点儿，不会头晕犯恶心。

二十分钟后，车子停在了一间颇具哥特风格的建筑前，夜幕降临时分，建筑亮起了橘黄色的灯，自下而上地打在墙壁上，有一种低调的奢华，且不失典雅。

下车后，莫小雨被段栩砚拉着往门里走时总是忍不住回头看身后巨大的雕像喷泉，他在想那哗哗响的水池里会不会有小鱼。

Golden Wave 是一家会员制的高级私人会所，段栩砚每年都要往这里交不少的会费，但他除工作需要或者和朋友们聚会以外，其他时候基本不来这里。

虽然他来得少，但是会所里的侍者都认得他。事实上，所有登名在册的会员侍者们都要记得他们的长相，比如守在门口的侍者，他只需一眼就能认出并不常来的段栩砚，不必多说什么就自动把人领去乔衡信所在的房间。

莫小雨不太喜欢这里，进门后就一直紧紧贴着段栩砚走，长得仿佛没有尽头的豪华走廊时常会从门里出来一两个穿着昂贵西装的男人，这些人给人的第一眼的感觉就是高高在上。

每一个穿着西服背心并捧着黑色托盘的人，在走到这些人面前时总会停下并微微躬身。

这些人走到段栩砚面前时也会这样，段栩砚不会无视他们，会礼貌地朝他们颔首。莫小雨跟在他后面则是微微抬起手朝他们挥一挥，小声地说："你好。"

这是段栩砚教他的，第一次见面的人打招呼要说你好。

到了房间外，侍者先敲了一下门，然后握着银色的门把手把门推开。

莫小雨在段栩砚身后好奇地探出半个头来，一眼看进去先是看到了手里端着红酒杯的乔衡信，然后第二眼就被房间里巨大的水晶吊灯吸引了。

那水晶吊灯实在太大了，大得他根本不可能数得清上面到底有多少颗水晶。

段栩砚拉着他走进门里了，他还仰着脖子看。

那些围坐在沙发上的人见段栩砚身后进来的男生一直仰着脖子，也都不由自主地跟着一起仰头看。

没一会儿整个房间里除了段栩砚外，所有的人都跟着仰头。

乔衡信端着红酒杯一边仰头看一边问："看什么呢？这上面有什么东西吗？"

"不知道，不就是灯吗？"

"……他看见什么了？"

"哎——我脖子好疼。"

莫小雨没听见他们说话，自顾自看完了就把头低下，紧挨着段栩砚，把脸凑近段栩砚，悄悄地说："栩砚，这个灯好好看。"

姚清只跟着看了一眼头顶上的吊灯，随后就把视线便落在了段栩砚身上，这一眼也让他看见了在段栩砚旁边说话的莫小雨。

他们这个举动让姚清眉头略微一蹙，很快却又舒展开来，他放下手里的酒杯，起身笑着道："阿砚，好久不见了。"

这嗓音清亮的一句话也把在场所有人的视线和注意力重新拉了回来，莫小雨循声看了姚清一眼，抿了抿唇没出声。

原本还坐在沙发上的人都在这句话后跟着站起身："老段，这么久没见，我是真想你了。"

段栩砚笑着伸手和他们击掌，莫小雨紧跟在他身后，眼神好奇地扫过每一个和段栩砚击掌或者握手的人的脸。

很快，这些人的视线都从段栩砚身上挪到了莫小雨身上。

段栩砚微一侧头看向莫小雨，充满暗示意味地叫了声他的名字："小雨。"

莫小雨先是看了一眼段栩砚，随后像是得到莫大的鼓励般转过脸对着乔衡信和姚清他们道："大家好，我叫莫小雨。"

乔衡信"嘿嘿"一笑："小雨还记得我吗？我是你衡信哥。"

"小雨来，快来坐，你想吃什么张哥都给你买。"坐在沙发边上，头发根根竖起的青年用力拍了拍左手边的单人沙发，十分热情。

莫小雨只是看着他，没说话也没动，脚下连一寸都不肯挪。

段栩砚心里觉得好笑，觉得莫小雨像是第一次离开家的家猫。

"他有些内向，不习惯有太多人看着他。"段栩砚解释了一句，拉着莫小雨走到姚清对面的空位坐下。

姚清看了莫小雨一眼，视线转向段栩砚，轻声问："还好吧？"

段栩砚点点头："挺好的。"

莫小雨默默看着姚清，又大又亮的杏仁眼里映着对面年轻人清俊的脸庞。

"小雨渴了吗？要不要喝水？"

听见段栩砚的声音，莫小雨转过脸看着他，嘴唇微动却不见有声。

段栩砚把耳朵凑过去："嗯？小雨说什么？"

莫小雨什么也没说，甚至嘴巴都闭得紧紧的，他的情绪好像在突然间变得不太好了。

段栩砚拿过茶几上的平板，点开里面琳琅满目的菜单："小雨想吃什么？要不要喝热巧克力？"

看着平板上精致的美食图片，莫小雨勉强来了一点儿精神，伸出手指虚虚指了一下屏幕上的切块黑森林蛋糕。

段栩砚就帮他点了一份，又打开了饮料的那一页，跳过了所有昂贵的酒类，直接到了最后篇幅和种类都很少的红茶和牛奶之类的饮品。

莫小雨看见牛奶的图片又虚伸指点了一下。

段栩砚这次没有帮他点："小雨自己来。"

莫小雨就学着刚才段栩砚点单的样子在加号上点了一下。

下好单之后，段栩砚把平板放回茶几上，拿出手机打开游戏递给莫小雨。

莫小雨默默接过手机开始通关。

另一边，乔衡信这一群"富二代"和"富三代"的话题一直围绕在公司上，基本上没怎么注意段栩砚和莫小雨。

只有时不时把视线转过去的姚清眼神变了几变。

段栩砚很少参与到乔衡信几人的侃侃而谈里，只在这帮有酒就饱的人端起酒杯的时候，也只是拿过一旁的水杯浅抿一口。

话题在换了四五个之后又重新回到了段栩砚身上，谈论他的假期。

这帮家境殷实优越的"富二代"家风很严，大多数人不是在家里公司从底层做起，就是自己创业，当个凡事亲力亲为的"总裁"。

在听段栩砚说起杏雨古镇远离工作的安宁和美好，这些人都目露向往。

"真好，我想起了那年夏天我去夏威夷度假，给金发碧眼穿着比基尼的美女擦防晒霜的日子了。"

乔衡信吐槽他："你是想念比基尼美女，还是想念给比基尼美女擦防晒霜？"

那人叹气道："都想，为什么我和电视里演的'富二代'不太一样？人家都是每天游手好闲，琢磨着怎么花钱，而我每天只有开不完的会和看不完的报表。"

"最近很流行的那个电视剧啊。"

"怎么？我不比那个主角有钱吗？"

"那不知道，但反正你妈妈是比他妈妈要厉害，你要是像主角那样会被你妈打断腿，朋友一场，我会给你找个厉害的骨科大夫。"

"看看，这就是二十年的友谊，我敬你一杯白开水。"

"客气。"

几人正说笑着，门外侍者送来了蛋糕和牛奶。

这下所有人的视线又投向了莫小雨，因为在座的除了他，没有人对这两样东西感兴趣。

看见蛋糕，莫小雨的心情又稍微好了一点点，把玩到一半的手机还给了段栩砚，用银色的叉子先分了一小块蛋糕出来想递到段栩砚的盘子上。

"栩砚。"

在场那么多人看着，段栩砚还是有点儿不好意思的，他笑着抬起手按住莫小雨的手腕："小雨吃。"

莫小雨见他拒绝，抿着唇一脸失落地收回手，像一朵被雨水打得无精打采的花骨朵，他的每一根头发丝都透出了主人满心的失落。

段栩砚看得有些心疼和后悔，捏了捏他的手肘，轻声道："小雨，栩砚吃。"

莫小雨一只手抓着叉子，一手扶着蛋糕底下的盘子往另一边挪了点儿，声音低低的："不给栩砚……"

莫小雨拉开蛋糕盘子的动作很小，小得有点儿在逗段栩砚的意思，至少坐在两人正对面的姚清是这么想的。

只有段栩砚心里清楚，莫小雨这种反应已经是很不高兴了。他心里觉得有点儿奇怪，因为莫小雨不是会为这一点儿事情而真的不高兴的人。

看着莫小雨生气到都有点儿鼓鼓的侧脸，段栩砚有点儿心疼，也有点儿想笑。他顾不上身边还有人看着，把脸凑过去追问："小雨真的不给栩砚了吗？一点点也不给吗？"

莫小雨也不看他，两只手挪着蛋糕盘子又往右边挪了一点点，连蛋糕都不吃了，叉子就拿在手上。

他挪开一点儿，段栩砚就往前凑一点儿，凑近一点儿就要叫他一声："小雨？"

连着叫了两声后，莫小雨才微微抿唇，嘴角露出隐隐的笑意，但眼睛还是没有看段栩砚。

段栩砚一只手支在膝盖上，手掌托着脸看那块黑森林蛋糕，略有些低沉的声音里满是羡慕："哇，这蛋糕看着好甜好好吃，我真想吃一口。"

莫小雨听见这话微微侧过脸，圆圆的杏仁眼很认真地在看段栩砚脸上的表情，似乎在确定他是不是真的很想吃，然后把盘子推给他。

段栩砚看了一眼那个盘子没有动，表情和眼神充满失落地看着莫小雨："小雨不能分栩砚一口吗？"

莫小雨很有底气，没有那么好哄："是栩砚不要的。"

"栩砚要。"段栩砚看着他，轻声道，"小雨不给栩砚，栩砚就不吃了，栩砚饿着肚子。"

坐在两人对面的姚清差点儿听笑了，以拳抵唇掩饰般轻咳了两声。

乔衡信那帮人对莫小雨没有那么大的兴趣，不怎么关心他们俩悄悄地聊什么，聊上头说话音量也大了，完全没有注意到另一边的动静。

见段栩砚不接盘子，莫小雨就把盘子默默收回来，叉起一口蛋糕，自己不吃也没有要递出去喂给段栩砚的意思。他抬起眼竟然是先看坐在对面的姚清。

姚清突然与他对视，愣了一下："……你要给我？"

段栩砚也看得一愣，他看向姚清，忽然有点儿明白过来了，他对姚清道："你叫我一声。"

姚清一脸疑惑："叫你什么？"

"你平时怎么叫我？"

"……阿砚？"

莫小雨听见这两个字，嘴唇抿了抿，垂下眼睛放下手里的叉子。

段栩砚见状托着脸的手改成捂住眼睛，笑得肩膀都在微微发颤。

姚清一脸茫然："我叫你阿砚怎么了？我一直这样叫你。"

段栩砚放下捂住眼睛的手，脸上笑意很浓说："没怎么，他就是心里有点儿奇怪。"

姚清没听懂："哪里奇怪？"

"他奇怪只有你这么叫我。"

段栩砚说完笑着转头看向莫小雨，轻声问："是不是？"

莫小雨没有应。

姚清想不通这一个称呼有什么关系，而且又怎么会和他有关系。

段栩砚解释道："这里只有你这么叫我，他会奇怪为什么只有你这么叫，然后会想是不是我和你的关系很好，所以只有你才能这么叫我。"

姚清听懂了："哦，不许我跟你关系好。"

"不是，他不是针对你。"

"那就是谁也不行？"

"或许是这样。"段栩砚收回手，道，"他刚才给我蛋糕也不全是习惯，应该是做给你看的。"

姚清听得哭笑不得："做给我看的？为什么？"

"可能是想证明给你看，他和我的关系更好。"

段栩砚说完伸手拿过那把被莫小雨放下的叉子，又递到莫小雨手里，似哄又似保证："我和小雨最最好。"

莫小雨抬眼看他，乌黑的眼底映着段栩砚仍带着笑意的脸庞，因为一个称呼而有些闷闷不乐的人终于恢复了好心情。

姚清看得挑眉，有一句话从段栩砚和莫小雨出现后就想说的，这会儿终于憋不住了："你好像挺乐在其中的样子？"

段栩砚听得一愣，怔怔地转过脸看他。

姚清耸了耸肩："我就那么一问，如果不好回答，你也可以选择不回答。"

段栩砚没说话。

姚清看着他道："别怪我这么问，你刚才笑的样子，我认识你这么久了头一回见，我想就算是衡信可能都没看见过。"

说着姚清看了一眼正低头吃蛋糕的莫小雨:"他很依赖你,而你也明显喜欢被他依赖,只是我感觉你好像还没有想清楚该怎么处理你们之间这种依赖和被依赖的关系。"

那一小块蛋糕不过巴掌大,没一会儿莫小雨就吃完了,自己抽了一张桌上的抽纸擦嘴,然后端起那杯还温热的牛奶喝。牛奶应该是甜的,因为莫小雨只喝了一口表情就变得非常愉悦,嘴唇上一圈奶白的痕迹。

段栩砚目光落在他的身上,他自认为足够了解莫小雨,莫小雨就是轻轻皱一下眉头,他想自己都能明白是什么意思。

姚清的问题很清楚,他甚至给帮自己分析了一下问题所在。

段栩砚此前从未思考过这个问题,因为在他看来,在大多数时候他对莫小雨都是关心和放心不下居多。

莫小雨很相信他,这种依赖和被依赖的关系细说起来似乎比单纯的友谊关系更近,可能更像哥哥和弟弟。

他不知道莫小雨是怎么看待的,至少就目前已知的来看,他常常挂在嘴边的是"好朋友"。

毋庸置疑这三个字对莫小雨来说是很特别的。

那么莫小雨对他来说是好朋友吗?就像乔衡信那样?

不,还是不太一样的,他对乔衡信虽然也关心,但并不像是这种无微不至,他会对莫小雨很有耐心,像养护一棵小树,持续不断地给予养分,看着它茁壮成长。

段栩砚看着手捧牛奶杯的莫小雨,忽然笑了笑,拿出随身带着的手帕擦去莫小雨嘴唇上一圈奶白的痕迹。

"要紧吗?"

莫小雨不明白他在说什么,满眼天真地望着段栩砚。

姚清缓缓摇头,唇角笑意若隐若现,让人猜不透他摇头是指不需要还是不知道。

他一只手托着腮,看着莫小雨懵懂单纯的脸庞,好一会儿才道:"你说他能理解吗？有没有可能只是他以前没遇到过像你这样的人？毕竟你这温柔的性格，我想你滴水不漏的关心和照顾会让所有人依赖你。"

"你是指什么？"

姚清食指挠挠额角："比如说你为他所付出的一切，他有没有可能只是因为贪恋你的付出？那以后再有一个对他无私付出，甚至付出的比你还要多的人，他会困惑迷失吗？到了那个时候，你要怎么办？"

差不多晚上九点的时候，段栩砚带着开始犯困的莫小雨回家，乔衡信也没硬留，只挥了挥手说"明天公司见"。

莫小雨的生物钟很准时，只要到了晚上九点眼皮就会重得开始打架，上了车坐在副驾驶上就已经在昏昏欲睡了，连安全带都是段栩砚给他系的。

回去的路上莫小雨在犯困，两人就都没有说话，安安静静地回到别墅的车库里。

段栩砚转头看向副驾驶座上已经睡得脑袋往一边歪的人，想了想还是没有把人叫醒。

莫小雨睡得不沉，段栩砚停车之后，他就已经缓缓睁开眼睛。

可能是因为回来的路上已经小睡了一下，等他进了屋，坐在沙发上已经变得很精神了，圆圆的杏仁眼神采奕奕地看着段栩砚。

段栩砚见他醒了，走向厨房想给他倒水喝。

没想到坐在沙发上的莫小雨见他走了竟也跟着站起来，跟在他身后走进厨房。

段栩砚站在橱柜前拿出莫小雨的杯子，给他兑了一杯温的蜂蜜水。

没多久一小杯蜂蜜水就被莫小雨喝完了，段栩砚接过空杯子放进洗碗池里，等明早阿姨过来的时候收拾，拉着莫小雨往二楼走。

这一路段栩砚都没有说话，可莫小雨心思敏感，察觉身边人的异样对他来说不是难事，上楼梯时一直在看段栩砚的侧脸。

等段栩砚要牵着他回房间，莫小雨忽然停住脚，疑惑地看着他："栩砚？"

段栩砚不解地回头："小雨？"

莫小雨看着他眉头微微皱起，好像很担心："栩砚不高兴，栩砚生气了。"

"没有。"段栩砚缓缓摇头，"我没有生气。"

莫小雨不知道是不相信他说的"没有"还是没听见，两只手紧紧拉着他的衣服："栩砚不要不高兴，不要生气。"

他拧眉细思道："栩砚要吃大草莓吗？小雨买。"

"买"这个字尾音还拉得挺长的，听得人心里暖乎乎。

段栩砚肩膀抵着门框，安静地看了他一会儿，笑了一下道："小雨在安慰栩砚吗？"

莫小雨用力点头道："安慰安慰，小雨给栩砚买草莓。"

他喜欢吃草莓，所以无师自通地用草莓哄段栩砚高兴。

今晚姚清说的话，段栩砚其实并没有怎么往心里去，那些问题在没有出现前永远都只会是假设，根本不可能有答案，思考那些到头来不过是自寻烦恼。

他这会儿情绪不佳不过是因为姚清有句话他放在心里了，以至于回来的路上一直在想，莫小雨是如何看待他的，仅仅只把他看成朋友吗？如果以后出现了另一个被他称为朋友的人，那是否意味着自己也只是莫小雨生命中一个帮助过他的人？

莫小雨就像一张白纸一样，甚至最早两人相遇之初都不是莫小雨主动走进他的世界。

那天在杏雨古镇，如果不是他先注意到莫小雨，两人或许从一开始就不会有任何交集，更不可能像现在这样。

只要一想到这个可能性，想到他和莫小雨当初是完全有可能成为彼此不知道姓名的陌生人，段栩砚心里便很不是滋味。

他的沉默似乎让莫小雨更加不安。

"栩砚？"

段栩砚静静地凝视莫小雨的眼睛，问道："除了我，小雨还会再给其他人买草莓吗？"

莫小雨疑惑地歪头看他："为什么？"

段栩砚沉默了片刻，又再问："小雨是问为什么要买还是为什么不买？"

"为什么要买？"莫小雨望着他，圆圆的杏仁眼带着天真的困惑，"小雨只想给栩砚买。"

段栩砚听完心情很好，脸上也出现了浅浅的笑意："小雨对我这么好，是因为我是你的好朋友吗？"

莫小雨没有回答，而是双眼定定地看着他，随后好像是点头又好像是摇头地晃了一下脑袋。

他这个有趣的反应让段栩砚觉得很好笑，脸上笑意由浅变深："小雨这是在点头还是在摇头？"

莫小雨表情露出一点儿沉思状，好像不知道该怎么表达自己内心深处真正的想法。

段栩砚无意要他承诺或是保证什么，更何况现在时间也不早了，他不希望因为自己的一点儿心事耽误莫小雨休息。

"好了，小雨现在该睡觉了。"

段栩砚拉起莫小雨的手腕就想往房间里走，但莫小雨伸手扶住了门框，两条腿连一寸都不肯挪。

"小雨？"

莫小雨看着他，嗓音软软的："是好朋友，也是……"

"也是什么？"

莫小雨又说不上来了，"嗯嗯"支吾了两声，小脸上为难的表情可怜得叫人不忍。

他想说的说不清，但是能肯定的事情还是能表达的："小雨给栩砚买。"

说罢，他还另外补充再强调："只给栩砚买！"

他懵懵懂懂地说不清，但其实隐约能明白一些。他觉得段栩砚是不想他给别人买草莓的，而他也一样，不希望段栩砚给别人买。

他努力表达希望对方能明白，他对自己弥足珍贵。

段栩砚默默看了他一会儿，笑着道："小雨明天和栩砚一起出去玩好吗？"

莫小雨看着他,像是在找什么东西,接着脸上缓缓露出一个无邪的笑容,用力点头:"好。"

莫小雨发现,在他答应说"好"以后,段栩砚的心情明显变好了,而且还是变得非常好。

他洗完澡穿着睡衣从卫生间里出来,就看见段栩砚坐在床上看手机,嘴角含笑。

段栩砚见他出来后脸上的笑意更深,还抬手拍了拍身边的位置:"小雨,快过来。"

莫小雨就走到他的身边坐下。

段栩砚把手机屏幕递到他面前,一边说一边滑动手机屏幕:"小雨喜欢这个吗?"

他给莫小雨看的是一部动画电影的海报。海报上颜色绚丽,画面叫人眼前一亮。这部电影网上好评很多,据说是治愈系的。比起其他的烧脑犯罪片或者爱情片,段栩砚觉得莫小雨会更喜欢这类电影。

果不其然,莫小雨在看清楚手机屏幕上的海报后,眼睛就一亮,指着上面站在主角位置上的小狐狸,兴奋地"哇"了一声。

以莫小雨的眼光来看,这海报上的狐狸是很帅很酷的。

段栩砚偏头仔细看他的表情:"小雨喜欢?"

莫小雨眼睛亮亮地点点头:"大尾巴!"

原来是喜欢狐狸的大尾巴。

"好,小雨喜欢,那我们明天晚上就看这个。"段栩砚一边说着一边下单,订了两张明天晚上八点半的电影票,订好了转头看他,"小雨会不会在电影院睡觉?"

毕竟那个时间他应该开始觉得困了。

莫小雨摇头道:"不会。"

段栩砚挑着眉:"真的不会?"

"真的真的。"莫小雨说完湿着头发,光着脚坐着。

段栩砚逗他:"这是谁的脚丫子?嗯?洗得这么干净。"

莫小雨让他逗得把脸埋在枕头里"咯咯"笑。

"这脚丫子是香的还是臭的?"

"是香的是香的,小雨是香的。"莫小雨像是怕段栩砚嫌他臭嫌他不香,抬起自己的脚闻了闻,还要再补充一句,"小雨很香,对不对?"

段栩砚点头道:"对,小雨太香了,蝴蝶和蜜蜂都要来找小雨了。"

"不要蜜蜂。"莫小雨摇摇头,他最不喜欢蜜蜂,因为小时候被蜇过。蝴蝶倒是可以接受,但前提是不能离得他太近,尤其不能往他脸上飞。

"好,不要蜜蜂,它们要是来了我就告诉它们小雨不在家,让它们以后都不要来找小雨了。"段栩砚一边和莫小雨说着话,一边找出吹风机给他吹头发。

"对,不要找小雨,小雨不喜欢。"

莫小雨发量很多,每次吹头发都要吹很长时间,段栩砚对着他总是有足够的耐心,吹上十几分钟也不觉得麻烦,还总是一遍遍确认发尾有没有完全干。

莫小雨等得都有些困了,段栩砚是一定要把他的头发完全吹干才让他去睡觉。

在反复确认小雨头发干透后,段栩砚关了吹风机:"好了,小雨可以睡了。"

莫小雨转身就往床的里侧爬,躺在枕头上缓缓眨了两下眼睛,然后闭上眼沉沉地睡着了。

第二天一早,七点刚到,手机闹钟就响了。

段栩砚在闹钟响的那一刻把闹钟关了。

七点二十分,段栩砚洗漱完下楼,打开冰箱找了找食材。他没有逛超市的习惯,虽然在家都自己煮着吃,但食材他都是在网上超市下单等送货上门,买一次能吃两三天。

他昨天给莫小雨买大虾时顺便买的食材还剩了一些,他找出几样准备简单煮个面条当早餐。

七点三十五分,段栩砚把火转成最小,回到二楼叫醒还在睡觉的莫小雨。

莫小雨醒了坐起身表情还是迷糊的，还得段栩砚把他送进卫生间。

"小雨，刷牙洗脸，然后下楼吃早餐，我给你煮了面条。"

莫小雨顶着一头蓬乱的头发站在洗脸盆前打了个大大的哈欠，也不知道听没听见段栩砚说话。

厨房里还有火没关，段栩砚着急下楼，看着还是站着不动的莫小雨，道："小雨，面条要是凉了就不好吃了。"

莫小雨站着闭上了眼睛，看上去像是站着也能睡过去。

段栩砚只好无奈地走回莫小雨身边："小雨，快醒醒。"

莫小雨缓缓睁开惺忪的睡眼，委屈地抿唇看着段栩砚："小雨困……"

"那小雨不想和栩砚一起去上班了？"

"小雨想……"

"那就要一起出门才行，不然小雨就看不到栩砚了。"

"……和小雨一起。"

"可是栩砚要上班，不能和小雨一起待在家里。"

莫小雨垂下眼，心不甘情不愿地"嗯"了一声。

段栩砚凑到他面前："小雨忘了今天要和栩砚出去玩吗？"

莫小雨愣了一下，忽然精神起来了。

"小雨今天晚上还得去看大狐狸的。"段栩砚说着找出昨天那张电影海报给莫小雨看，"小雨想起来了吗？"

莫小雨看着手机屏幕上的大尾巴狐狸，缓缓点头："想起来了。"

段栩砚抿唇一笑，收起手机："小雨真聪明！一下子就想起来了，今天一定要给小雨买大草莓。"

莫小雨眼睛里的困倦一下子就消失了，圆圆的杏仁眼一点点亮起来。

段栩砚一直等到莫小雨开始洗漱了，才放心地转身下楼，把锅里煮好的面条捞出来，再浇上炒过一遍的番茄鸡蛋肉末。

碗刚摆上桌，莫小雨正好从楼上下来，顶着蓬乱的头发。

段栩砚只煮了莫小雨一人份的面条，自己没有吃，他的早餐就是一杯黑咖

啡。他一边喝一边看着对面的莫小雨吃。

没多久莫小雨就把碗里的面条吃得干干净净，连汤汁都没剩下，段栩砚怕他喝不下，就只给他倒了小半杯的牛奶。

八点三十分，段栩砚领着小雨走进车库，开车去上班。

他上班的地方在Ａ市最繁华的地段，这一片都是高楼大厦，还有鳞次栉比的写字楼。

而他和乔衡信创立的公司就在这Ａ市最高的一栋写字楼里，从二十层到二十五层都属于他们公司的总部。

车子稳稳地从马路上密集的车流中开出来，开进写字楼的地下停车场。莫小雨的眼睛一直好奇地看着车窗外。

等把车停好后，段栩砚提着包和莫小雨从车上下来。

地下停车场是有电梯能到楼上的，不用再绕路从一楼大堂走。

莫小雨自从来到Ａ市后，只要出门在外就一定要紧跟着段栩砚走，搭乘电梯时也不例外。

电梯一开始只有他们两个人，可当电梯从负一楼升到一楼停下后，电梯门外忽然进来五六个人。

莫小雨被他们吓了一跳，身体下意识地一缩。

段栩砚看了看身旁的莫小雨，然后把他带到角落的位置，没让电梯里的陌生人离他太近。

电梯一层层往上升，每到亮着灯的楼层时便有人离开，等到二十三层的时候电梯里就只剩下他们两个人。

段栩砚休假多日，好不容易回来上班，当他一如往常在九点的时候踩着时间一分不差地走进来，整个二十三层的所有工作人员都挤在前台鼓掌欢呼。

"啊啊啊——段总！欢迎您回来！"

"段总！您终于回来了啊！我这两天做梦老梦见您！"

欢呼声在他们看见段栩砚领着的人后戛然而止。

段栩砚没理会他们的震惊，自顾自地领着莫小雨往里走，朝他们笑了笑：

"好了，谢谢大家的欢迎，今天的咖啡我请，都回去工作吧。"

说完他只留下个背影给大家，便带着莫小雨进了最里间的他个人的办公室，把各种窃窃私语和好奇探究的眼神留在了门外。

莫小雨等段栩砚关门了才小声地说："栩砚……好多人。"

"嗯，他们都是栩砚的同事，不是不认识的人。"

因为担心莫小雨在这里等他下班会无聊，段栩砚把他的画本、画笔都带来了，甚至家里的平板也带来了一个。

他办公室的这套沙发茶几在大多数情况下只是摆设，所以像靠枕和毯子这里是绝对没有的。

但段栩砚是个很细心的人，带莫小雨过来的时候就把他可能会用得到的东西都准备好了。

乔衡信敲了两下门，没等里面的人同意就把门推开，眼看着段栩砚正把一个小枕头和一条小毯子从背包里拿出来，他反手关上门时脸上表情都是恍惚的。

"你这是……在干吗？"

段栩砚看了他一眼，把枕头和毯子叠好放在沙发上："小雨有午睡的习惯。"

乔衡信张了张嘴，他发现他低估了段栩砚滴水不漏式的照顾："……你让他在这里睡？"

段栩砚起身不解地看着他："那不然呢？"

这一句"那不然呢"理直气壮的程度直接让乔衡信无语了。

莫小雨看见他还是打了声招呼的，坐在沙发上软软轻轻地叫他："衡信哥。"

乔衡信脸上立即挂起笑容："嘿，小雨。"

段栩砚哼笑了一声："怎么过来了？"

乔衡信的办公室在二十五楼，不在这一层。

"你还不知道吧，公司大群因为你现在热闹极了，说你带了个小男生过来上班,现在都在猜那是你什么人。"乔衡信挑眉道。

"随他们猜。"

乔衡信收回落在莫小雨身上的目光,转头看着他,问道:"你打算之后上班都带着他?"

"不会,只是这几天会跟着我。"段栩砚把从家里带来的平板打开,点开了小游戏递给了莫小雨,让他自己玩。

乔衡信直觉他有话没说完:"为什么过几天就不用?"

"你还记得许褚学长吧?留校当老师那个学长。"

乔衡信想了想,有点儿印象:"硕博连读那个?"

段栩砚点点头:"对,我记得之前看过他朋友圈,说学校里的图书馆很缺人手,活儿都是零碎的,是需要整理的杂活儿,没有对电脑熟练使用的要求,薪酬是最低标准,我联系过他,他说要先向校方确认。"

乔衡信听完了一脸震惊:"你准备给他找工作?"

段栩砚道:"是,我仔细想过了,只有校园里的工作适合小雨。钱可以不多,但我希望他能有一份自己的工作,能有自己的事业。对小雨来说,大学校园的环境就很合适。"

乔衡信目光愣愣地转回到正全神贯注地玩游戏、一点儿没注意他们在说什么的莫小雨:"他……没问题吗?"

"先试试,不行再说。"段栩砚回身看着莫小雨,"总会有办法的,我们还有很多时间。"

乔衡信听见这话心里叹了一声:"你这不就是要负担起他的人生吗?"

"我愿意。"段栩砚说罢笑了笑,转身朝办公桌走去。

乔衡信认识他好几年了,可以说是非常了解他,他是个什么样的人他再清楚不过,也正因为清楚才担心。

"我总觉得你一直在为他考虑,为了他担心这担心那的,好像一点儿也没有替自己想想的意思。"

段栩砚疑惑地看了他一眼:"替自己想什么?"

"你说呢？你这跟捡了个儿子回来有什么区别？我刚才进来还以为你的办公室成托儿所了。"

"不至于，他不是孩子。"

"你也知道他不是孩子，但他太需要你了，那你这以后找对象，人家能受得了这个？"乔衡信语气很担心，"还有啊，你以后要是有了自己的孩子那又要怎么办？你每天工作忙完还要忙着端水啊？"

段栩砚没说话，低头拉开抽屉取出里面的眼镜盒。

他有些轻微的近视，平时不戴眼镜对生活也没有什么影响，但是工作的时候能戴上他都会尽量戴上。

乔衡信看着已经投入工作状态中的段栩砚，满肚子的疑问这时候也只能是暂时放下，改日再找时间和段栩砚好好聊聊。

乔衡信走后，段栩砚的办公室就彻底安静下来了，他和莫小雨谁也没有说话，宽敞的办公室里只有段栩砚敲击键盘的声音。

莫小雨玩游戏从来不会超过一小时，因为只要过了一个小时他的眼睛就会不舒服，这时候他就会把游戏放到一边，去找段栩砚。

段栩砚正在翻看他不在的这些天公司几个团队交上来的报告，感觉到身边有人影，等他转头一看就见莫小雨站在他几步外。

看着站在原地不动的莫小雨，段栩砚愣了一下，摘下眼镜，软声道："小雨，怎么了？过来吧。"

莫小雨眨了眨眼睛，慢慢朝他走去，垂眼看段栩砚随手放在桌上的金丝眼镜。

段栩砚一脸好笑地看着他："栩砚戴眼镜小雨就不认识了？"

"……认识。"

莫小雨还不至于因为一副眼镜就认不出段栩砚，只是戴着眼镜工作的段栩砚脸上面无表情，看着很冷，和平时的样子很不一样，他看着有点儿害怕。

莫小雨说不出刚才没走过去的原因，段栩砚自己却是大概能猜得到，他轻声问："小雨眼睛累了是不是？"

莫小雨缓缓点了点头。

"小雨渴了吗？"

"……一点点。"

"喝点儿水吧，栩砚给你带了，就在背包里，小雨自己去拿。"

莫小雨就转身走回沙发边上，拉开背包拉链，从里面拿出一个白色的保温杯。

他以前捡瓶子翻垃圾桶的时候捡过别人不要的保温杯，所以还是知道打开盖子以后，中间那个圆圆的东西要按下去才能倒出水来。

他不喜欢喝没有味道的水，段栩砚在保证他每天足够量的纯净水后，额外给他准备的都是蜂蜜水，每一口都有淡淡的甜味。

莫小雨坐在茶几边的地毯上，用保温杯的盖子当杯子，连着喝了两杯后，又重新倒了一杯端给段栩砚。

段栩砚一直在注视着他，见他小心翼翼地端着保温杯盖走过来，抿唇笑了笑，伸出双手接过，软声道："谢谢小雨。"

莫小雨笑得十分腼腆："不客气。"

段栩砚喝完莫小雨给他倒的蜂蜜水，把盖子还给他。

莫小雨收好盖子整理一下保温杯，从带来的包里取出画笔和画本，准备开始画画。

他不愿意坐沙发，就靠着茶几坐在干净柔软的地毯上，抬头见段栩砚一直看着他，还提醒道："栩砚要工作。"

段栩砚笑着转过身面对电脑，重新戴起眼镜："小雨说得对，栩砚要工作。"

这就和他们在家里的时候一样，段栩砚忙自己的，莫小雨画自己的。他们安静且专注，却又都习惯彼此的存在。

莫小雨只要一抬头就能看见段栩砚，而段栩砚只要一转头就能看见他。

上午十点刚过，段栩砚的办公室陆陆续续进来了几个人，他们有的是一个人进来的，有的是四五个一起进来。

莫小雨画画的时候很专注，不太关心这些进来的人找段栩砚做什么，但有时候他抬头去找段栩砚的时候，偶尔会对上那些人偷偷看他的视线。

这时候莫小雨的脸上就会露出笑容，杏仁眼弯得像月牙。

段栩砚看见了，把员工送来的东西签了字还回去，等人出去后才转头对莫小雨道："小雨，你怎么对着不认识的人也笑得这么开心？"

莫小雨手里还抓着画笔，听见段栩砚的话后他一脸疑惑："嗯？"

段栩砚觉得自己需要休息一会儿，扶着办公桌起身朝莫小雨走去。

莫小雨坐着没动，安静地等着段栩砚走到他身边，仰起头看他："栩砚？"

"刚才是谁笑得这么开心，是不是你？嗯？"

莫小雨看着段栩砚明显逗他玩的笑脸，手握画笔也跟着笑了，笑容单纯又干净："是小雨。"

段栩砚顺势坐下："原来小雨知道自己很可爱。"

莫小雨知道自己被夸奖了，很不好意思地低下头。

"小雨喜欢这里吗？"段栩砚问。

"喜欢。"

看着莫小雨用力点头，段栩砚又道："我是说小雨喜欢这个城市吗？"

最早他在考虑要带莫小雨来Ａ市的时候，最担心的就是他没有办法适应，但目前来看除了刚来那会儿有点儿想家，其他时候他的情绪和状态都挺好的。

莫小雨想了想又再点头："喜欢。"

"那小雨愿意留在这里吗？栩砚也在这儿。"

莫小雨抬起脸，乌黑的眼睛定定地看着他，重重点头："愿意在这儿，这儿有栩砚。"

这句话对段栩砚来说就像是一颗定心丸，他自己想多少遍都不如莫小雨自己亲口说愿意留在这儿，也让他之后对莫小雨的所有安排都没有了后顾之忧。

他的想法是希望莫小雨在Ａ市能有自己的工作，不需要能挣多少钱，但要有一份属于自己的事业，就像他还在杏雨街的时候会每天出去捡瓶子一样，他希望莫小雨来到这里也有事情可以忙，而不是只能跟在自己的身边。

他比谁都更希望莫小雨可以活得体面和快乐。

"小雨肚子饿不饿？午饭想吃什么？"段栩砚抬手看了眼腕表，已经快到吃午饭的时间了。

莫小雨还没回答，办公室的门就被人敲响了，不过是意思意思地敲了三下，门外的人直接推开门进来。

"老段啊，中午吃什么？一起吃呗！"

"我正在问小雨。"

乔衡信走进来坐到沙发上："小雨想吃什么？衡信哥给你买。"

段栩砚没说话，他想看看莫小雨会是什么反应。

莫小雨一脸认真地思考，却没有说出自己想吃什么，而是转头看向段栩砚。

段栩砚对上他求助般的眼神忍不住笑："衡信哥是在问你，想吃什么告诉衡信哥就行了。他有好多好多的钱，小雨想吃什么尽管说。"

"有好多钱"的乔衡信："……"

实在说不出自己想吃什么的莫小雨露出一点儿为难的表情，段栩砚一下子就心软了："小雨，我们中午吃烤鸭好不好？"

莫小雨无声地点点头，他没有什么好不好的，就算只有馒头可以吃，他也愿意。

段栩砚扭头对乔衡信道："吃烤鸭吧，小雨还没吃过。"

乔衡信比了个"OK"的手势，从裤兜里拿出手机："妥，我订个座。"

段栩砚处理完最后一点儿收尾的工作便和莫小雨一起离开了办公室。

乔衡信在外面等他们，两人出去的时候乔衡信正和前台的小姑娘们闲聊，也不知道是说到了什么，逗得人花枝乱颤。

见段栩砚和莫小雨一起出来，原本正嬉笑玩闹的人也不知道为什么忽然间都收了声。

段栩砚笑着看她们："我这么可怕吗？"

"没……没有没有！"

段栩砚没有和她们多聊,只道:"下午茶你们随便点,想吃什么、想喝什么都可以,账单拿来给我报销就行了。"

"哇!谢谢段总!"

"不客气。"

段栩砚说完领着莫小雨先行离开,乔衡信紧跟其后。

三人乘电梯到停车场,因为是一起去吃饭,乔衡信懒得自己开车就坐了段栩砚的车子。

莫小雨坐在副驾驶座,段栩砚上车第一件事就是探过上半身先给他系好安全带,再把车窗落下一条小缝,照顾好他才顾自己。

车子发动从地下停车场缓缓开出来,汇入源源不断的车流当中。

莫小雨不怎么喜欢坐车,即使不会晕车了也不喜欢,从上车开始他脸上的表情就有点儿冷淡。不了解他的人在这种情况下是看不出他心情好坏的,但是段栩砚能看出来。

等红绿灯的时候,段栩砚有些担心地转过脸问他:"小雨头晕不晕?"

莫小雨的眼睛直直地看着车窗外,缓缓地摇头,不是很想说话。

"头转过来,我看看。"

莫小雨顿了一下才把脸慢慢转过来看向他。

乔衡信坐在后座玩手机,注意到前排的动静把脸凑过来:"怎么了?"

段栩砚眉心微蹙:"小雨应该是有点儿不太舒服。"

乔衡信看了眼开了条缝的车窗:"不是开了窗吗?早上来的时候也晕车了?"

"早上没有,可能是因为中午有点儿热,我把车窗再降下来些,再开慢点儿。"段栩砚说完车内的四面车窗都降下了一半,窗外的风呼呼往里吹。

过了几分钟后,莫小雨的表情终于好了一些,段栩砚这才松了一口气。

乔衡信一边低头看手机一边摇头感叹:"也就是你,换个人哪里注意得到这种事。"

段栩砚笑了笑,道:"他就在我身边,我上心是自然的。"

A 市有一家很有名的烤鸭店，节假日时能排很长的队伍。

　　今天因为是工作日，人没有那么多，但门外领号排队的也有七八个人。

　　乔衡信提前打电话订了位置，所以一下车进店就有人领着他们进包间。

　　包间里配有酸梅汤，段栩砚给莫小雨倒了一杯。

　　莫小雨看这杯东西黑黑的，直觉是苦的，不想喝，段栩砚就拿起杯子喝了一口给他看。

　　"不是苦的，一点儿也不苦。"

　　莫小雨这才愿意喝。

　　店里的招牌是烤鸭，会有厨师现场片鸭。莫小雨是第一次见，看得目不转睛。

　　段栩砚将片好的薄薄的鸭皮蘸好了白糖喂给莫小雨，莫小雨吃得眼睛都亮了。

　　乔衡信坐在一旁看得好笑："他怎么跟小狗似的。"

　　段栩砚转头看了他一眼。

　　乔衡信："……只是个比喻，我是在说他可爱。"

　　鸭皮片好后上的就是切得薄薄的鸭肉，要和配菜蘸酱卷饼吃的。

　　段栩砚在莫小雨的盘子上铺了张卷饼皮，让他自己卷："小雨来，想吃什么夹了蘸一下酱包进来。"

　　说着他给莫小雨示范了一下要怎么吃。

　　莫小雨看得很认真，看着段栩砚卷好一个漂亮的卷饼后却没有吃，而是夹起来递给了他。

　　乔衡信觉得，莫小雨要是有尾巴这会儿大概是摇得很欢快的。

　　他默默看着开心吃下段栩砚喂给他烤鸭卷饼的莫小雨，忽然很好奇："你是怎么认识他的？"

　　段栩砚正看着莫小雨卷饼，看也没看他："我没说过吗？"

　　"说得相当简略。"

　　这不是不能说或不好说的事情，段栩砚就把第一次见到莫小雨的场景简单说了一遍。

乔衡信听完长长地"哦"了一声："那这么说，是你先接近他的？！"

段栩砚点点头。

乔衡信转头就问："小雨？"

莫小雨"嗯"了一声。

"你还记得第一次见到栩砚是什么时候吗？"

"嗯，栩砚生日。"莫小雨一脸认真地说道，"栩砚给小雨蛋糕，还有大草莓。"

说着他还用手指比画了一下他说的大草莓有多大。

段栩砚递了一张纸巾给他，笑着道："小雨说得对。"

乔衡信又接着问："那小雨还记得那天为什么会看见栩砚吗？"

"栩砚有瓶子。"

乔衡信长长地"哦"了一声，恍然大悟般说道："那如果那天栩砚没有瓶子，小雨是不是就不会认识栩砚了？"

莫小雨闻言一愣，他听懂了，所以很不喜欢这个"如果"，甚至一下子就生气了，皱起眉头声音有力地说："栩砚有！"

栩砚有，所以他不会不认识他的。

段栩砚看莫小雨气鼓鼓的，抿唇笑了笑："就算栩砚那天没有瓶子，栩砚也会认识小雨的。"

乔衡信一怔，看着他好奇地问："为什么？"

莫小雨也转过脸看他，原本紧皱的眉头在对上段栩砚的视线时忽然委屈地松了，唇也抿着，一副被气得想哭的表情，声音也因此变得委屈，又软又低地说："栩砚有……"

段栩砚说道："因为小雨太可爱了，只要看见他了就会想要认识他，和他成为好朋友的。"

第六章
可爱的人

不过短短的一句话,莫小雨听完后感觉憋在胸口的那股气瞬间烟消云散,连一点儿痕迹都没有留下。

乔衡信看着刚才还被自己惹得一脸气鼓鼓的人,突然间跟换了个人似的笑得十分开心,只感觉段栩砚可能是什么魔法师。

吃完饭之后距离午休结束还有点儿时间,段栩砚开车找了家水果店。

现在还是吃草莓的季节,水果店里摆满了一个个又大又漂亮的草莓,装在精美的盒子里。

乔衡信对水果的兴趣不大,陪着一起下车了也只是站在一边低头看手机。

莫小雨站在段栩砚身旁,眼睛晶亮地看着那些摆在架子上的草莓,只是看着心里都特别高兴。

段栩砚知道莫小雨喜欢吃,直接买了五盒,自己带走一盒,剩下的留了电话和地址让水果店明天一早送过去。

水果店隔壁的第三家门面是花店,段栩砚看了看身旁的莫小雨,忽然道:"小雨,栩砚去买个东西,你在这里和衡信哥一起等栩砚好不好?"

莫小雨不愿意,摇头道:"一起一起,小雨一起……"

段栩砚不喜欢勉强他做不愿意的事情，所以知道莫小雨不愿意让自己一个人去买就没再说什么把他带上了。

他对站在树下的乔衡信道："衡信，再等我一下，我去买束花。"

乔衡信也不知道有没有听清，只顾着低头看手机，头也不抬地摆了摆手。

两人这才一同朝花店走去。

花店老板是个很年轻的女性，看上去比莫小雨大不了多少。

两人进店的时候她正坐在角落的小凳子上给盆栽换土，见有人进来急忙起身："你好。"

"你好，请给我包一束花。"

"好，请问是要送给什么人？"

段栩砚想了想："一个很可爱的人。"

"这个人有特别喜欢的花吗？"

这个问题把段栩砚给问住了，倒不是说不上来，而是莫小雨喜欢的花太多了，路边开的野冬菊他都很喜欢。

段栩砚很仔细地想了想，问道："有绣球花吗？"

"有的。"

"我能看看吗？"

"可以的，就在这里。"店主领着两人走向一侧的角落，里面藏着各种精致美丽的花卉。

莫小雨满眼好奇地看着围绕在自己身边的花花草草，不知道段栩砚到这里来是要做什么。

"这个就是绣球花。"

段栩砚听完"嗯"了一声，偏头对莫小雨道："小雨，你喜欢这种花吗？"

莫小雨先是看了看段栩砚，然后才转头去看那开得又大又漂亮的绣球花，满心的喜欢藏也藏不住，轻轻点头。

"那就绣球花吧。"

花店老板虽然年轻，做事却非常麻利，很快就包好了一束粉蓝相间的绣球花。

精美的花束让莫小雨轻轻地"哇"了一声。

段栩砚从店主手里接过花束，再把花束递给身旁的莫小雨："小雨，这束花是栩砚送给你的。"

莫小雨愣愣地接过，低头看抱在怀里的绣球花，抬起脸，满眼疑惑地看着段栩砚，尾音上扬："给小雨？"

段栩砚笑着点点头，刷完卡后领着捧着花的莫小雨往外走："对，这是送给小雨的。"

"为什么？"

"因为小雨很乖很可爱，所以小雨应该要有奖励。"

莫小雨非常清楚奖励是什么，顿时开心得眉眼弯弯，收到花的喜悦成倍增长。

他很高兴，连脸都一点点变红了，粉粉的很像他怀里的绣球花。他红着脸微微仰头看向段栩砚，道："小雨也要给栩砚花！要给栩砚奖励！"

"真的？那小雨要给栩砚什么花？"

"很多很多的花，全部……都给栩砚！"

"哇，这么多，那家里都要放不下了，要放到院子里去。"

莫小雨抿唇笑得羞涩，脸蛋红扑扑的，似乎很不好意思："小雨挣钱买，给栩砚买……买很多很多。"

段栩砚目光温柔："好。"

两人小声地说着话，走到乔衡信面前时这人还在看手机。

"你这是在看什么，这么入迷？"

"没什么。"

乔衡信收起手机，抬头一看就见莫小雨怀里抱着一大束花，愣了一下："这哪来的花？"

莫小雨特别开心地炫耀："栩砚买的，给小雨。"

乔衡信满眼震惊地看向段栩砚："你居然会买花？"

"这是难度很高的事情？"段栩砚反问。

"那倒不是……就是我第一次看见你买花。"

段栩砚笑了笑没说话。

回公司的路上，莫小雨一直紧紧抱着自己的花。等红绿灯的时候，段栩砚还转头看他脸上的笑，见莫小雨那么高兴，段栩砚的心里只会比他还高兴。

"小雨喜欢吗？"

"喜欢。"

乔衡信不甘寂寞，把头凑到前座，学莫小雨的语气说话："我也喜欢，栩砚给我买。"

段栩砚还没说话，莫小雨已经一脸严肃地转过脸："衡信哥不能要栩砚买。"

乔衡信疑惑地问："为什么不能？"

"因为这是栩砚给小雨的奖励！"

"那我也可以要奖励。"

"不可以！"

"你怎么那么小气？"

莫小雨顿时一脸紧张地看向段栩砚，怕他听见乔衡信说自己小气。

段栩砚察觉到他落在自己脸上的视线，笑了笑道："小雨不小气。"

乔衡信成心要逗莫小雨："你就是小气，我可是栩砚最最好的朋友，你如果是第一，那第二一定是我，所以栩砚也可以给我奖励。"

因为他说的话几乎没有一句是莫小雨爱听的，所以莫小雨不想再理会他。

莫小雨低头怜惜地摸了摸抱在怀里的绣球花："衡信不对，衡信不能要奖励，只有小雨可以要。"

段栩砚听着这两人的对话，低笑了两声："小雨说得对。"

莫小雨闻言小脸写满得意。

乔衡信不服气地往后一靠："你们俩是一伙的，我不跟你们玩。"

段栩砚道："是你幼稚，不要老是逗他。"

"干吗？他反应多好玩。"

"你要是把他惹哭了，我会让你意识到这一点儿都不好玩。"

这话里赤裸裸的威胁让乔衡信戏瘾发作地捂心口："你就这么对待你的老同学老朋友？我果然被你的小雨比下去了，这日子没法儿过了。"

莫小雨表情茫然地看着乔衡信在后座"捶胸顿足"，他是不知道什么叫"开玩笑""闹着玩"的，见乔衡信好像真的很伤心的样子，担心得皱紧眉头："栩砚，衡信不舒服。"

段栩砚"嗯"了一声："他没事，小雨别看他。"

莫小雨虽然不知道为什么不能看乔衡信，但还是听话地转过脸，只是紧皱的眉心并未舒展开。

段栩砚见状对后座的人道："衡信，坐好，小雨会当真。"

乔衡信闻声抹了把脸，一脸正色地低头玩手机。

回到停车场，段栩砚刚把车停好，乔衡信便率先推开门下车，还顺手帮莫小雨打开副驾驶的车门。

段栩砚比他们晚了几秒才下车，视线下意识地搜寻他们两人时，却见他们整齐地站在车旁往同一个方向看。

"你们在看什么？"段栩砚一边问一边顺着他们的视线望去，就见停车场内摄像头拍不到的隐蔽角落里有一对情侣的脑袋正贴在一起。

段栩砚第一反应就是伸手挡住莫小雨的眼睛，而乔衡信的反应是轻浮地吹了声口哨。

角落里的人被他这动静吓了一跳，匆匆瞥过来一眼后便逃也似的离开了。

莫小雨不解地拉下段栩砚的手："为什么不让小雨看？"

乔衡信"噗"的一声："因为你不能看。"

"为什么？"莫小雨好奇地追问，"为什么小雨不能？"

他的眼神太纯粹干净，乔衡信两次张嘴都没能说出为什么，第三次便干脆地把难题丢给段栩砚："你问栩砚吧，刚才是他捂你眼睛的。"

莫小雨被他这一提醒才想起来，刚才捂住他的眼睛不让他看的人是段栩砚。于是便转过脸看着身旁的人:"栩砚,为什么小雨不能看?"

段栩砚瞥了一眼乔衡信看好戏的眼神,答道:"因为看了不是好孩子。"

莫小雨满眼疑惑:"那栩砚和衡信不是好孩子了?"

乔衡信连连点头:"是的是的,你别学,你学了小心变坏。"

莫小雨被他给吓住了,微微白着脸腾出一只手捂住自己的眼睛:"小雨没有看!"

段栩砚没好气地白了乔衡信一眼,拉着莫小雨往电梯走:"小雨把手放下来,走路的时候眼睛要看路。"

莫小雨捂住眼睛的手指分开一条缝隙,乖乖地跟着走进电梯,看着段栩砚分别摁亮二十三层和二十五层,有些不安地再次强调:"栩砚,小雨没有看。"

乔衡信闻言故意凑过去逗他:"你真的没有看吗?我怎么记得你跟我一起看到的?"

莫小雨顿时支支吾吾地说不出话,小脸紧张的表情可怜又可爱。

段栩砚抬手轻推了一下乔衡信的肩头,把他推远一些:"小雨是好孩子,别担心。"

他安抚完莫小雨才对乔衡信道:"你再这么逗他,他肯定是要讨厌你的。"

乔衡信轻哼一声直起身,没再说些会把莫小雨逗不高兴的话。

随着电梯"叮"一声到达二十三层,段栩砚带着莫小雨走出电梯。

乔衡信在后面问:"晚上一起吃吗?"

"不了,我带小雨出去转转。"

"行吧。"

午休时间结束后,大家都已经回到自己的座位,见段栩砚和莫小雨从前台的自动门外走进来都不约而同地投去好奇的视线。

莫小雨怀里那捧花太显眼了,这花束的包装怎么看都不便宜。等段栩砚和莫小雨进了最里间的办公室后,微信大群又炸了,上班时间摸鱼,讨论上司讨论得热火朝天。

两人对外面的动静一无所知,莫小雨现在的注意力全在担心自己在段栩砚眼中不再是好孩子了。他把花束放在茶几上，低头闷闷不乐地摸着绣球花娇嫩的花瓣，也不和段栩砚说话。

段栩砚把提了一路的草莓放在一旁，走到莫小雨身边，坐在地毯上，轻声问他："小雨怎么了？为什么不高兴？"

莫小雨趴在茶几上，脸颊枕着手臂，也不看他，手指揪了揪花束外层的包装纸："没有不高兴。"

"没有不高兴，那小雨一定是生气了，小雨连看也不看我。"

莫小雨的视线缓缓地从花束上挪到段栩砚的脸上，和他对视。乌黑漂亮的杏仁眼映着段栩砚的脸，显得很委屈。

段栩砚的心一下子就软了，他猜想莫小雨应该还在为刚才的事情耿耿于怀，毕竟在他的世界里，"不再是好孩子"很有可能是特别严重的事情。于是他再次强调："栩砚觉得小雨是好孩子，是特别好、非常好的好孩子。"

莫小雨被他的话安慰了一些，但是担心段栩砚没来捂他眼睛前他和乔衡信一起看了，虽然那时候他并不知道，但这样还能算是好孩子吗？

如果他不是好孩子了，是不是以后就得不到任何的奖励？甚至更糟糕的，有没有可能段栩砚就不想再和他当好朋友了，也不会再对他好了？

莫小雨难受地揉了揉眼睛，他有点儿想哭，但还是忍住了。

段栩砚轻轻拉住他的手不让他碰眼睛："小雨，不能这样揉眼睛。"

莫小雨委屈地扁嘴，一句话也不说。

"小雨不相信栩砚说的话？"段栩砚看着莫小雨染着委屈的眉眼，好像下一秒就能哭出来，心里酸酸胀胀的，"栩砚觉得小雨是特别好、非常好的孩子，小雨相不相信？"

莫小雨还是没有说话，不过终于抬起头看段栩砚的眼睛，好像在确定他说的是不是真的。

过了一会儿，他眉眼上的委屈才一点点淡去，点头道："相信。"

"那这个事情以后不想了，能答应栩砚吗？"

莫小雨乖乖点头。

"那我们现在来吃草莓吧。"

见把人哄好了,段栩砚起身去洗草莓。

他办公室的角落有一扇很隐蔽的门,这门往里推就是一个卫生间。段栩砚正把盒子里的草莓拿出来洗,莫小雨不知道什么时候也跟了过来,挤在他身边看。

段栩砚看了一眼站在身旁的人,把手里洗干净的草莓甩干净水珠,递给他。

莫小雨顿时笑眼一弯,伸手接过。

下午的时间过得飞快,莫小雨睡完午觉起来已经快五点了。他坐在沙发上缓了缓神,段栩砚在收拾带来的背包。

等五点一到,段栩砚关了电脑带着抱花的莫小雨走出了办公室。

公司员工统一五点打卡下班,除了个别部门还要留下加班开会,办公区大部分人已经收拾好东西离开了。

下到停车场,段栩砚把背包和莫小雨怀里的花都放到了车后座,帮莫小雨系好安全带后朝着 A 市最繁华的购物中心开去。

这时候接近晚高峰时段,路上有点儿堵,开一会儿停一会儿。

莫小雨靠着车窗看窗外的车,看了一会儿觉得没意思,转过脸看段栩砚。

段栩砚感觉到他的注视后也把脸转过来。

对视了几秒后,两人忽然不约而同地笑了。莫小雨靠在椅背上笑得眼睛都弯成了月牙。

车子停在购物中心的地下停车场,段栩砚拉着满眼好奇的莫小雨乘坐电梯。

电梯到了二楼"叮"一声打开,蛋糕、奶茶、泡芙的香甜气息顿时扑面而来,莫小雨的眼睛瞬间一亮。

购物中心的二楼人群熙来攘往,段栩砚怕莫小雨走丢,所以一直紧紧拉着他,一边走一边买好吃的。

不一会儿,段栩砚两只手就拿满了莫小雨要吃的东西,从巧克力棉花糖到奥利奥蛋糕奶茶，还有一袋泡芙和蛋挞。

两人找了个没什么人的角落，莫小雨负责吃，段栩砚负责给他拆包装。段栩砚看他吃完了蛋挞就递上奶茶，奶茶不想喝了就给他冰激凌泡芙。

"小雨还想吃什么？"段栩砚问。

莫小雨用纸巾擦了擦嘴角沾到的冰激凌奶油："小雨吃饱了。"

段栩砚点点头，把吃剩的袋子和杯子清理了一下后两人乘上扶手电梯。

"饿了渴了要告诉栩砚，看见想要的也要告诉栩砚。"

莫小雨"嗯"了两声。

购物中心三楼是游戏中心，这里还有很多卖漫画"手办"之类的商店。

段栩砚买了张卡充了一千块，拿着这张卡整个三层所有游戏机只要刷一下卡就都能玩，不需要再投币。

莫小雨对夹娃娃机很感兴趣，他喜欢里面一只明黄色的背着小书包的刺猬玩偶，几乎是看见了就拉着段栩砚的手不肯走。

"栩砚，栩砚……"莫小雨指着游戏机里的明黄色刺猬玩偶，脑门上就差顶着"想要"两个字。

"小雨喜欢就自己夹出来。"

段栩砚把游戏卡放在小窗口上扫了一下，游戏机欢快的音乐便响起了。

莫小雨刚才这一路走过来看别人夹过，知道是怎么玩。他有些兴奋地抓住摇杆左右晃动，看着里面的机械抓手缓缓下落，夹住娃娃，抓手起，然后落。

第一次夹娃娃失败了，莫小雨有些沮丧，低着头眼神委屈地看着段栩砚。

段栩砚笑了笑："没关系，我们再来一次。"

最后夹了快二十次，莫小雨才把那个明黄色的刺猬夹出来。他兴奋地抱着玩偶原地蹦跳了两下，天真快乐的模样吸引了过路人好奇的目光。

成功夹出娃娃后，莫小雨彻底迷上了夹娃娃机，到后来还是段栩砚看时间见电影快开场了，才把莫小雨拉走。

进了电影院坐到位置上了，莫小雨还在摆弄他夹到的刺猬，还要段栩砚和他一起看。直到电影开场，莫小雨才平复下过于兴奋的心情。

莫小雨很喜欢电影里的大尾巴狐狸，只要狐狸出现了他就特别开心，连爆米花都要段栩砚喂给他。

电影散场后，段栩砚找到电影院售卖周边的柜台，把所有的大尾巴狐狸的周边全买了，最后他们带着一只大尾巴狐狸玩偶和一袋子的周边离开。

莫小雨坐在车上还爱不释手地摆弄那两只玩偶。

段栩砚温柔地看着他，轻声问："小雨开心吗？"

莫小雨用力点头，满脸笑意道："开心！"

"那我们下次再一起出来玩。"

"好！"

第二天一早，段栩砚昨天买的几盒草莓送货上门了。他正站在玄关签字，莫小雨就揉着眼睛从楼上下来了。

"栩砚。"

"嗯。"

段栩砚签完字把手里的单子还给送货员，提起几盒草莓走进客厅。

莫小雨光着脚站在楼梯上，还剩下两级台阶没走完却站着不动了。段栩砚把草莓拿到厨房时看了他光着的脚一眼："小雨怎么不穿鞋？"

莫小雨打了个哈欠，低头看自己白白的大脚趾，疑惑地"嗯"了一声，好像这时候才发现自己没有穿拖鞋。

段栩砚放好草莓走回来，看他一脸没睡醒的表情，好笑地问："忘记了？"

莫小雨点点头。

段栩砚走到他面前转过身，让他趴到自己的背上，然后背着人上楼回房间。

"地板凉，小雨要记得穿拖鞋，要不然可能会肚子疼。肚子疼了，小雨就不能吃大草莓了。"

莫小雨听完用力"嗯"了两声，从段栩砚背上下来就乖乖找出拖鞋穿上，走进卫生间洗漱。

段栩砚站在卫生间的门框边看着他,见他在好好地挤牙膏刷牙才彻底放心。

"今天的早餐有草莓,小雨洗完脸就下来。"

莫小雨满嘴泡沫地对着镜子里的人点头,段栩砚这才转身下楼。

两人吃完早餐后又是一起去的公司,乔衡信在停车场碰到他们都懒得打招呼了,靠在电梯里,困得直打哈欠。

段栩砚按好楼层后回头看他:"困成这样,昨晚忙什么了?"

乔衡信眯着惺忪的睡眼:"我在思考公司的前景和未来。"

"打游戏了吧?"

乔衡信耸耸肩:"瞒不过你。"

"工作日适当玩玩就好,你第二天是要上班的。"

乔衡信掩着嘴又打了一个哈欠:"别说我了,你们昨天去哪儿玩了?"

"看电影。"

"好玩吗,小鱼?"

莫小雨瞄了他一眼没有应,他是小雨,不是小鱼。

乔衡信见他不应话也不生气,掩嘴又打了个哈欠,问段栩砚:"他怎么不理我?"

段栩砚笑笑道:"你叫他小鱼,他怎么会理你?他叫小雨。"

"叫小鱼怎么了?小鱼不比小雨更可爱吗?"

莫小雨低头看自己的运动鞋鞋尖,闷闷地反驳他:"才不。"

段栩砚抬手按住又准备说些什么的乔衡信:"待会儿打算哈欠连天地开会?"

"我喝杯咖啡压压,你要不要?"

"嗯。"

"他呢?"

"他喜欢草莓,你看着点一杯喝的,不要冰。"

说话间电梯已经到了二十三层,段栩砚带着莫小雨先离开。乔衡信在后面

道:"中午我过去找你们吃饭。"

"好。"

段栩砚今天的工作安排非常多。刚进办公室,秘书就拿着一会儿开会要用的材料给他。

他坐在办公桌前翻阅,莫小雨就坐在茶几旁安安静静地画画。两人各忙各的事情互不打扰。

没过多久,助理又一次进门提醒他开会时间到了。

段栩砚应了一声好,让他先到外面等着,等人出去了才起身走向还在专注作画的莫小雨。

"小雨,我得出去一会儿。"

莫小雨一下子抬起头看他,放下手里的画笔,想跟他一起去。

段栩砚一只手轻按住他的肩膀:"小雨不用一起去,在这里等就好啦。"

莫小雨眉头一下皱起,嗓音带点儿央求:"一起去。"

"我去开会,开完会就回来,小雨不用一起去的。"段栩砚俯下身点开放在桌上的平板,指着上面显示的时间,"在这个数字变成'10'之前,我一定会回来。"

莫小雨眼巴巴地用手去摸平板上的时间,每根头发丝儿都在表达自己对段栩砚离开自己身边的万分不舍,嘟嘟囔囔地坚持:"一起去。"

段栩砚认为这是一个很好的机会,莫小雨很依赖他,从他来到A市至今,两人连一刻钟也没有分开过。如果之后莫小雨可以拥有上班工作的机会,那他很有必要从现在就开始锻炼莫小雨,让他适应他们之间短暂的分离。

这个过程需要时间,段栩砚也更希望这个过程能循序渐进地进行。

"小雨,我不会走很远。"段栩砚领着莫小雨往办公室外走,一路带他走到会议室门外,指着门对他道,"我就在这里工作,工作完了我就回去。"

莫小雨一只手紧紧拉住段栩砚的手臂,乌黑的杏仁眼像要透过会议室的门看见门的里面,随后扭头看向不远处的一张沙发,另一只手指着沙发轻声道:"小雨想在这里等。"

他像在打商量似的。

段栩砚轻轻摇头，拉着他往回走："小雨可以给我画一张画吗？"

一听这话，莫小雨的注意力一下就被转移走了："可以。"

"如果让小雨自己画，你想给栩砚画什么？"

段栩砚推门回到办公室，带着人回到茶几边，耐心地哄着莫小雨重新拿起画笔，给他铺开画本："小雨会不会画小兔子？"

"会。"

"小狗呢？"

"会。"

"那小雨就给栩砚画小兔子和小狗吧，好吗？"

莫小雨用力点头。

正好这时前台的小姑娘敲门进来，提来了两个纸袋，说是外卖送来的。

段栩砚打开纸袋才知道，乔衡信还给莫小雨买了小蛋糕和蛋挞。

他端走了自己的那杯咖啡，把袋子里剩下的都留给莫小雨，让助理多留意办公室的动静，又叮嘱莫小雨有事可以到门外找人帮忙。

莫小雨现在的心思全在画画上，连连点头，也不知道他是不是真的听见了。

段栩砚拿着开会的材料，走得一步三回头，还是秘书过来说部门主管都到会议室了才转身离开。

进会议室前，他忽然不放心地往回走了几步，低声吩咐助理："小雨他很有可能会开门自己出来，你多看着点儿，别让他磕着碰着。他想干什么别拦着，随他高兴，他很乖，不会捣乱的。"

年轻的小助理听得一头雾水，但还是点头应道："好的，我会注意的，段总放心。"

段栩砚这才安心地走进会议室。

这个时候公司大部分高层都在会议室，二十三层的办公区静悄悄的，上班时间摸鱼的人都要分出一点儿注意力留给会议室。

小助理正偷摸地和朋友聊天,聊到兴起时忽然被开门的声音惊了一下。

小助理闻声扭头望去,就见那个叫小雨的男孩儿把办公室的门打开半条门缝,那清秀的面庞从门缝里探出来,乌黑的圆眼睛好奇地盯着小助理看。

两人默默对视了一会儿,小助理回神起身走出办公桌,看着像兔子一样小心翼翼地藏在门后看他的人,下意识放轻声音问:"小雨怎么了?"

莫小雨不是第一次来公司,他自然认得小助理,清秀的小脸露出一个笑:"栩砚呢?"

上扬的尾音不难听出他的心情不错,因为段栩砚要他画的画已经画好了,他现在迫不及待地想把画拿给段栩砚看!

"段总还在开会。"小助理说着看了一眼腕表上的时间,"可能还要半个小时才能结束。"

一听段栩砚还不能回来,莫小雨小脸上的表情瞬间变得失望极了,失落地叹气:"那好吧。"

小助理还在想着万一他要出来,自己要怎么把他劝回去时,就见门后的人已经小心翼翼地把门关上了。小助理心里有些意外,没想到小雨还真像段栩砚说的,人很乖,不会捣乱。

半个多小时后,段栩砚开完会出来,三五个部门主管跟在他后面进办公室。

门一推开,所有人都听到一声少年气息十足的一声:"栩砚!"

紧接着就见茶几旁的人灵活得像兔子一样,抱着一本厚厚的画本,兴奋地小跑到段栩砚面前:"栩砚!小雨画好了!"

"真棒!"段栩砚领着莫小雨往沙发走,"小雨画得越来越好了。"

跟着他进来的主管们眼神诧异地看着段栩砚熟练地哄着那圆眼睛的少年,一时间都面面相觑,没有人敢贸然出声。

偌大的办公室里只能听见段栩砚轻声说着什么,但具体说了什么听不清。

没过一会儿段栩砚转身走回来,又恢复了一脸公事公办的冷淡面孔,与刚才判若两人。

今天的段栩砚很忙，没能在下午五点准时下班。晚上的时候，他原本想让乔衡信带莫小雨出去吃饭，但莫小雨不肯。他只好在办公室给莫小雨点外卖。

段栩砚七点半还有个工作会议，开完出来都已经九点出头了。

等他从会议室出来快步走进办公室的时候，莫小雨已经躺在沙发上昏昏欲睡。

见段栩砚回来了，他睡眼惺忪地揉眼睛，因为小睡了一会儿，声音听着含含糊糊："栩砚……"

段栩砚看着困得眼睛都睁不开的莫小雨，把开会用过的资料随手放在茶几上，有些心疼道："小雨是不是累了？"

莫小雨迷迷糊糊地坐起身，掩嘴打了个哈欠，乌黑的眸底浮现薄薄的水雾："没有累。"

段栩砚好笑地把他扶起来："走吧，我们回家。"

周末。

结结实实忙了一周的段栩砚得了空就想带莫小雨出去玩。

他平时的工作实在太忙，陪伴莫小雨的时间比起之前在杏雨街的时候可以说是少了太多。

虽然莫小雨懂事没有说什么，但他心里总忍不住担心自己忙工作的时候，会不会在自己没注意到的情况下冷落了小雨，更甚的，担心自己没有照顾好他。

莫小雨完全不知道段栩砚心里在想什么，他单纯得像张白纸一样，一听可以出去玩，开心得晚上睡觉都不老实。

他本以为这次出去玩就和上次看电影的时候一样，只有他和段栩砚两个人。

但第二天起床下楼才发现，乔衡信也一起去。

莫小雨太好懂了，乔衡信一看他那张脸就知道他在想什么，哼哼笑得不怀好意："是不是以为只有你和栩砚呀？不可能！我也一起去！"

段栩砚端出一盘刚蒸好的奶黄包放到餐桌上，无奈地说了他一句："安静吃你的，少惹他。"

"我可没惹他，我们就是聊聊天，对不对呀，小鱼？"

这"小鱼"两个字在当下可以说是雪上加霜，让莫小雨彻底委屈了。他没有理会逗他玩的乔衡信，在段栩砚朝他招手时，闷闷不乐地跟着他进厨房。

"为什么还有衡信？"

不太熟悉莫小雨的人只听这句话恐怕很难正确理解他的意思。

但段栩砚了解他，知道他是在问为什么乔衡信要跟他们一起出去玩，忍不住笑了一下，解释道："因为衡信今天也不用上班，他听说我们要出去玩，就想和我们一起去，小雨不欢迎他吗？"

莫小雨站在他边上看着他倒牛奶，委屈地扁着嘴："……欢迎。"

他不是不欢迎乔衡信，他只是更希望出去玩的时候只有他和段栩砚两个人。

段栩砚好笑地看着他说："这次我们和衡信一起玩，下次就只有我们俩去，好吗？"

莫小雨听到这话才开心了一点儿。

早餐过后，三人坐上了段栩砚的车，往 A 市郊区开。

乔衡信懒散地坐在后座，侧头看着窗外的景色由高楼大厦变成一望无际的田野，语气有几分感慨："程骏真会享受，我都要羡慕了。"

段栩砚笑了笑没说话，坐在副驾驶座的莫小雨从车子开进郊区开始，小脸就一直好奇地贴在车窗上往外看，乌黑的杏仁眼亮得像有一对星星。

他是最喜欢自然风光的，对他来说在这样的地方玩比看十场电影还要有意思。

段栩砚就是了解他，才会带他去大学室友程骏在郊区买地皮自建的小庄园玩两天。

车子开进郊区后，半小时不到，他们便看见一栋立在繁盛枝叶中的红顶别墅。程骏正站在大门外等候他们，脚边还蹲着一只白色的幼犬，看着像是萨摩耶。

莫小雨的注意力一下就被那只小小的萨摩耶给吸引了。他虽然怕狗，但并不害怕可爱的小狗，蹲在程骏脚边的那一只狗可爱得像棉花糖一样。他还从来没见过这么可爱的狗，好奇心和喜欢的心情在这一刻盖过了害怕的情绪。

三人下车后，程骏笑容满面地上前先后拥抱段栩砚和乔衡信："好久不见了，我还当你们这两个大忙人把我这个老同学给忘了。"

乔衡信紧抱着程骏不撒手："你两个老同学的日子比常温美式还苦，每天都是开不完的会，还有看不完的材料和报表啊！"

"上班累了就上我这儿坐坐，有的是房间让你们住。"

乔衡信挺感兴趣地说："听说你这里还能钓鱼？"

"能。"程骏回身指了指红顶别墅后面，"菜地、鱼塘、果林、草莓园，全都在这后面，一会儿我带你们好好转转。"

乔衡信"啧啧"感叹道："程老板家大业大，神仙日子。"

"乔总就不要取笑我了。"

程骏笑着说完，回身就见段栩砚和那圆眼睛的清秀少年已经和他养的小狗玩上了。

两个月大的萨摩耶脾气很好，被段栩砚抱起来也只是歪着脑袋吐舌头摇尾巴，那圆眼睛的少年站在一旁开心得想伸手摸又不太敢，只能围着段栩砚和小狗一圈圈地打转。

程骏从莫小雨下车开始就留意他，此时再看见他不符年龄的天真烂漫，和段栩砚对他明显是哄的态度，心里一时间有了个隐约的猜想。

程骏怔怔地转过脸看向乔衡信，用眼神表达询问。

乔衡信笑了笑，很轻地点了一下头，走到他边上抬手环住他的肩膀，大着嗓门儿道："我可是托了小雨的福才能上这儿来玩两天的，是吧，老段？"

他的话一下吸引了在逗狗玩的段栩砚和莫小雨，两人齐刷刷地转过头看他，那脸上如出一辙的茫然表情就像一家人。

程骏看笑了："走吧，到屋里坐坐，我给你们泡茶。"

段栩砚点点头,放下怀里抱着的小狗,小小的萨摩耶幼犬一落地就欢腾地跑到主人脚边,尾巴摇得都快有残影了。

莫小雨眼巴巴地看着那只浑身雪白的小萨摩耶,眼睛里的喜爱都快溢出来了。

程骏瞧见了,笑着解释了一句:"它叫多多,多福多寿的多多,你叫它,它就过去了。"

莫小雨立即像征求意见般看向段栩砚,见他点头了才小声地叫:"多多!"

小萨摩耶听到自己的名字,小短腿立即颠颠地跑向莫小雨,围着他的腿打转,把莫小雨逗得开心得不知道该怎么办才好。

四人进屋,多多也跟着跑进去,乖乖地趴在自己的垫子上。

段栩砚和乔衡信喝的程骏泡的雨前龙井,莫小雨则捧着一杯果汁,乖乖地坐在段栩砚身边,满眼喜欢地看着多多。

程骏拿了盒曲奇饼干放在茶几上,摆在莫小雨面前,笑着问:"小雨喜欢狗?"

段栩砚笑了笑,解释道:"不算是喜欢狗,他怕大型犬,多多还小,又那么可爱,所以他才那么喜欢。"

"原来如此。"程骏放下茶杯唤了一声"多多",原本趴在小垫子上的萨摩耶幼犬立即颠颠地跑到程骏腿边。

乔衡信都看乐了:"这么小就这么聪明听话?"

程骏直接抱起多多放到段栩砚腿上:"朋友家养的大狗生了几只,送了一只给我,养了几天就知道自己叫多多了,来我这做客的朋友没一个不喜欢它的。"

段栩砚稳稳接过小狗,扭头见莫小雨满眼写着"我也想抱",忍不住笑了笑,道:"小雨把杯子放下。"

莫小雨很听他的话,马上放下手里的杯子,段栩砚就把怀里的多多抱到他的腿上。

"小雨要抱稳多多。"

莫小雨小心翼翼地搂着腿上棉花糖似的毛团子，声音软绵绵地说："多多，好可爱。"

其他三人听见他说的话，一时都笑了。

几杯茶后，程骏带着他们到别墅后逛了逛，看看鱼塘和菜园。莫小雨最喜欢大棚草莓园和果林，还提了篮水果回来。

晚上，莫小雨和段栩砚睡在二楼的大房间，乔衡信一个人住就睡了间单人的。

莫小雨来到A市后还是第一次在段栩砚家以外的地方留宿，环境虽然陌生，但有段栩砚在，他一点儿也不害怕，反而对房间里的一切都充满了好奇心，兴奋得没有睡意。

段栩砚看着他躺在床上抱着枕头，左滚两圈右滚两圈，滚完了又坐起来看看床头柜上的台灯，忙得不得了，忍不住笑道："不累吗？"

莫小雨回过头看他，圆眼睛亮亮的："不累！"

"那小雨要再玩会儿？"

莫小雨用力点头。

段栩砚笑着问："还想玩什么？"

莫小雨从他们带来的背包里取出平板："看《越狱兔》！"

《越狱兔》是他最近特别喜欢看的动画片，全片几乎没有对白，只有一些简单的配音。

段栩砚也不知道他为什么会喜欢看，想来可能是因为里面的角色都不说话，他不用去想、去理解它们表达的是什么意思，看个好玩就行了。

莫小雨深深地被动画片里的两只主角兔子迷上了，还喜欢拉着段栩砚陪他一起看。

段栩砚看这会儿时间还早，就陪他看了几集。等快九点了，他才找出莫小雨要换洗的衣物，帮他放热水洗澡。

洗完澡的莫小雨满身香气地躺进温暖的被窝里，他最信任也是最依赖的人正在帮他洗衣服。

房间里虽然有洗衣机，但是段栩砚还是习惯手洗。

他来的时候特意往背包里装了一块洗衣服用的香皂，为了手洗的时候方便。

等他忙完所有的事情躺到床上准备休息，就见莫小雨明明困得不行了，还硬撑着眼皮不闭眼。

段栩砚知道他是在等自己，默默看了一会儿莫小雨和睡意打架的样子，心觉好笑地关了床头柜上的灯，轻轻捂住莫小雨的眼睛。

"小雨晚安。"

第二天一早。

莫小雨不用段栩砚叫自己就从床上爬起来，跑到阳台上，两只手抓着栏杆往外看。他听到了很多鸟叫声，想找找那些喳喳叫的鸟儿在哪儿。

段栩砚洗漱完出来就看见他在阳台，走到他身旁好奇地问："小雨在找什么？"

"小鸟。"莫小雨伸手指着远处的一棵大树，"那里，好多。"

段栩砚顺着他手指的方向望去，只看见翠绿的枝叶，听见鸟叫声，却没有看见一只鸟的影子，不由得问："在哪儿？"

"那儿！"莫小雨拉着他的胳膊指给他，"就在那里呀！"

段栩砚还要再问，忽然间树梢惊起一片飞鸟，在清晨的阳光里乘风而起。

莫小雨看得轻轻"哇"了一声，随后有些得意地转头看着段栩砚："是不是有好多？"

段栩砚笑了笑，领着他往回走："看到了，是有好多小鸟，小鸟看完了，小雨也该刷牙洗脸了。我们去找衡信哥和程骏哥一起吃早餐。"

两人洗漱完换了衣服下楼，饭厅的开放式厨房里站着程骏。

见他们下来了，程骏和他们道了声"早"。

段栩砚让莫小雨去找多多玩，自己则挽起袖子帮程骏做早餐。

"哪有客人自己动手的道理，"程骏笑着挡开段栩砚，"我来就好。"

"没事，我给你打打下手，帮你煎鸡蛋。"

程骏见段栩砚起锅热油的动作娴熟，有些惊讶地问："你会做饭？"

"只是做家常菜的手艺。"

"那也很厉害了，你工作这么忙还有时间自己做饭。"

段栩砚听罢笑笑："以前一个人住对付着吃点儿，后来有了小雨，我总不能让他跟着我应付了事。"

说到莫小雨，程骏回头看了一眼饭厅里正蹲在地上和多多玩的人，压低了声音道："他是你亲戚家的人？"

程骏只想到这个可能，估计是段栩砚的哪个亲戚把这少年放到他这儿。段栩砚这人他多少也算了解，心软，同理心强，他会帮一个"特殊人士"程骏并不意外。

但段栩砚摇摇头："不是，他是我之前去古镇休假时遇到的，与我非亲非故。"

"啊？"程骏一时惊得声都拔高了。

莫小雨被他的声音吓了一跳，回过头睁圆了杏仁眼看他们。

段栩砚对他笑笑，软声安抚道："没事，程骏哥刚刚只是烫到手了。"

程骏尴尬地哈哈笑了两声："对对，我不小心烫到手了。"

莫小雨一脸认真地叮嘱他们："要小心，栩砚也要小心。"

"好的，好的。"

叮嘱完，莫小雨的注意力又回到了小狗多多身上。

程骏转过脸皱眉看他，满脸写着不赞同："非亲非故你也管？"

"嗯，管。"

"那你要管他到什么时候？"

"一直管着。"

程骏张了张嘴有些说不出话："那你……你怎么办？"

"我怎么办？"段栩砚把锅里煎好的鸡蛋盛在盘子里，"我现在什么样，以后还是什么样。"

"不结婚了？"

"本来也没有那个想法。"段栩砚笑笑,道,"你不也是?"

程骏想想也有道理,他自己就是不愿意被婚姻束缚的,但他能理解段栩砚不想结婚,却无法理解他把一个休假旅行时遇到的非亲非故的陌生人,还是一个"特殊人士"的陌生人接到身边。

"难道你帮他的方式就只有这一种?"

"应该是有别的办法,但是我更喜欢,也更想要我现在选择的这一种。"段栩砚道,"有他的陪伴,我现在的生活很充实,也很愉快。"

程骏听得沉默了片刻,轻叹一声:"你自己觉得好就好,日子都是你自己过的,我也不多说什么了。"

段栩砚笑着拍拍他的肩,没有说话。

两人刚做好早餐,乔衡信就睡醒打着哈欠下楼了。

"早啊,你们怎么都起那么早?"

莫小雨弯腰抱起多多,小脸认真地对他道:"衡信哥,太阳晒屁股了。"

段栩砚和程骏都被他一丝不苟的样子逗笑了。

乔衡信也笑,朝着莫小雨龇牙咧嘴:"太阳对我好,不晒我的屁股。"

吃过早餐后,四个人带着一只幼犬,提着桶和鱼竿到别墅后的鱼塘钓鱼。

莫小雨对钓鱼的兴趣不是很大,刚开始还肯老老实实地坐在段栩砚边上,但没过多久他就被到处跑的多多给吸引了。

看着起身奔跑的人,段栩砚无奈地叮嘱:"小雨小心不要摔跤了。"

莫小雨哈哈大笑着回头应了一声好。

程骏看得直摇头,对乔衡信道:"你劝过吗?"

"劝过,没用,他什么样你还不知道吗?"

程骏就不再说话了。

过了一会儿,眼看着莫小雨越跑越远,段栩砚不放心地起身,把鱼竿留给两人,自己朝远处走去。

"小雨。"

他只喊了一声,莫小雨立刻扭头往回跑,手里还抓着一根不知道从哪儿摘下的狗尾巴草，连蹦带跳地跑到段栩砚边上，身后还追着多多。

见莫小雨额角出了一点儿细汗，段栩砚拿纸巾给他擦去，拉着他往回走："小雨不想钓鱼，那栩砚陪你捞虾好不好？"

"捞虾？"莫小雨转着手里的狗尾巴草玩，好奇地问，"吃吗？"

"太小的我们就不吃了，大的我们就留下。"

段栩砚牵着莫小雨走回来，提走了一个小桶和两张捞虾网。

乔衡信和程骏一直沉默地看着他们俩，目送他们绕到鱼塘边的角落，一人手拿一张捞虾网捞鱼塘里的小虾。

乔衡信看了一会儿，视线落在程骏侧脸上，笑着道："是不是不明白他是怎么想的？"

"我确实不明白。"程骏一直在看着他们，满心不解，"你说非亲非故的，他为什么对莫小雨那么上心？还说现在这样是他想要的，充实也愉快。"

乔衡信听罢笑了笑："我看他是挺充实也挺愉快的，要搁以前，他哪是现在这样的？我看他现在这样也没什么不好，养着一个莫小雨，他能活得像个人，而不是一台机器，慢下来享受一下生活，钓钓鱼、捞捞虾，挺好的。"

两人说话间，那头的莫小雨忽然兴奋地叫起来，原来是他的捞虾网捞到了一条小鱼。

乔衡信见状高声喊了一句："小鱼，你是不是捞到了你的好朋友？"

莫小雨知道他是故意逗自己的，也高声回了一句："也是你的好朋友！"

程骏"扑哧"一笑。

乔衡信连连摇头："照这么下去，他迟早有一天能跟我吵架。"

"你别惹他不就好了？"

"那是不可能的。"

"哦，吵输了记得和我说一声，我好去笑话你。"

傍晚。

本来下午就该回去的三人因为程骏热情的挽留，只能吃过晚饭了再走。

离开时，程骏给他们送了很多礼物，从果园和菜地里采摘的新鲜瓜果和蔬菜装满了两个大箱子，还有很多送给莫小雨的小玩意儿。

莫小雨最不舍得多多，临上车了还要再抱一下它，最后还是段栩砚连哄带劝的，莫小雨才恋恋不舍地放下怀里的萨摩耶幼犬。

回去的路上，乔衡信坐在后座降下半截车窗，夜风呼呼吹进车里，吹乱了他的额发，他微微眯起眼睛："这样的日子可真不错，我刚刚都有点儿不想走了，尤其当我想到明天是星期一时。"

段栩砚忍不住笑了笑："这样的日子是不错，但让你住几天还行，要是让你住上一个月，你肯定是受不了的，你不是真的能闲下来的人。"

乔衡信哼哼两声，倒没有说出什么反驳的话。

车里安静了一会儿，乔衡信像忽然想起什么，上半身往前一倾看了一眼坐在副驾驶的人，莫小雨已经累得歪着脑袋睡着了。

他扭头问段栩砚，声音压得低低的："许褚学长那边有消息了吗？"

段栩砚有些惊讶乔衡信竟然还记得这件事，点点头："收到回复了，等过两天我带小雨去面试，过了面试后再让他熟悉熟悉环境，没问题了就可以正式上班了。"

乔衡信又转头看了一眼熟睡的莫小雨："那些都是次要的，问题是他愿意吗？"

段栩砚不解地看了他一眼。

乔衡信道："你难道不觉得他有点儿太黏你了吗？离开你一会儿都不行，去哪儿都跟着，那他这样能愿意好几个小时看不到你？"

段栩砚沉默了一会儿，他何尝没有担忧过这个问题。

莫小雨黏他就像小鸡紧跟着母鸡，不光是脚步跟着，连眼睛也要能看见他。

之前他尝试过让莫小雨习惯他有一两个小时不在，莫小雨适应得挺好的，没有哭也没有害怕。

但莫小雨要是真去上班了，就不只是一两个小时见不到他，而是从早上开始到下午的一整个白天都见不到。他没有什么信心莫小雨能接受。

车子回到小区后,路上睡了一觉的莫小雨忽然醒了,眼神清醒地看着段栩砚和乔衡信下车。他回头看见他们打开了后备厢,然后乔衡信搬走了一个箱子。

不一会儿段栩砚就回到了车里。

莫小雨安静地看着他。

直到车子进了车库,段栩砚笑着解开身上的安全带:"小雨睡了一觉是不是不困了?"

莫小雨点点头,也跟着解开身上的安全带下车。

后备厢里的东西即使乔衡信搬走了一箱也还剩好些,尤其是程骏送给莫小雨的礼物特别多。段栩砚都不知道他从哪里收集来那么多精巧的东西,从俄罗斯套娃到日本的剑玉,还有中国的九连环、空竹、竹蜻蜓和德国的胡桃夹子玩偶,粗略一数小玩意儿涉及的国家竟有十一个。

莫小雨显然很喜欢,抱着那个小箱子回到家里便迫不及待地找地方摆上,尤其是胡桃夹子玩偶、程骏送给他的一组三个姜饼士兵,他把它们摆在了客厅最显眼的地方。

段栩砚想起家里有闲置的展示盒,于是找出来帮他摆上。看到莫小雨满眼喜爱地看着那些胡桃夹子玩偶,段栩砚忽然想到一个办法。

"小雨。"

莫小雨听话地扭头看他。

段栩砚斟酌了一下说辞:"过两天我带你去个地方好不好?小雨如果跟我去了,我会给你买很多这样的玩偶。"

他说完抬手指了一下展示盒里的胡桃夹子玩偶。

莫小雨顺着他的手指看向展示盒,道:"栩砚不买,小雨也去。"

段栩砚听得忍不住垂眼笑:"小雨真乖。"

莫小雨被夸奖了就会很高兴,尤其是被段栩砚夸奖,杏仁眼顿时笑得弯弯的,很讨人喜欢。

段栩砚觉得现在这个气氛和时机正好,于是便问:"小雨想不想上班?"

这个问题莫小雨连犹豫都没有，就立刻点头："想！"

他这个态度让段栩砚的心里放松了一半，只要莫小雨自己愿意，那这件事能成功的可能性就大大地提高了。

两天后，段栩砚特意腾出了一天的时间带莫小雨去A大。

A大就在A市的大学城里，段栩砚停好车就带着莫小雨到处转，带他去美食街，带他去小公园，带他去湖边看天鹅。

莫小雨在知道段栩砚以前在这里生活过后，对这里的一切都充满了好奇。他听着段栩砚讲自己在这里上学时发生的趣事，其实很多他都不太能听得懂，但是只要和段栩砚有关，他听不懂也很感兴趣。

"小雨想知道我和衡信是怎么认识的吗？"段栩砚问。

莫小雨点点头，阳光落在他的脸上，照得他有些睁不开眼睛。

段栩砚用手虚挡在他的眼前，替他挡住刺眼的阳光："我和衡信就是在大学的时候认识的，虽然我们是室友，住在一个宿舍里，但其实最早的时候并不是这样。最早的时候栩砚是和另外两个人住在一个四人间的宿舍里，后来发生了一件事情，衡信才申请要搬到栩砚住的宿舍。"

莫小雨听得懵懵懂懂，但还是点点头。

"那时候系里有个新生篮球赛，栩砚和衡信就刚好被分在一个队伍里，那时候对面队伍有一个人很不喜欢栩砚，把栩砚撞到地上，让栩砚摔伤了手。"

莫小雨听得小眉头紧紧皱起，语气十分担心："有人欺负栩砚了吗？"

"嗯，那个人欺负栩砚，让栩砚受伤了，衡信很生气，当时就抓着人家的衣领子要跟人家打架，还把人家打哭了。然后第二天，衡信填了个申请表要和栩砚住在一个宿舍，因为他怕那个人再来欺负栩砚。"

莫小雨满意地点头："衡信好！"

段栩砚也点头："对，衡信好，所以栩砚也想让小雨有一个像衡信这样的好朋友，他可以和栩砚一起保护小雨，不让别人欺负小雨，还会陪小雨一起玩。"

莫小雨听完左右看了看："在这里吗？"

"对，在这里，小雨一定也可以像栩砚遇到衡信一样，遇到一个会保护你的好朋友的。"

莫小雨看着他，轻声道："小雨只要栩砚一个好朋友。"

"小雨永远都是栩砚最好的朋友，但是这不影响小雨可以拥有更多的东西。"

"更多的东西？"

莫小雨明显没有理解，语气里满是疑惑。

"小雨可以在这里认识更多的人，可以同时拥有栩砚和很多其他的好朋友。"段栩砚笑着轻拍了一下自己的胸口，"我会一直陪着小雨的。"

接连两天，只要有时间段栩砚就会带着莫小雨去Ａ大转转，有时候下班早了还能赶上Ａ大的学生打友谊赛。

段栩砚给莫小雨买了杯奶茶，让他坐在篮球场边上的阶梯式露天观众席上看球赛。

莫小雨还挺喜欢看人家打篮球的，虽然他不懂篮球规则，也不懂什么前锋、中锋，但是看见场上的人每投进一个球，观众席上就会有人大声欢呼，心里也觉得挺好玩的。

天快黑的时候，友谊赛结束了，篮球场上的人互相击掌，抱着篮球勾肩搭背地走到边上喝水擦汗，一群年纪相仿的大男孩儿站在一起嘻嘻哈哈地聊天，青春蓬勃。

这个时间也差不多到吃晚饭的时候，观众席上的人都纷纷起身离开去食堂吃饭。

段栩砚看着身旁的莫小雨："小雨肚子饿了吗？"

莫小雨摇摇头，他刚喝完奶茶，没那么快肚子饿。

段栩砚指着空了一半的篮球场："小雨要不要打篮球？"

莫小雨目光看向篮球场，有些小失落："小雨不会打篮球……"

"栩砚教你。"段栩砚说着站起身，朝他伸出手。

莫小雨顿时开心地随着他走下阶梯式观众席。

段栩砚带着莫小雨走到那几个男生面前，问："你好，请问我能借你们的篮球玩十分钟吗？"

几个大男生其实在打篮球的时候就注意到坐在观众席上的段栩砚了，因为他那张脸和他那身昂贵的西装，想不注意到都难。

因此看见段栩砚忽然走过来，几个人面上不显，但心里都有点儿紧张，听到段栩砚开口问他们借篮球玩，一时间都愣住了。

一个穿着黑色篮球服的男生率先回过神，连忙把手里的水瓶盖好盖子放在一边，抱起脚边的篮球递出去："可以可以，当然可以，想玩多久玩多久，反正我们也已经打完了。"

段栩砚笑着接过篮球："谢谢，我们玩一会儿就会还给你们。"

"没事没事，随便玩随便玩。"

几个男生把篮球给他们后又往后退了一些。

段栩砚带着篮球和莫小雨转身走到篮筐下，单手投篮。

篮球在筐边转了一圈精准入篮，落地高高弹了两下。

莫小雨的眼睛一下子亮了，用力鼓掌道："哇！栩砚好厉害！"

段栩砚看着他笑，莫小雨刚刚才看完一场精彩的篮球赛，但是比赛过程中他从来没有像现在这样的反应，就好像同样的事情，别人做和段栩砚做，那视觉效果在他眼中是完全不同的。

段栩砚捡起篮球又投了一次，这次是故意投不中，篮球不偏不倚地砸在篮筐上弹了出去，莫小雨立即小跑过去，捡起篮球跑回来，递给段栩砚："栩砚，给。"

段栩砚仔细地看了看他的脸："小雨觉得栩砚能不能投中？"

"能。"莫小雨点头应得很肯定。

段栩砚朝他笑了笑，也不再逗他了，抬起手臂投篮，姿势标准，篮球不偏不倚正中篮筐，来了个空心球。

莫小雨站在旁边像个气氛组，十分捧场，用力拍手鼓掌，脸因为兴奋都有点儿发红。

段栩砚把球捡回来给他:"来,小雨投。"

莫小雨"嗯"了一声,接过篮球就朝篮筐用力一投,但因为力气太小,球甚至都没碰到篮筐就掉到了地上。

见自己没能像段栩砚一样帅气投篮,莫小雨有点儿沮丧。段栩砚又去把球捡回来,让他再投一次。

这回莫小雨抿唇使了点劲,篮球虽然没投进去,但至少碰到了篮筐。

段栩砚捡回球递给他,拉着他走到篮筐下,稳稳地把他托起来:"好了小雨,你现在可以把球丢进去了。"

莫小雨低头看着段栩砚哈哈大笑,仰起头看近在眼前的篮筐,轻轻松松地就把篮球丢进篮筐里。

段栩砚见状笑着放下莫小雨:"小雨怎么这么厉害?一下就投进了。"

莫小雨知道篮球不是这么投的,但他心里开心,"嘿嘿"一笑杏仁眼弯弯的,很不好意思。

段栩砚说借十分钟篮球就是十分钟,时间一到他就把篮球还回去。

因为玩了会儿球有些热,他脱了西装外套露出里面的衬衣,外套就随意地搭在手臂上,道过谢便带着莫小雨离开了篮球场。

从Ａ大离开后,段栩砚带着莫小雨去吃了烤肉,又去购物中心给莫小雨买了几身衣服,还有一大盒巧克力。

一回到家,莫小雨便迫不及待地拆开包装精致的巧克力盒,他馋了很久了,这一路上都想打开看看。

段栩砚不让他晚上吃,他也不会闹着非要吃,打开盒子看一看、摸一摸,好像也挺开心。

段栩砚坐在他身边看着他,忽然道:"小雨,明天会有一个客人来家里,来看看小雨。"

莫小雨"嗯"了一声:"衡信?"

"不是,他叫许褚,小雨要叫他许老师。"

莫小雨点点头，跟着叫了一遍："许老师。"

"许老师要给小雨介绍一份能挣钱的工作，小雨愿不愿意？"

莫小雨连犹豫都没有就点头："愿意！"

他很愿意工作，因为他知道有工作可以上班是好事，可以挣钱买好吃的和想要的。

段栩砚虽然不意外他会答应，但还是因为他的干脆而有些意外，回过神夸他："小雨这么坚强，将来一定可以赚很多钱。"

"赚很多钱！给栩砚买好多好多花！"莫小雨开心地举手做欢呼状，随即双手一挥，在空中画了一个大圆，"买这么多！"

第七章
《小雨歌》

次日一早，周日。

段栩砚和莫小雨早早便起床吃早餐。

工作日的时候段栩砚会准备一些简单的早餐，例如牛奶和抹了果酱的面包，吃完就带莫小雨去公司上班。

但到了周末，时间充裕了段栩砚就会非常认真地准备。

今天他给莫小雨做了西式的早餐，烤了吐司片，又煎了鸡蛋和火腿片。吐司片夹着焦脆的培根和爽脆的生菜，莫小雨一口气吃了两个，吃得肚子圆圆的，牛奶都没喝完。

段栩砚最后清扫般吃干净了剩下的东西，再上楼整理书房。

莫小雨趁着天气好，找出段栩砚之前给他买的长嘴浇水壶，踩着室外拖鞋到院子里浇水玩。

段栩砚的房子有个不小的花园，但没有栽种什么花卉植物，只有院子本身就带有的大叶米兰，莫小雨周末玩浇水的游戏就是给这些大叶米兰浇水。

他在院子里玩耍的时间不会太长，玩个十来分钟，段栩砚就会打开书房的窗户叫他进屋喝水。

这时莫小雨就会提着空水壶跑回屋子里。

段栩砚和许褚约的时间是中午。原来他们聊的时候说在 A 大面试，但这个时间正好是午饭时间，段栩砚就提出让许褚到他家里来，他下厨招待午饭。

许褚早就听说过段栩砚会做饭，被邀请了自然高兴，到了饭点就开车到段栩砚家。

为了招待许褚，段栩砚特意买了许褚最喜欢吃的小龙虾，照着网络上的教程做了锅麻辣小龙虾。

许褚按门铃的时候是莫小雨开的门，莫小雨今天穿了一件明黄色、印着小鸭子图案的 T 恤，明亮的颜色衬得他皮肤白皙，清秀的五官有股说不出的乖巧，杏仁眼乌黑清澈，十分讨人喜欢。

莫小雨从鞋柜里拿出新的拖鞋给许褚，声音软软地道："许老师你好，我叫莫小雨。"

"原来你就是莫小雨。"

许褚看着眼前少年气息十分浓厚的人，第一眼的印象就极好，他伸出一只手："我叫许褚，很高兴认识你。"

莫小雨看着那只朝自己伸出的手，想了想忽然伸出两只手将其紧紧握住。

段栩砚听见声音从厨房走到玄关就看见莫小雨抓着许褚的手，一时间竟愣住了："小雨。"

莫小雨回头看他，"嗯"了一声。

段栩砚走到他身旁轻声问："小雨为什么抓着许老师的手？"

莫小雨被他问得一脸茫然，他自己也不知道为什么，就是看见许褚朝自己伸出一只手就想着得好好握住才行。

许褚被他逗得直笑："小雨，握手的话伸出一只手就好了，就像这样。"

说着他抬起另一只手伸向段栩砚，段栩砚自然地握住他的手。

莫小雨看完"哦"了一声，拿开了一只手。

许褚相貌斯文，戴着副金丝边的眼镜，气质文雅，还是个十分有耐心的人，可能是因为他给人的感觉和段栩砚有点儿像，所以莫小雨还挺喜欢他的。

许褚进来后刚在餐桌边上坐下，段栩砚就开始端菜上桌，一大锅色、香、味俱全的麻辣小龙虾，还有菠萝烧排骨、红烧肘子、白灼虾以及一盒三文鱼。

　　一桌子菜全都是荤的，看不到一片菜叶子，让许褚这个无肉不欢的人看得脸上的笑怎么也停不住。

　　一餐午饭说是面试，倒更像是和老朋友聚聚聊聊天，关心一下对方最近都在忙些什么。

　　段栩砚和许褚毕业后一直保持联系，对彼此的近况都很了解。

　　来之前，许褚就从段栩砚这里详细了解过莫小雨，也知道莫小雨的大概情况。

　　A大的图书馆确实存在人手不够的问题，主要是因为负责整理书籍的职位工资太低，每月只有两千五百元，包住不包吃，虽然说吃在学校食堂，一日三餐也不贵，但两千五百元一个月真不够干什么的。

　　学校方面也有考虑过让学生兼职打工，但是和招聘正式员工遇到的问题一样，学校给不出高的薪酬和待遇，正式员工薪酬低，兼职的工资更低。

　　学生们出去找一份家教兼职工资都是这两倍不止，这也是图书馆这么久都没有招到人的原因。

　　段栩砚那天联系他说起这件事时，许褚其实十分惊讶，在听说莫小雨的情况后就提出先面试看看。

　　来的时候，他完全没想到莫小雨给他的第一印象会让他这么惊喜，虽然知道他属于特殊人群，但是他看上去根本和普通人没有区别，长得还挺好看，清秀乖巧，讨人喜欢。

　　吃饭的时候莫小雨一直在努力剥虾，小龙虾比较难剥，他也不太会，但是他想剥，段栩砚就给他戴上一次性手套让他自己剥。

　　段栩砚剥好一只虾就放到他的碗里，自己一口没吃，等他都剥好了五六只虾，莫小雨手里的那只才去了一半的壳。

　　过了一会儿，莫小雨终于费劲地剥好了一只，许褚以为他会自己吃，没想到莫小雨转头就放到了段栩砚碗里。

许褚看得直笑,对段栩砚道:"他比我想得要乖。"

段栩砚只是笑而不语。

轻松愉快的午餐结束后,许褚要回学校了。

莫小雨以为只要送送他就好,没想到段栩砚拉着他去卫生间漱口洗脸。

"小雨,我们也要和许老师一起去学校。"

莫小雨不解道:"为什么?"

"因为小雨明天就要开始上班工作了,我们要去图书馆看一看,还要照一张相,给小雨建档发工作证……哦,对了,我们还得去办一张小雨自己的银行卡,以后每个月的工资都会打到小雨的银行卡上。"

等两人准备好下楼,段栩砚又从厨房里拿出一盒上次买的草莓给许褚。

许褚嘻嘻笑着接过:"我这一趟来得也太值了,在你这儿连吃带拿的。"

段栩砚笑了笑:"小雨以后可能还有要麻烦你的地方,还请你多多照顾一下。"

"你放心,我会照顾好他的。"

到了 A 大,有许褚在,入职手续快了很多,没多久莫小雨就拿到了贴着自己照片的工作证和食堂饭卡,因为他有住的地方,所以学校也就没给他分配员工宿舍。

下午的时候段栩砚带他去办理银行卡,很快莫小雨就拿到了人生中第一张属于他自己的银行卡。

回家的路上莫小雨一直很兴奋,翻来覆去地看自己的工作证、饭卡、银行卡,越看越喜欢,怎么也看不够。

上次看电影段栩砚买了很多大尾巴狐狸的周边给他,其中有一个就是钱包。

段栩砚找了找上次的袋子,找出一个吊着狐狸尾巴的钱包,莫小雨就把所有的卡都放在里面。

段栩砚还给了他各种面额的纸币,将它们整齐地收在钱包里。

莫小雨以前是不太喜欢纸币的,一是他觉得纸币没有硬币好看,二是他放在口袋里洗澡的时候会不记得拿出来。

但现在他有了个很漂亮的钱包，纸币放在里面他也不觉得不喜欢了。

到了晚上该睡觉的时间，莫小雨又因为明天要开始上班了整个人都很兴奋，抱着刺猬和狐狸玩偶躺在床上翻来覆去地玩，就是不肯睡。

段栩砚坐在一旁看着他，心里却开始担心起来。

毕竟莫小雨自从和他一起来到 A 市，还没有一次真正意义上离开他的身边。

莫小雨在 A 大图书馆上班的时间是从早上十点到下午六点，中间还有两个小时的午休时间。

一大早，闹钟刚响段栩砚就给摁了，他没有吵醒熟睡的莫小雨，而是轻手轻脚地起床洗漱，下楼做早餐。

其实要是按照他以往的习惯，这会儿他还能再睡半个小时，但是段栩砚心里记挂着莫小雨今天是第一天上班，心里总是有些慌慌的，怕自己还有没考虑到的地方。

一会儿担心莫小雨去了之后会不会不开心，一会儿又担心莫小雨会不会被人欺负。

总之莫小雨一秒不在他眼皮子底下，他这心就一秒也定不下，哪怕这时候莫小雨还没去上班，段栩砚都已经提前担心上了。

段栩砚心事重重地准备了一桌丰盛的早餐，从烧卖到小笼包，还有虾饺，摆了满满一桌子，莫小雨下楼看见后"哇"了一声。

段栩砚给他倒牛奶，看着乖乖坐在餐桌边吃小笼包的人，有些担心地问："小雨会不会紧张？"

"紧张？"

段栩砚想了想，解释道："就是会不会害怕，害怕到不想去了？"

莫小雨缓缓摇头，接过牛奶喝了一口，朗声道："小雨不怕！"

段栩砚的心情一时间复杂极了，有些欣慰，也有些失落。

欣慰的是莫小雨是个很坚强的人，失落的是只有自己在不安。

他没有再问莫小雨问题，只是沉默地拿出保温饭盒。

莫小雨看着他用饭盒装剩下没吃完的虾饺和小笼包，总感觉今天的段栩砚和平常不太一样。

段栩砚上班的时间要比莫小雨早一个小时，他可以选择带着莫小雨先去公司，然后再送他去学校，也可以等到九点半了，直接送莫小雨去学校，然后他再去上班。

无论哪一种方式都没有让莫小雨一个人去Ａ大的意思，让莫小雨独自去上班对段栩砚来说是绝对不可能的。城市的公交和地铁对莫小雨来说太复杂了，段栩砚也不可能放心让他一个人在外面到处走，这也是他希望莫小雨能待在校园里的原因。

到了八点半，段栩砚给莫小雨找出了一个他只用过一次的登山包，包里装了画笔、画本、水瓶、饭盒，甚至还装了一袋子巧克力、小饼干以及莫小雨午睡时要用的枕头和毯子。段栩砚事无巨细地给莫小雨准备好了所有他可能会需要用到的东西，就担心他万一要什么找不到，夸张得好像莫小雨不是去上班的，而是要去什么国家穷游，最后出门的时候都快八点五十分了。

段栩砚的想法是先带着莫小雨去公司，然后再送他去Ａ大。

在车上的时候莫小雨一直好好的，也不见紧张。反倒是段栩砚，本来就话不多的人紧张得这会儿话更少了。

到了公司，乔衡信正好来找段栩砚，他一眼就看出段栩砚此时的状态不太对，担心地追进办公室问："你这是怎么了？"

段栩砚把莫小雨的背包放在沙发上，抓住准备要去找平板玩的莫小雨，叹了口气："小雨今天就要去上班了。"

"那不是好事吗？"乔衡信说着看了一眼莫小雨，"我看他挺开心的。"

段栩砚没说话，但也没有放开莫小雨。

乔衡信见状挑眉道："你可别说你忙了那么久，到了要送他上班的时候心里开始后悔了，那你不是白忙了？"

段栩砚："我不是后悔，我是有些不放心。"

"不是有学长在吗？而且他都十九岁了，没问题的，你别太紧张。"

段栩砚更沉默了，他怎么可能不紧张？

乔衡信没有多留，和他聊了几句后回了自己的办公室。

段栩砚给莫小雨的平板下载了QQ，又登上了很多年不用的小号，试着用自己手机里的QQ拨通小号的语音和视频。

他不是没想过给莫小雨买手机，家里就有一部新的，但是莫小雨不会使用，智能手机对他来说太复杂了，段栩砚只能想别的办法让他能联系上莫小雨。

"小雨，栩砚教你，如果听到平板在响，你就按屏幕上这个绿色的。"

段栩砚教了他一遍后两人又模拟了一遍，确定莫小雨学会了才放心。

十点前，段栩砚把莫小雨送去了Ａ大，他昨晚就把上班时间告诉了莫小雨，并告诉他自己下午六点就会来接他，到时间下班了只要走出图书馆就行了，自己会在外面等他。

Ａ大的环境莫小雨已经很熟悉了，更何况昨天他还来过一次这个图书馆，所以他没有出现不安和抵触情绪。

等车子开到Ａ大的图书馆门外，许褚已经站在台阶上等了。莫小雨看见了他，还隔着车窗户和他挥手打招呼。

许褚满脸笑容地走过来："小雨，早上好。"

莫小雨也笑了："许老师，早上好。"

段栩砚停好车子下车，那头许褚已经帮莫小雨拉开了车门。段栩砚从车后座把背包拿出来给莫小雨，让他背上。

许褚看到那个登山包，顿时不可思议地看向段栩砚："他不是不住宿吗？"

"他不住宿，但中午有午休时间，包里装有午睡用的枕头和毯子。我担心他下午肚子会饿，就给他准备了些吃的。"

段栩砚说完看向莫小雨，不放心地又叮嘱一遍："栩砚要回去上班了，你在这里要听许老师的话，下班了栩砚就来接你。"

莫小雨点头应好。

段栩砚又看向许褚："学长，小雨就麻烦你了。"

"放心，我会照顾好小雨的。"

莫小雨知道自己来这儿是上班的，段栩砚送自己来了后也要回去上班，所以看见段栩砚走了他也没有说要一起走。

见段栩砚上车前还是不放心地回头看了自己一眼，莫小雨一脸开心地笑着朝他挥手。

直到车子开走了他才缓缓放下手，一点点收起脸上的笑，不怎么开心地抿紧嘴唇。

许褚侧头看了看他的表情，心里有些惊讶，他居然知道不要让段栩砚太担心自己。

许褚犹豫了一下，试探性地问："小雨，我们走吧？"

"……嗯。"

段栩砚从A大回到公司后频频走神，他不管在做什么事情，脑子里都在担心莫小雨，然后就在要还是不要和莫小雨视频通话之间开始反复犹豫。

既想联系他，看看他好不好，又怕他原本好好的，自己联系他后会影响他的状态。

就这样一个上午过去了，段栩砚的工作效率低得惊人，这种情况前所未有。

中午乔衡信来找他吃饭，靠在沙发上看他收拾东西，发现他一脸心不在焉，忍不住摇头叹气道："你知道你现在像什么样子吗？"

段栩砚不解地扫了他一眼。

乔衡信："就像孩子第一天上幼儿园。"

段栩砚无声地笑了一下，没有反驳。

"有必要这么担心吗？许褚也在。再说了，他是在学术氛围浓厚的大学校园工作，而且还是在图书馆，我真的不明白你有什么好担心的。"

段栩砚默不作声地收拾好桌子，摘下眼镜，道："我得去看看。"

乔衡信一愣:"看什么?你不吃饭了?"

"不看一眼我不放心。"段栩砚说完就往办公室外走。

乔衡信急忙起身跟上:"你要看他一眼还不容易,视频不就好了?"

"我要亲眼看看。"

段栩砚说要去就一定要去,乔衡信说什么都没有用,最后只好跟着他一起上了车。

系安全带的时候,乔衡信颇有点儿恨铁不成钢的意思:"你能有点儿出息吗?看你着急的样子,不知道的还以为你家煤气忘了关。"

段栩砚一心挂念着莫小雨,只当没听见他的挖苦。

于是好好的午休时间,两人连一口水都没喝,直奔A大。

段栩砚硬是开了二十多分钟的车到A大校园,这个时间正好也是A大学生们吃午饭的时候,校园里随处可见去食堂的学生。

段栩砚是偷偷来的,也怕被莫小雨发现,所以把车子停在离图书馆和食堂比较远的地方,他和乔衡信两人走路过去。

乔衡信都快饿死了,远远看见食堂,脚步登时一转:"我不行了,我太饿了,我先去吃个饭,你自己去找莫小雨吧。"

段栩砚低头看了一眼腕表上的时间:"行,那一会儿我去食堂找你。"

乔衡信摆摆手,两人就在这儿分头走了。

段栩砚想过,会不会莫小雨也要出来去食堂吃饭。他正这么想着,忽地远远就看见了莫小雨和许褚两个人正往这儿走来。

段栩砚急忙转身追上乔衡信,拉上他就跑。

"哎哎,干吗?"

"小雨过来了。"

"啊?是吗?在哪儿呢?"

乔衡信还想回头找,段栩砚拉着他就往一边的孔子雕像后躲,还顺便把他的嘴捂上。

没过一会儿莫小雨和许褚就出现了,两人有说有笑地走进了一号食堂。

乔衡信用力扒开段栩砚捂住自己嘴的手："你看看人家小雨，你再看看你。"

段栩砚没有理会他，等莫小雨和许褚的身影消失在食堂门口才拍了拍他的肩膀。

"走吧，我们也去一号食堂，我请。"

一号食堂是Ａ大所有食堂里最大的，同样也是人最多的，因为菜品丰盛，价格实惠，一直以来都很受Ａ大学生的青睐。

乔衡信走进食堂第一件事就是感慨现在的孩子真幸福，这一号食堂比他在学校的时候要豪华不少，菜单里居然有烤牛肉和干锅肥肠！

在乔衡信眼睛发亮地到处看菜单时，段栩砚一直在人群中搜寻莫小雨，很快就在自助打餐区找到了端着餐盘的莫小雨。

莫小雨紧跟在许褚身后，许褚打什么菜他就打什么菜，打完菜两人各拿了一碗紫菜蛋花汤，找个人不多的地方坐下吃饭。

段栩砚小心地站在一个不容易被他们看见的位置，偷偷看莫小雨。

莫小雨虽然没有他陪在身边，但是看上去似乎适应得挺好的。他简直是完美融入了Ａ大，看上去和周围的学生没有任何差别。

段栩砚还特意观察了他的餐盘，有锅包肉，有烤鸡腿，还有孜然羊肉和爆炒牛肉，除此之外就是大米饭了，连一片菜叶子都看不到，果然是跟着许褚这个眼里只有肉的人打的饭。

在他像个职业"狗仔"时，乔衡信在他身后已经点好了一桌子菜。

到了付钱环节他把段栩砚拉回来："快别看了，来来来，付钱，人家不收现金。"

段栩砚看了一眼金额，直接用微信扫码付款。

乔衡信把干锅肥肠之类的菜全给点了一遍，等菜上来期间，段栩砚坐在座位上却频频往莫小雨他们那个方向看。

乔衡信已经懒得再吐槽他了，自觉地拿碗拿筷子："你要不要喝什么？我没点汤。"

"水就好。"

乔衡信起身去买了两瓶矿泉水回来。

没多久他们的菜就上齐了，摆满了一桌子。

段栩砚这一顿饭吃得心不在焉，坐在他对面的乔衡信已经吃完一碗饭了，他碗里还有剩的。

"你吃完再看吧，他人又不会跑。"乔衡信回头看了一眼莫小雨，"你看看人家小雨都在好好吃饭。"

"嗯。"

乔衡信转回脸看他："我说你该不会是心里感觉不平衡了吧？"

"是有一点儿。"段栩砚说话的声音有点儿失落，"我没有想到小雨离开我的帮忙也能生活得很好。"

乔衡信一脸受不了地抖了抖肩膀："毫不夸张，我刚才起了一身鸡皮疙瘩！"

段栩砚斜了他一眼，没说话。

"你怎么变了个人似的，你以前是绝对不可能说这种话的。"乔衡信道。

段栩砚没有理会他。

很快，吃完饭的莫小雨和许褚离开了一号食堂。

乔衡信以为段栩砚都已经看到人了，怎么也该放心回去了，没想到他根本没打算走，出了食堂就远远跟在莫小雨和许褚身后，一路跟到了A大的图书馆。

两人是趁着上班的午休时间过来的，西装笔挺，这身打扮在A大校园里还是相当惹眼的，尤其是两人的相貌还十分优秀，每一个从他们身边走过的人都忍不住频频回头。

乔衡信抓着段栩砚手臂："你还要看什么？不是都看到人了？"

段栩砚低头看了一眼腕表上的时间："我再看一会儿。"

乔衡信拉不住段栩砚，最后只能跟着他一起进了图书馆。

这个时间图书馆里的人不多，穹顶下摆得整整齐齐的书桌上只有寥寥几个饭都不吃还在认真读书的学生，二楼的书架间还有几个人影。

段栩砚左右看了看，没看见莫小雨和许褚。

乔衡信道："应该在休息室吧。"

"嗯，现在还是小雨的午休时间。"段栩砚说着朝图书馆角落贴着员工休息室的门走去。

两人刚走到休息室门前，没想到许褚正好拉开门出来，看见两人他愣了一下，迅速关上休息室的门。

"你们俩怎么在这里？"

段栩砚笑了笑："路过顺便看看，小雨睡了吗？"

"刚才回来的时候我看他有点儿困，现在在里面躺着，应该快睡着了。"许褚说着似笑非笑地朝他挑眉，"要进去看看吗？"

段栩砚想了想，摇头道："还是不要让他知道我来过比较好。"

许褚说："但我刚才出来的时候看他心情好像不太好。"

段栩砚听得一愣："心情不太好？"

"对，我刚出来的时候感觉他好像突然间有点儿委屈。"

"哭了吗？"

"那倒没有。"

段栩砚心中顿时天人交战，感性的一边让他很想进去看看，但是理性又在告诉他莫小雨适应得很好，不要进去打扰他，他自己一个人也可以。

思前想后，段栩砚还是决定等下午莫小雨下班了再见他。

然而等他好不容易下定决心，转身正准备和乔衡信一起回公司时，仅仅隔着一扇门，他隐约听见了从门里传来的吸鼻子的啜泣声。

段栩砚脚步瞬间一停，蹙着眉仔细听。

第一声他还以为是自己听错了，凝神等了四五秒后听见第二声才肯定自己没有听错，莫小雨在休息室里哭。

同样听见的还有许褚和乔衡信，许褚站得离休息室的门很近，一听见啜泣声便转身走到门前，附耳贴在门上听，然后转过脸对着段栩砚指了指休息室的门，口型在说"真的哭了"。

乔衡信一脸疑惑不解："在食堂的时候不是还好好的吗？怎么这时候哭了？"

段栩砚表情有些心疼，显然莫小雨在里面哭让他心里很不好受："可能是这会儿他一个人待着。"

乔衡信有些说不出话，挠了挠鬓角，问道："那你要进去看看他吗？"

段栩砚叹了口气，不再犹豫了："你在这里等我，我进去看看他。"

等段栩砚推开休息室的门进去，乔衡信才对着许褚一脸无奈地耸肩摊手。

A大图书馆的休息室角落里有张沙发，能让人躺着午睡，莫小雨把从家里带来的枕头摆在扶手的位置，用也是从家里带来的小毛毯蒙住头。

他一个人躲着哭的时候总会克制着不发出声音来，偷偷地哭。刚来A市的时候，他因为不习惯，想家时也是这样，不敢被段栩砚听见。

就如段栩砚说的，莫小雨这时候哭就是因为现在他独自一人。

上午因为有事情要做，他要跟着许褚学他以后要做的事情，那时候他能忍得住。

他一直忍得挺好的，但是在食堂吃饭差点儿没忍住，因为食堂的烤鸡腿很好吃，他想和段栩砚说说，也想让他尝一尝。

等从食堂回到休息室，许褚出去后只剩下他一个人躺在沙发上，感觉哪里都静悄悄时，不适应感才彻底爆发，他哭得不能自已，十分投入。

他有一肚子的话要和段栩砚说，有很多事情想和他分享。可今天是他第一天上班，他和段栩砚说好了，要挣钱给他买很多花，不能第一天就哭，但他实在忍不住。

莫小雨哭的时候很投入，全身心沉浸在悲伤中，因此他根本不知道休息室的门被打开了。

段栩砚走到沙发边，低头看着不断传出啜泣声的毛毯，轻轻地叫了一声：

"小雨。"

话音刚落,毛毯下的啜泣声瞬间停住了,莫小雨抽噎了两下,缓缓拉开蒙住头的毛毯,泪眼婆娑地看着眼前的段栩砚,表情是既委屈又不解,好像不明白为什么他忽然就出现了。

段栩砚俯身用纸巾抹去莫小雨脸上的泪水:"怎么哭了?"

莫小雨抿紧唇看着他,把手从毛毯底下抽出来,坐起身,低着头用手背擦去脸上的泪水:"栩……栩砚……"

段栩砚不想他再哭,选择转移他的注意力,道:"小雨刚才和许老师在食堂吃饭对不对?栩砚当时也在食堂,看见小雨在吃大鸡腿。"

莫小雨听到这儿,一下子就止住了哭声,怔怔地看着他,歪着头仔细想为什么自己没有看见段栩砚。

"因为栩砚躲起来了。"段栩砚一看他的脸就知道他在想什么。

他笑了笑,起身从一旁的背包里取出纸巾,抽了一张擦去莫小雨脸上的泪水,轻声道:"鸡腿是不是很好吃?"

莫小雨用力点头,吸了吸鼻子,瓮声瓮气地问:"栩砚吃了吗?"

"没有。"段栩砚摇摇头,"小雨给栩砚说说有多好吃。"

莫小雨一下子来了精神,两只手比画着说给段栩砚听食堂那个烤鸡腿有多好吃,食堂的饭有多香。

段栩砚好好地听着,听到后面问道:"那是我做的饭好吃还是食堂的饭好吃?"

莫小雨想都没想就回答:"栩砚做的!"

"可是小雨刚刚还夸食堂的鸡腿很香。"

"栩砚的!更香!"

莫小雨十分机灵地开始夸段栩砚:"栩砚做饭!好吃这么多!"

说着还伸长手臂画了个大圆,以表示自己说的"这么多"到底有多少。

段栩砚都让他逗笑了:"既然小雨中午已经吃过烤鸡腿了,那我们晚饭就吃烤鸡翅吧,加上小雨喜欢的番茄炖牛肉。"

莫小雨开心得眼睛都亮了，完全忘记几分钟前，自己还躲在毯子里哭得特别伤心。

段栩砚熟练地哄好莫小雨，让他好好躺在沙发上，帮他盖好毯子，等到他乖乖闭上眼了才起身离开。

乔衡信和许褚已经在门外等了好一会儿，话题都换了好几茬儿。

见段栩砚终于出来了，乔衡信问："哄好了？没再哭了吧？"

段栩砚点点头，对许褚道："学长，小雨就麻烦你多照顾了。"

许褚不在意地笑着摆摆手："他很听话，没给我添麻烦，人也挺聪明的，我教了两遍他就懂了。"

听见许褚夸赞莫小雨，段栩砚比什么都开心，脸上的笑容都灿烂了两分。

临走前，乔衡信拍了拍许褚的手臂："学长，到时候我联系你，你一定要来哦！"

许褚笑了笑，也拍了拍他的手臂："放心，我一定会抽出时间去的。"

等走出A大图书馆，下楼梯的时候段栩砚才问："你和学长约好了什么事情吗？"

段栩砚说完想了想："你的生日。"

乔衡信顿时一脸感动："你竟然还记得！"

段栩砚闻言哭笑不得地道："我当然记得了，你的生日我怎么会忘记。"

"我刚才都做好了你没想起来的心理准备。"

"我会记得的。"

"嘿！"

见过莫小雨后，段栩砚下午的工作效率一下突飞猛进，两个半小时就把上午落下的进度全部补回来。

到了下午五点，段栩砚准时下班，开车去往A大的路上，又路过了上次去过的那家花店。

段栩砚的时间很充裕，把车子停到路边的停车位后，走进花店买了束花，这次买的比上次的要更精致漂亮。

把包装精美的花束小心地放在副驾驶后,段栩砚又继续驱车前往Ａ大。

等车子开进Ａ大,停在图书馆外时,时间才五点四十五分,还有十五分钟莫小雨才会出来。

时间一分一秒无声无息地流走。

段栩砚几乎是隔一分钟就要看一次时间。

当时间好不容易到了五点五十五时,段栩砚有些坐不住了,他推开驾驶座的车门,站在长长的台阶下,仰头望着图书馆的大门。

他其实很想直接进去接莫小雨,但是没来由地,他觉得莫小雨会更喜欢一走出来就看见自己在楼梯下面等他,所以没有上去找他。

五点五十九分,段栩砚不再频繁看腕表,仰着头紧紧盯着Ａ大图书馆的大门。

六点整,莫小雨背着书包准时从大门里走出来。他一抬头就看见站在楼梯下的段栩砚了,白皙秀气的面庞先是一愣,随即露出一个大大的笑容,杏仁眼都弯成了漂亮的月牙,脚步急切地走下楼梯。

他几乎是在跑。

段栩砚被他这个跑下楼的举动吓得冷汗都快冒出来了:"小雨!不可以在楼梯上面跑!"

莫小雨这才听话地慢下脚步,改成走下去。

段栩砚仍心有余悸,眼看着莫小雨走到最后两级台阶,忽然从上面蹦下来,心里叹了一口气,不放心地道:"小雨,在楼梯上跑是很危险的。"

"小雨想快点儿见到栩砚。"

段栩砚接过他背上的包,转身朝停在一旁的车走去:"我就在下面等你,就算你不跑过来,我也不会丢下你先走的。"

莫小雨听得眯眼笑,段栩砚帮他打开副驾驶的车门,看见放在座位上的精美花束,他瞪圆了杏仁眼兴奋地"哇"了一声。

段栩砚把那捧花抱下来送到他怀里:"这是奖励,奖励小雨今天第一天

上班。"

莫小雨一脸惊喜地抱着花束不放:"可是小雨哭了。"

他的意思是今天上班的时候哭了,在他看来哭了是得不到奖励的,所以他才这样惊喜。

"小雨是哭了,但是栩砚走的时候,小雨是不是好好的,没有再哭了?"

莫小雨想了想,用力点头道:"对!小雨没有哭了!"

"所以小雨一样可以得到奖励。"

莫小雨一直以来都非常清楚,段栩砚对他来说是无可取代的。

因为他是强大且温柔的,也因为他是永远关心自己的。

每当莫小雨从段栩砚这里收到花的时候,他都能深切地感觉到自己是被珍惜的。

无论是谁,即使拿这个世上所有的美好来和他换这份友情,他都不会换的。

莫小雨的杏仁眼望着段栩砚,直到段栩砚示意他该上车了。

路边的轿车车头一转朝 A 大外开去。

莫小雨抱着花坐在副驾驶,一边低头闻着怀里的花香,一边忍不住傻笑,时不时还要转头看驾驶座上开车的段栩砚。

段栩砚被盯得想笑,唇角微微上扬:"小雨今天第一天上班开心吗?有没有发生好玩的事情要告诉我?"

"开心,许老师夸小雨。"莫小雨一边说,一边低下头不好意思地笑。

段栩砚问:"许老师是不是夸小雨聪明?"

莫小雨听见这话有些惊讶地转过脸,似乎是没想到段栩砚说对了。

段栩砚笑了笑:"知道栩砚为什么会知道吗?"

莫小雨好奇地问:"为什么?"

段栩砚:"因为许老师跟栩砚夸小雨,说小雨很聪明,有好多工作上的事情,他一教小雨就会了。"

莫小雨嘴角的笑意顿时更深，还特别跟段栩砚强调："小雨学得很快！"

段栩砚十分赞同地点点头："是，小雨不仅学得很快，还很坚强，是我见过的最坚强、最勇敢的人。"

莫小雨最喜欢听段栩砚夸他，只要段栩砚夸他了，他的心情就会变得很好，脸颊会变得红红的，耳朵也会变得又红又烫。

回家前他们先一起去了趟超市，购买晚饭需要的食材。

从停车场走到超市这段路，他们路过了一家新开的糖果店，莫小雨几乎瞬间就被糖果店充满童趣和童话感的装潢吸引了注意力。

店里的装潢显然是下过功夫的，多种高饱和度的颜色搭配可爱的糖果灯，没有一个孩子能抵抗得住这种梦幻一般的糖果店，就像童话书里能买星星和月亮的魔法屋。

莫小雨一下子就站住了脚不肯再走了。

段栩砚仔细看着他的脸，也不问他是不是要进去看看，就这么站在原地等着莫小雨自己开口说。

几秒后，莫小雨如梦初醒般转过脸看向身旁的人，脸上的表情写满了向往："栩砚，我们看看好吗？"

段栩砚心软地点点头。

两人并肩一起走进灯光璀璨耀眼的糖果店。

店员都统一穿着红色的背带裤，头上的帽子还有两道像是闪电一样的耳朵。

莫小雨对她们帽子上的耳朵很感兴趣，总是忍不住盯着人家的头顶看。

段栩砚见他实在喜欢，便问店员她们的帽子有没有售卖的，但很可惜店员回答说没有。

莫小雨有些沮丧，不过好在店员给他指了指角落货架上的周边，上面摆放了很多糖果照明灯，一个比一个精致好看。

莫小雨的注意力又被转移了，他很想过去看看，但并没有忘了段栩砚，眼睛亮亮地拉着段栩砚的胳膊："看看吗？"

依然是段栩砚点头了，莫小雨才往货架走。

货架上摆了十几种不同形状的糖果灯，每一款都很新颖，吸引了很多还在上学的小姑娘。

莫小雨一眼就被货架上草莓形状的糖果灯吸引了注意力。

段栩砚见他喜欢就让店员帮忙取下："我们买回去摆在床头柜上。"

莫小雨满眼欣喜地点头。

就在这时，一个听着有些熟悉的声音从两人的背后响起。

"这么巧，你们也在这儿逛？"

段栩砚扭头循声望去，就见姚清含笑走来。他今天穿了一件米色的圆领卫衣，衬得英俊的面孔更显白皙，像个还在校园里的大学生。

"清？你怎么在这儿？"

姚清走到他们面前，笑眼弯弯地往后一指："这家店是我朋友开的，开业那天我有事过不来，今天得空过来看看，你和小雨是专程过来的？"

"不是，是顺路，小雨喜欢就进来看看。"段栩砚笑了笑，"我们本来是要去买菜的。"

"哦？"姚清一直对他们之间的相处模式很感兴趣，闻言便问道，"方便一起吗？"

段栩砚无可无不可，只好奇地问："你也要买菜？"

"看看，有需要我就买。"

姚清说完看向一旁的莫小雨，对上他圆圆的杏仁眼，笑得温柔地问："小雨是不是不记得我了？"

莫小雨定定地看着他："记得。"

"你可以叫我姚清哥。"

莫小雨非常听话地跟着叫了一声姚清哥。

"小雨看看有喜欢的吗？有想要的直接拿，我送给你，就当作是见面礼了。"

莫小雨缓缓摇头，低头想找出自己的大尾巴狐狸钱包，结果见自己两手空空，这才想起来钱包在背包里，而背包在段栩砚的车上。

段栩砚见他忽然愣住的样子，心里好笑，转而对姚清解释："今天是小雨第一天上班，他已经会自己赚钱了。"

姚清闻言愣怔了一瞬，随即满眼惊讶："上班了？"

"嗯，我大学时的学长帮忙介绍了一份工作给小雨，就在图书馆帮忙。"段栩砚道。

姚清听得不住地点头道："那很好，对他来说这是一件好事。"

两人聊了几句后，段栩砚想着先陪着莫小雨把糖果买了。

买之前段栩砚以为店里的糖果是按称斤卖的，但仔细看过周围的人才发现，每个人手里都拿着或大或小的玻璃罐，看到喜欢的、想要的糖果用食品铲装进罐子里。

姚清见他一直在不动声色地观察周围的人，上前道："得先到收银台购买罐子，买到罐子后店里的糖果能装多少就装多少，只要装进罐子里就是你的，不需要再额外付糖果的钱。"

"这种模式国内似乎并不常见。"

"嗯，这家店我朋友开着也是'玩票'性质的，不指望能挣多少钱，不赔本就行了。"

段栩砚和莫小雨到收银台购买玻璃罐，台面上有展示用的三种罐子，大中小由高价到低价地排列。

姚清本以为段栩砚会直接给莫小雨买一个大的，没想到他见莫小雨犹豫不决，直接让店员大中小各拿一个，让莫小雨开始装糖果。

店里的糖果来自世界各地，包含九大类，常见的夹心糖、薄荷糖、软糖是最受青睐的，其次是太妃糖、瑞士糖等。

各种颜色的糖果整齐地装在食品级的展示柜里，色彩缤纷，叫人应接不暇。

莫小雨从小罐子开始装起，他也不贪心，没吃过的糖果就每一种都装几颗，遇到吃过的喜欢的糖果就多装一些。

姚清也不知道为什么，总觉得观察莫小雨的一举一动很有意思。看他郑重其事地挑选，在段栩砚的陪同下难掩开心地走在糖果展示柜前，姚清心里忽然生出一点儿说不清道不明的羡慕。

他的家境虽比不上乔衡信他们，但物质生活也是从小优渥。小时候班上同学见也没见过的进口巧克力和糖果，在他家里是用箱子装的，吃到过期都吃不完。

可这一刻，成年许久的姚清让莫小雨开开心心挑选糖果的模样勾起童年时自己常常一个人的记忆，甚至有种不管是几岁的自己，此刻若是能站在这家店里，一定也会和现在的自己一样地羡慕莫小雨的感觉。

"真好啊！"姚清忍不住发出一声感慨。

段栩砚听见他的说话声回头看了他一眼："你刚才说什么？"

姚清笑着摇摇头："我没说什么。"

莫小雨挑选糖果用了快半小时才满意地装满三个玻璃罐。店员给他拿了一个印有七彩涂鸦的可爱礼品袋，三个罐子装在里面刚刚好。

从糖果店出来，段栩砚让莫小雨和姚清站在原地等他，自己先把糖果袋送回车里。

莫小雨本来是不太愿意的，但是对上姚清温柔的眼神，他又心软地点头同意了。

段栩砚提着袋子离开后，莫小雨和姚清一起站在糖果店旁的人行道上等他。姚清没跟他说话，他就站在原地仰头看着头顶的夜空，忽然发现有一架闪着灯的飞机正缓缓飞过，他有些开心地跟姚清分享。

"你看！"

姚清顺着他手指的方向也跟着仰起头，看见他指的是飞机，唇角溢出轻笑，心想这莫小雨还真是天真烂漫没烦恼，这种因为生活中一点儿微不足道的小事就能很开心的样子，实在让人既羡慕又嫉妒。

对生活在这个钢铁丛林里的人来说，快乐是一件很有难度的事情，但是莫小雨好像可以轻轻松松地做到每天都很快乐，抬头看见一架飞机都能让他乐得见牙不见眼。

等头顶夜空中的飞机飞走后，莫小雨才意犹未尽地低下头，唇边笑意未散，圆圆的杏仁眼还是弯弯的。他忽然轻声道："小雨喜欢飞机。"

姚清"嗯"了一声，心道我看出来你很喜欢了。

但下一刻，莫小雨软糯的声音细细道来原因时，他还是听得微微一怔。

"因为栩砚要走，小雨不让，就一起来了，所以小雨喜欢飞机，飞机好。"

莫小雨的话充满了独属于他个人风格的纯真和孩子气，像个自幼活在蜜罐里的人，没有尝过生活的困苦和艰辛。

在他的世界里，因为段栩砚的帮助使他收获了快乐，所以看到飞机了，他就想起了自己和段栩砚没有就此分开，所以快乐，莫小雨纯粹干净得像张白纸。

没多久，段栩砚走了回来，三人一齐朝眼前的仓储式超市走去。

他们三人都没有逛超市的经验，段栩砚和姚清善用外卖软件，所以从来不需要亲自来超市。而莫小雨是没什么机会能去，他以前一个人生活的时候日子过得很拮据，兜里有点儿钱，能买他也不舍得花，更不可能去超市这样的地方。

所以进了超市后，莫小雨是最兴奋的。

在他的记忆里家乡的超市虽然很大但也没有这么大，这里的超市不光是放货品的货架大得像巨人国里的家具，上面的货品也是大得超出他的认识。

比如他很喜欢吃的薯片，段栩砚拿了一袋给他，他要用两只手才能抱得住。

姚清看着莫小雨笑道："买回去了你能吃得完吗？"

莫小雨点头道："一起吃。"

姚清还没有自作多情到以为莫小雨是要和他一起吃："栩砚不吃薯片。"

"他吃。"莫小雨很肯定，"小雨给，栩砚就吃。"

姚清顿时看向身旁的段栩砚："原来你吃膨化食品。"

段栩砚笑笑，拿过莫小雨抱着的薯片放进购物车里："他最喜欢和人分享。"

姚清耸耸肩，随手拿下一袋薯片丢进车里："那我也尝尝。"

姚清跟着他们来超市本就是心血来潮，他根本没有什么需要的东西要在这里买，所以他跟着段栩砚和莫小雨，就是他们买什么自己跟着买什么，最后就是车里零食一半，瓜果蔬菜一半，还有一袋鸡翅和鸡腿。

莫小雨特别开心地和他说，段栩砚晚上会给他做烤鸡翅，刷蜂蜜的那种。

姚清让他炫耀得又气又好笑，趁着段栩砚背对他们没注意，飞快地伸手拍了一下莫小雨："分不分我吃？"

莫小雨笑着摇头。

"阿砚刚才还说你喜欢分享，你有这么多鸡翅却不愿意分我一个，怎么能叫喜欢分享？"

莫小雨跟他据理力争："是分享给栩砚，不是别人。"

他们像争吵一样的对话吸引了段栩砚的注意，他转身看向两人："小雨，怎么了？"

莫小雨没有回答，而是从他们已经付过钱的购物车里拿出那袋薯片送给姚清："这个分你。"

薯片分给你，栩砚做的鸡翅，你就不要和我抢了。

从超市离开回家的路上，莫小雨心情很好，抱着糖果店的礼品袋小声地哼着歌。

段栩砚没听出来他在哼什么，想来应该是他开心哼着好玩的。

回到家，车子开进车库，段栩砚一边解开安全带一边问："小雨在唱什么？"

"《小雨歌》。"

"是小雨自己的歌吗？"

"对！"

听到这儿，段栩砚也不着急下车了，饶有兴趣地问："能再唱一次吗？"

莫小雨也不害羞，段栩砚想听他就唱，开心地瞎哼哼，连一句歌词都没有，但是哼的调子怪好听的。

他自创的《小雨歌》还不长，一分钟左右就哼完了。

段栩砚特别捧场，一脸赞叹地给他鼓掌："真好听，我都不知道小雨还有当歌唱家的天赋。"

莫小雨让他夸得捂着脸直笑，耳朵都红透了。

他当然能听得出来段栩砚在哄他，但夸奖的话就算自己知道事实并不是如此，也不影响听的时候觉得高兴。

从车库回到家里，段栩砚在准备晚饭。

因为他们在去超市前还去逛了糖果店，所以回来的时间其实早就过了晚饭的时间。

段栩砚怕莫小雨肚子饿，就先给他拿了一个小面包让他垫垫肚子，然后再回到厨房准备晚饭。

莫小雨非常喜欢从糖果店买回来的罐子和装在里面的糖果，除了因为罐子里的每一颗糖果都是他自己挑选的外，还有一个原因就是它们好看。

各种不同颜色的糖果在漂亮的玻璃罐子里像装了一把彩虹进去。

他欢欢喜喜地把三个大小不一的糖果罐子摆在悬空的岩板电视柜上，段栩砚出来看见了笑着问他："小雨摆得那么好看，会不会不舍得吃？"

莫小雨竟是犹豫了，坐在电视柜前的地板上，小脸上写满了纠结。

段栩砚好笑地道："小雨不用不舍得吃，吃完了我们再去买，小雨忘了自己现在已经上班赚钱了吗？"

莫小雨经他这么一提醒才猛然想起来，开心地笑弯了一双杏仁眼。

日子悄然又平稳地走上了段栩砚期望的方向，每天早上他都是先带着莫小雨去公司，之后再送他去Ａ大，下午到点下班了就去Ａ大接人。

莫小雨适应得很好，段栩砚也放心了。

午休的时候段栩砚也不会再跑去 A 大，而是选择和莫小雨视频通话，段栩砚会提前一天给平板充好电，确定电量是满格的才会让莫小雨带去上班。

视频通话让莫小雨缓解了段栩砚不在他身边的忧伤情绪，他会絮絮叨叨地和屏幕上的段栩砚说话，说今天图书馆突然多了好多的人，说今天食堂的排骨特别好吃，说许老师今天又夸他了。

他们每天都有说不完的话，分享不完的琐事，好像可以一直这么说下去。

莫小雨是一个很容易让人觉得生活其实很美好的一个人，因为他很容易满足，不贪心去想今天要如何，明天要如何。他没有那么多的烦恼，只是一件小小的事情也可以让他一整天都很高兴。

段栩砚受莫小雨的影响，脸上也会不自觉地满是笑容，也会像莫小雨一样，觉得今天天气好，太阳很大但不会很热是一件很值得开心的事情。

而这几天发生的最让段栩砚觉得惊喜的一件事情就是莫小雨交到朋友了。

那天他因为要开会，不能准时下班，午休视频的时候他就告诉了莫小雨今天会晚一点儿接他，让他下班了先在图书馆里等，等他来了再出来。

莫小雨当时答应得好好的，可等段栩砚六点多的时候去接他，远远地就看见他在图书馆外面玩，正坐在台阶上和身边的人说话，聊得还很开心，两只手时不时地在上下比画。

那个人看上去应该是 A 大的学生，和莫小雨差不多大的年纪，瘦瘦的，相貌也端正，个子比莫小雨要高一点儿。

段栩砚在看见这两个人坐在一起时，心里最先涌出的是好奇，好奇莫小雨会和人家聊什么，然后才是一点儿惊喜。

他把车子开到了图书馆楼下，莫小雨看见他的车子来了一下站起身，他身边坐着的人见他站起来了也跟着站起来。

段栩砚推开门下车，刚绕过车头，莫小雨已经"噔噔噔"地跑下楼梯。

"栩砚！"

"小雨又跑着下楼梯了，这样多危险。"

莫小雨则是有一点点不高兴:"栩砚好慢,小雨等好久。"

"对不起小雨,栩砚路上堵车了,车子开不快。"

莫小雨接受了段栩砚的解释,但心里还是有一点儿委屈。

段栩砚安抚好了莫小雨才抬头看向站在台阶上的人,问道:"那是小雨的朋友吗?"

莫小雨听见这话才想起来这件事,转身朝台阶上的人招手:"方途。"

段栩砚看着那刚才还和莫小雨坐在一起聊天的少年一脸尴尬地走过来,不自在地摸着后脖子:"你好,我叫方途,是大一的学生。"

段栩砚朝他笑了笑:"你好,我叫段栩砚。"

方途:"啊,我知道,小雨跟我说了,他说你是这世上最最最好的人。"

段栩砚转头看了一眼身旁的莫小雨,心里觉着有些好笑,也有点儿开心,原来莫小雨是这样和别人介绍自己的,便问道:"他是这么说的?"

方途点点头:"我看他一个人坐在台阶上好像不太开心的样子,就跟他搭了一下话,他说他在等栩砚,我说栩砚是谁,他就是这么回答我的。"

段栩砚似乎有些不好意思地笑了笑,对方途道:"小雨就在图书馆上班,平时他六点下班我就会接他回去,今天有点儿事耽搁了,所以他有点儿不高兴,谢谢你陪他。"

方途闻言摆了摆手:"啊,没事没事,我也是认出他是图书馆的工作人员才和他搭话的,小雨很可爱,工作也很认真,我们大家都很喜欢他。"

段栩砚听得心里很高兴:"小雨刚上班没几天,在这边也没什么朋友,如果可以的话,你们有时间可以找他一起玩。"

和段栩砚聊了几句后,方途也没有刚开始时那么尴尬拘谨了,他个人确实也挺喜欢莫小雨的,听段栩砚的意思也明白了他希望莫小雨可以交几个朋友,少年心头顿时燃起一股交友的热情,点头应好。

方途掏出手机:"小雨,我加你个微信吧。"

段栩砚也拿出手机:"小雨他还没有微信,你加我的吧。"

方途听得一愣,后知后觉莫小雨属于特殊人群,没有自己的微信也很正

常,便有些尴尬地挠挠头:"也好也好,有个联系方式就行了。"

添加好微信后,方途要回宿舍了,临走前他把手掌伸到莫小雨面前,笑嘻嘻地道:"小雨,明天见,明天我带你去吃我刚才说的特别好吃的冰激凌。"

莫小雨笑得眼睛都弯成了月牙,把手抬起来贴上了方途的手:"好啊,好啊!"

方途道:"小雨,要用拍的,击掌,像这样。"

说着他像示范一样先拍了一下莫小雨的手掌。

"来,小雨你再试一下。"

莫小雨就学着他刚才的动作,两人完成了一个击掌。

方途这才转身往宿舍的方向走,走着走着还倒着走了两步,朝莫小雨用力挥手:"小雨!拜拜!"

莫小雨一脸开心地朝他挥手:"方途!拜拜!"

回家的路上,莫小雨嘴里一直在哼着他的《小雨歌》。

段栩砚用眼角的余光看他:"小雨这么开心?"

莫小雨点点头:"开心,方途要和小雨一起吃冰激凌。"

"小雨和方途是朋友,小雨明天也要记得给方途买好吃的。"

莫小雨不是小气的人,听了点头道:"买鸡腿,给方途买大鸡腿。"

第八章
最美好的生日礼物

今年乔衡信的生日正好在周六，周五他就在好友群里发了消息，提醒所有人，要段栩砚和姚清他们腾出明后天的周末时间，因为他软磨硬泡借来了他爸的度假庄园，打算在那里庆祝生日。

只有十一个人的好友群在乔衡信的消息发出后，顿时信息刷出了几百人的气势。

段栩砚抽空看了一眼，回复了一句"知道了"。

他的出现让狂欢中的好友群一下子安静了几秒，然后又开始"叮叮叮"不断有新的消息发出来。

我感动了，老段上一次出现在这个群里还是上一次。

讲废话让你很快乐吗？

清，别这样，你的"人设"是清爽的有钱帅哥，不是毒舌的有钱帅哥。

所以他的"人设"重点是有钱？

那老段的"人设"是什么？

老段以前的"人设"是 robot（机器人）工作狂。

那现在呢？

现在是"有家真好"。

下午下班后,段栩砚去Ａ大接莫小雨,让他感到意外的是他到图书馆却没有看见人,找了一圈后还是图书馆的工作人员告诉他,今天周五图书馆提前下班,莫小雨被几个大一的学生带去篮球场上玩了。

段栩砚听完十分惊讶,因为莫小雨没有告诉他这件事。

"提前下班了?"

"对啊,今天差不多四点的时候就下班了,明天是周末嘛,图书馆放我们早点儿回去。"图书馆的工作人员说完正要往外走,忽然"哦"了一声,回头接着道,"小雨的背包他收好了,就在休息室,你要去找他的话可以顺便把包带走,省得再跑一趟。"

段栩砚道了声谢,走进休息室把莫小雨的背包拿走了。

Ａ大的篮球场有好几个,段栩砚不太确定那几个学生把莫小雨带去了哪个篮球场,只好回到车上一边开车一边留意。

五分钟后,他终于在曾经带着莫小雨玩过一次的篮球场上找到了人,看到了他从没见过的和同龄人一起在球场上嘻哈玩闹、跑来跑去的莫小雨。

方途也在,其他几个男生应该是他的同学。他们对莫小雨很好,带着他一起玩却没有无视他。他们教莫小雨投篮、运球、运球过人。这个年龄的人拿出了少有的耐心认真地对待莫小雨,没有嫌弃他反应慢,也没有嫌弃他话说得不是很好。

莫小雨和他们在一起玩得很开心,跑得满头大汗,额发都被汗水给打湿了粘在脸上,方途看他出了很多汗,还找了张纸巾帮他擦了擦。

莫小雨站在原地咧嘴笑得很开心,也没有躲避方途,热得脸蛋红扑扑的任由方途帮他擦汗。

少年人干净又纯粹的友谊在这一刻体现得淋漓尽致,让人感觉无限美好。

段栩砚不忍打断这样的莫小雨,因为这是他一直希望能看见的画面,这个画面中的莫小雨快乐且无拘无束,和大多数同龄人一样,没有任何区别。

他站在校园里,身边所有的一切都是美好的,这就是段栩砚想看见的。

有好长一段时间段栩砚都坐在车里没有动。

直到和好朋友们玩疯了的莫小雨终于后知后觉地意识到自己在这里玩了很长时间,很可能早就已经过了段栩砚来接他的时间。

想到这儿莫小雨有些着急了,方途给他递篮球他都没有伸手接,两只手紧张不安地抓着自己的衣角蹙着眉头:"方途,小雨要回去了,栩砚要来接小雨回家了。"

"哦,对!我差点儿忘了!"方途转头把篮球丢给身后的人,"你们先玩啊,我带小雨回图书馆,他家里人差不多到点要来接他了。"

"好吧,那小雨我们下次再一起玩吧。"

"小雨拜拜。"

莫小雨一边往篮球场外走一边挥手和朋友们告别,约好了下次再一起玩。

方途带着他从篮球场一旁的楼梯往上走,等都走过了阶梯式的观众席,走到篮球场外的人行道时,莫小雨一眼就看见了停在路边的车。

他是认得段栩砚的车子的,但是车子停在这里却没有看到段栩砚让他感觉十分疑惑。

方途走出去两步才发现莫小雨没跟上,一脸莫名地走回来:"小雨,怎么了?"

莫小雨抿了抿唇:"栩砚的车子……"

方途听见这话循着莫小雨的视线看去,看见停在路边的车也疑惑地"嗯"了一声:"是这辆没错。"

段栩砚的车每天都要来Ａ大,他看见过好几次,都已经眼熟了也记得车牌号,所以一眼就认出了是段栩砚的车子。

莫小雨也能肯定,但是他不知道为什么段栩砚在车里不下来,也不去篮球场找他。

莫小雨敏锐地感觉到段栩砚好像是生气了……因为自己没有告诉他,自己要和朋友们去打篮球,所以栩砚来了也不告诉他,也不下车去找他……

莫小雨站在原地隔着马路看停在对面路边的车子,有些紧张地咬着下唇,段栩砚扭头看了一眼时间，差不多该出发了："小雨，我们该准备一下了，洗澡换衣服然后出门吃饭。"

莫小雨"嗯"了一声却没有动。

"小雨是不是困了？"

段栩砚刚问完，莫小雨就张嘴小小地打了个哈欠。

"一会儿我们在车上睡一下好不好？"

"……嗯。"

"那小雨，你现在该洗澡了哦。"

莫小雨困得两眼都有些无神了，段栩砚也希望他能洗个澡稍微精神一些。

两人回到二楼，莫小雨先拿了衣服进去洗，等他出来了段栩砚再进去。

晚上七点钟，段栩砚关好别墅里所有的门窗和灯，一手提着墨绿色的行李袋，一手拉着莫小雨走进车库。

乔衡信爸爸的度假庄园在 A 市郊外，依山傍水，车程差不多是一个半小时。

段栩砚晚饭来不及做，只能在路上找了家卖馄饨的店，带着莫小雨先吃了碗鲜虾馄饨，然后才开着车上高速。

乔衡信和姚清他们比他出发时间早，早差不多二十分钟，所以他们到的时候段栩砚还在路上。

莫小雨是真的有些困，上车后没过多久就闭上眼睛睡着了。他是一路睡到度假庄园的，到了也没醒。

段栩砚把车停在庄园的停车位上了也没有叫醒他，而是拿出手机在群里发了条信息。

段栩砚：小雨睡着了。

乔衡信秒回：房间准备好了。

段栩砚：嗯，来帮我拿一下行李。

乔衡信：OK。

段栩砚坐在车里等了一会儿，见穿一身黑的乔衡信拿着手机从灯火通明的

别墅里走出来,这才把副驾驶座位上睡得都快打起小呼噜的莫小雨叫醒。

莫小雨睡眼惺忪地看着他。

段栩砚一边解开他身上系着的安全带,一边问:"还很困是不是?"

莫小雨"嗯"了一声。

从后视镜看见乔衡信走过来了,段栩砚降下一半车窗。

"路上没堵车吧?"乔衡信问。

"没堵。"

乔衡信看着明显刚睡醒的莫小雨,伸出手放在他眼前晃了晃:"知道我是谁吗?"

莫小雨就这么看着他,眼睛安静得好像在睁着眼睡。

他不说话,乔衡信也不说话,两人就这么对视。

直到莫小雨忽然打破了沉默,嗓音绵软,有种说不出的乖巧:"衡信,祝你生日快乐。"

说完生日祝福他双眼一闭,没多久呼吸就变得平稳而绵长。

乔衡信回过神来有些哭笑不得:"明天才是我的生日!说早了!"

坐在驾驶座的段栩砚也觉得好笑:"小雨提前祝福你,他应该是今年第一个祝你生日快乐的人。"

乔衡信细细一想,还真是。

莫小雨睡着了只能由段栩砚背着他走。

乔衡信提着他们的行李袋走在后面:"姚清他们都来了,还有俩明天才赶得过来。"

段栩砚"嗯"了一声,问:"泳池能用吧?"

"能,我爸每年砸在这里的维护费不少,样样都是好的,就是没有人做饭。"

段栩砚听到这儿脚步一停,转头凉凉地看了他一眼:"你不会是要我做饭吧?"

乔衡信理不直气却壮:"莫小雨每天都能吃你做的饭,我就生日这天想吃

你做的饭，这难道很过分吗？！"

段栩砚被他的话堵得一时无话可说，只好沉默了。

乔衡信一看自己"险胜"，提着行李袋急忙侧身从段栩砚身边走过，脚步飞快地冲向电梯。

他走进电梯回头见段栩砚站着不动还出声催促："快点儿，小心别把小雨吵醒了。"

段栩砚眼神颇无奈地看了他一眼，手臂钩紧背上人的膝弯，朝电梯走去。

乔衡信爸爸的度假庄园有栋三层半高的别墅，所有能住人的房间都集中在二楼和三楼，一共七间，段栩砚和莫小雨住的是双人房，房间很大，也有独立卫生间，除此之外还有一个阳台，白天采光极好。

乔衡信进门后放下手里的行李袋，帮他们打开了房间里最小的一盏灯。段栩砚则把熟睡的莫小雨小心翼翼地放在床上，动作轻得生怕把人吵醒了。

乔衡信站在一旁看着，等他安置好莫小雨才拍他的肩，做了个手势：等会儿下来喝酒。

段栩砚面露犹豫，没有立刻点头。

乔衡信扶着门，下巴朝着躺在床上的人一扬，声音像在说悄悄话一样小："小雨都睡着了你还不放心？！你都多久没有和我们一起喝酒了？！"

段栩砚低头看着莫小雨恬静的睡脸，想了想自己从杏雨古镇回来后，除了去 Golden Wave 那次，之后确实都没有再和乔衡信他们一起聚过。

"你对他好，我没意见，但是你也得有点儿自己的时间吧。我不值得你抽时间跟我喝两杯，联络联络感情吗？"

这段话乔衡信说得怨念深重，显然心里对于莫小雨抢走自己的好朋友是有不满的。

眼看乔衡信说着都快把自己说委屈了，段栩砚让他闹得没办法，只好点头答应："知道了，我会去的，一会儿就下去。"

乔衡信这才满意地点点头："快点哦，等你哦。"

乔衡信走后，段栩砚给莫小雨盖好被子，调好空调。把带来的衣服拿出来

整理好挂在衣柜里,又将洗漱用品都一一归置在卫生间,整理好一切后才长舒了一口气,换了件舒适轻便的衣服。

临出门前,他又不太放心地看了看熟睡的莫小雨,见他睡得沉沉的,好像能一觉睡到第二天早上,才稍稍安心地转身下楼。

别墅一楼。

乔衡信和姚清他们几个已经喝上了,见段栩砚终于下来了,几人都开始打趣他。

"可算是下来了。"

"老段啊,我都快忘记你长什么样了!"

段栩砚走到乔衡信身边坐下,接过递过来的红酒杯,抿了口后笑着解释了句:"稍微整理了一下。"

姚清穿着雪白的睡袍窝在单人沙发里,偏头看着他,挑眉道:"现在的你和去年的你相比简直是判若两人。"

此话一出在座的人连声附和。

"是啊,去年这个时候,老段人好像在国外吧?"

乔衡信很清楚地记得这件事:"对,那时候他在国外。"

"现在的老段身上有一种居家好哥哥的光芒。"

"居家的气质吧?"

"不,是光芒,因为晃眼睛。"

大家都让这句话逗笑了,段栩砚也跟着笑,但并没有说什么。

气氛到了这儿,乔衡信就想说点儿段栩砚的糗事:"哎,你们敢信莫小雨第一天上班,段栩砚担心得上班都没心情,还趁着午休偷偷跑去Ａ大偷看吗?"

姚清他们都是第一次听见这事,一时间都不可思议地看向段栩砚。

他们这帮人对段栩砚是再了解不过的,也都知道他曾经有多热爱工作。

段栩砚曾经对工作的热情和专注是接近恐怖的程度,尤其是发起狠来会不记得要吃饭睡觉,否则也不会把自己累得差点儿猝死。

此时一听段栩砚居然也有没心情上班的一天，众人的反应都是不相信。

"那怎么可能？！这是段栩砚呀！万事工作第一的段栩砚！这个世界上要是能有'最爱上班'排行榜，榜一大哥必须是老段，换个人我都不服。"

乔衡信哼哼直笑："今时不同往日，他现在已经不是过去的老段了。"

段栩砚也笑："这样不好吗？"

"好！怎么会不好？"乔衡信嘻嘻笑着举起酒杯，"来，为我们如获新生的居家版老段走一个。"

众人都笑着举起手中的红酒杯。

夜渐深。

一帮人坐在客厅的沙发上，谁也没有要去睡觉的意思，喝着红酒闲聊，时间不知不觉地就到了凌晨。

在楼上房间睡觉的莫小雨也不知道为什么，原本还睡得好好的，凌晨一点的时候忽然就醒了。

他睁开眼睛从床上坐起身，愣愣地环视周围一圈，只觉得这个房间十分陌生，过了一会儿才想起来他和段栩砚出门要给乔衡信过生日这件事情。

但是段栩砚在哪里呢？

莫小雨有些无措地爬下床，无意识地在房间里走来走去，看见紧闭的房门才想起来要出去看一看。

莫小雨小心翼翼地拧开门把手，从门里探出头去，房间外面也很陌生，还静悄悄的，好在灯都开着，一点儿也不黑。

在这种安静的环境中，莫小雨忍住心里的害怕走出去，贴着墙一路走到楼梯口，在上和下之间犹豫了一下后还是选择了往下走，扶着红木质地的楼梯扶手，轻手轻脚地走下楼梯。

最先看到莫小雨的是姚清，他的位置是正对着楼梯口的，看见有人下来他第一反应先是一怔，接着猜测是谁在上面。

直到下一秒，莫小雨扶着楼梯扶手小心翼翼地探出半个头来。他听到楼下有人在说话，但是他不知道段栩砚在不在，所以没敢出去，只能站在楼梯上用几乎只有他自己能听见的声音叫。

"栩砚。"

姚清看见了，抿唇发出一声闷笑。

他这个反应让其他几个人误会了，以为他要说什么，都不约而同地停下，没有继续说话而是转头看向他，整个一楼突然就安静下来了。

在这种情况下，躲在楼梯上的莫小雨的声音就变得挺清楚了。

"栩砚，栩砚！"

莫小雨的声音很小，像是怕吵到什么人，但是再小的声音在这种安静的氛围下也足够被所有人听清楚。

段栩砚在听见第一声"栩砚"时就放下手里的红酒杯，起身走向楼梯口："小雨？"

听到段栩砚的声音，藏在楼梯上的莫小雨把头完全伸出扶手外，低头看着楼梯下的人："栩砚，小雨在这里。"

段栩砚没忍住轻笑出声，朝楼梯上的人走去："原来小雨在这儿。"

莫小雨站在台阶上等着段栩砚上来找他，看着他道："栩砚没有睡觉。"

段栩砚"嗯"了一声，走到距离他一级台阶的地方："栩砚在和衡信他们聊天……小雨怎么醒了？口渴了吗？"

"没有口渴，栩砚该睡觉了。"莫小雨一脸严肃地伸出手指，指着天花板，"月亮看见栩砚没睡觉，会生气的。"

段栩砚笑着点头："好，栩砚这就去睡，我先跟衡信说一声。"

说罢，他一手扶在楼梯的扶手上，往下探头："衡信，我先回去睡了。"

乔衡信倒也不意外："去吧去吧。"

"你们也别喝太晚了，早点儿休息。"

"行。"

段栩砚这才和莫小雨一起回三楼。

上楼梯的时候，莫小雨一直在和段栩砚说话。

"栩砚要好好睡觉。"

"嗯。"

"栩砚不睡觉,小雨就来抓栩砚。"

段栩砚听得直笑:"小雨要怎么抓栩砚?"

"这样抓。"莫小雨说着伸手抓住他的一片衣角,"小雨是栩砚的尾巴!"

"原来我有这么大一条尾巴,那不是人人都看见了?"

莫小雨煞有介事地点头附和:"都看见了,衡信也看见了。"

"衡信看见了有没有说什么?"

莫小雨没听懂,嘴里瞎哼歌:"什么,什么。"

"有没有夸栩砚的尾巴可爱?"

莫小雨假装思考,然后摇头道:"没有,衡信都没有夸。"

"那我得找他好好说说才行,让他下次看见了记得要夸一下。"

第二天一早。

段栩砚习惯早起,就算没有闹钟八点左右也会自然睡醒。

他醒的时候莫小雨还在睡,为了不吵醒莫小雨,他只能轻手轻脚地洗漱、换衣服,下楼做饭。

一楼的厨房里,该有的厨具应有尽有,两个双开门冰箱被食材填得满满当当,段栩砚扫了一眼冷冻柜里的东西就知道乔衡信是准备晚上烧烤了。

因为人比较多,加上还有两个在路上的,一共十二个人,段栩砚只能多准备一些,煮了粥,又蒸了包子、烧卖、虾饺,摆满了一张长餐桌。

早上九点多的时候,楼梯边上的电梯门"叮"一声打开了。

姚清穿着浴袍拖着懒洋洋的步子从电梯门里走出来,走到厨房的咖啡机前准备给自己泡杯咖啡,说话时声音还带着点儿刚睡醒的低哑:"阿砚,你要喝吗?"

"来一杯吧,谢谢。"

"嗯。"

过了一会儿，段栩砚正在煎鸡蛋，姚清把一杯泡好的咖啡递给他，顺便看了一眼锅里的煎蛋，轻声道："辛苦了，这么早起来给我们做早餐。"

段栩砚笑了笑："没事，过生日的人最大。"

姚清也笑了："我们沾了衡信的光。"

段栩砚笑了笑没说话。姚清站在一旁沉默地喝着咖啡看他忙碌，喝完了咖啡把杯子一洗，捋起睡袍袖子："我给你搭把手，有什么我能帮忙的？"

段栩砚也没有推拒："粥煮好了，你帮我盛几碗出来，凉一凉。"

姚清点头应好，打开消毒碗柜取出几个碗来盛锅里熬煮好的瑶柱鲜虾粥。

十分钟后，电梯门"叮"一声带下来五六个人，每个人都顶着一头鸡窝似的头发走向厨房，见段栩砚在给他们做饭吃，几人都愣住了。

姚清扫了他们一眼："能帮把手的帮把手，帮不了的就上楼去，把没醒的叫下来。"

这群人还是有礼数的，他们不知道这里没人做饭，还以为早餐会有阿姨给准备好，没想到在准备的人居然不是阿姨，而是段栩砚。

听见姚清的话，几人一扫刚睡醒的困倦，也没有心安理得地享受段栩砚的付出。该进厨房帮忙的进厨房帮忙，啥也不会的也没有留下来添乱，而是转身回去把还在睡的人叫起来。

正当几个人乱中有序地帮段栩砚准备早餐时，莫小雨摸着手臂上的蚊子包下楼了。

大概是这蚊子包折磨得他很难受，莫小雨挠痒的时候脸上的表情是既生气又委屈。

他听见段栩砚的声音在厨房，紧抿着唇就朝厨房走去，掠过姚清等人直直走向段栩砚："栩砚……小雨痒。"

段栩砚听见莫小雨的声音关了燃气灶的火，转身看着朝自己走来且委屈得要冒泡的莫小雨："小雨哪里痒？"

莫小雨委委屈屈地把手臂上大大的蚊子包给他看。

他被蚊子叮咬容易起大包，这大包看上去有点儿吓人。

段栩砚看这蚊子包都快有拇指大小了，有些心疼地拉住莫小雨要去挠的手："小雨，不抓了，栩砚给你抹点儿药。"

莫小雨在段栩砚身边是特别娇气的，不要说是被蚊子叮了个包，手肘不小心磕到桌子都要委屈地找段栩砚。

段栩砚拉着莫小雨走出厨房，临走前还不忘叮嘱："锅里的东西已经煮好了，找个盘子盛出来就行，我带小雨回房间抹点儿药，一会儿下来。"

"好好，剩下的交给我们，你快去吧。"

段栩砚带着莫小雨走进电梯，电梯到三楼"叮"一声打开门的时候，乔衡信和另外两个人正在等电梯要下去。

看见段栩砚拉着莫小雨走出电梯，乔衡信顺嘴问了句："怎么了？干吗去？"

段栩砚解释道："没事，小雨被蚊子叮了个包，我给他抹点儿药。"

乔衡信"嘿"了一声，打趣莫小雨："莫小雨是娇气包。"

莫小雨听见了有些不高兴地回头冲他皱鼻子："才不是！"

乔衡信不甘示弱，冲他做鬼脸："你就是！"

旁边的人看见了不约而同地嫌弃他："做个人吧，你干吗捉弄他？"

乔衡信"嘿嘿"笑道："你们不觉得他的反应很好玩吗？"

段栩砚和莫小雨回到房间，找出放在行李袋里的药膏，莫小雨的皮肤敏感，只要被蚊子叮咬，起的蚊子包就总是要比别人的大，也会更痒。

莫小雨看着段栩砚给他抹药，心里委屈坏了。

段栩砚哄他："蚊子太坏了，栩砚一定会好好说它们，叫它们不要再来叮小雨了。"

莫小雨心里很在意乔衡信刚才说他的话，撇着嘴："小雨不是娇气包。"

他知道娇气包是什么意思，小时候他在街上玩，看见和他差不多大的小朋友摔在地上哭了，就会有妈妈过来把他们抱起给他们吹吹，还会说小朋友是娇气包。

但莫小雨小时候摔在地上是不会哭的。他没有会抱他起来吹吹的妈妈，奶奶也不会抱他，只会让他自己站起来，他怎么会是娇气包！

段栩砚看他表情认真，笑了笑："小雨当然不是娇气包了，衡信是在逗你玩的，他不是真的觉得小雨是娇气包。"

莫小雨半信半疑。

段栩砚认真地道："小雨不是，但是小雨需要人帮助的时候一定要说。"

莫小雨听不太懂。

段栩砚就换了一种说法："小雨现在特别委屈对不对？因为蚊子把小雨咬了这么大一个包。"

莫小雨知道什么是委屈，点点头："对。"

"小雨委屈了要来找栩砚，不高兴了也要来找栩砚，不管是什么时候，小雨需要栩砚了一定要来找，因为我会很高兴，可以照顾小雨对我来说是一件值得特别特别高兴的事情。"

莫小雨听明白了，心里的不高兴和委屈全都散了，脸上也露出笑来："好。"

段栩砚伸出尾指："答应了我们就要拉钩。"

莫小雨见状跟着伸出尾指钩住："拉钩。"

等段栩砚和莫小雨回到一楼的时候，大家都已经坐在餐桌上等他们了，包括两个昨天晚上没赶来的，今早赶上了一起吃早餐。

莫小雨坐在段栩砚的身边，段栩砚正给他剥虾壳，姚清就坐在他们对面，右手边是乔衡信。

十二个人的餐桌特别热闹，几乎每个人都在说话聊天，聊接下来的安排，要去游泳，要打游戏，晚上要吃烧烤，要喝酒。

这群人凑在一起玩的时候能想到的花样并不多，都很正派，这也是段栩砚和他们关系还不错的原因。

吃过早餐，这些或穿着浴袍或顶着一头乱糟糟的鸡窝头毫无形象可言的

人，收拾好餐桌后就踩着拖鞋陆陆续续上二楼，打算靠打游戏来打发时间。

段栩砚和莫小雨留在一楼，没有跟着他们一起上去，看着落地窗外的好天气，段栩砚对莫小雨道："小雨，要不要一起去散散步？"

莫小雨喜欢散步，开心地点头应好。

两人并肩走到别墅外。

乔衡信爸爸的度假庄园占地面积非常大，有喷泉水池，有百亩草坪花园。花园里精心栽种的观赏花卉比比皆是，放眼望去叫人心旷神怡。

莫小雨是很喜欢花的，一路走一路看，看见从没见过的花还要指给段栩砚看，但无论他有多喜欢，都没有一次伸手要去碰或是去摘，仅仅只是看看。

乔衡信爸爸还在花园的水池里养鱼，肥美的大锦鲤五颜六色的，游在水里特别漂亮。

段栩砚左右看了看，在水池边上看见一个美人鱼造型的石灯，美人鱼手里捧着的罐子里装着一些鱼饲料，他走过去将鱼饲料取出一些。

"小雨想喂鱼吗？"

"想。"

段栩砚分了一些鱼饲料给他，让他丢进水里："小雨，一次不能喂太多，这些鱼太胖了，吃太多它们会肚子疼。"

莫小雨听得一脸认真地点头，拇指和食指轻捻了几粒丢在水里面，锦鲤一下子全都游了过来。

莫小雨满眼惊喜地看着聚成一团的锦鲤："栩砚！水里有好多鱼！"

段栩砚看他开心自己也觉得高兴："嗯，小雨喜欢鱼我们在家里也养，回去就买。"

莫小雨听见这话鱼都不喂了，转头看着段栩砚，眼睛亮亮地问："真的吗？！"

"真的，我们回家了就买，买一个大鱼缸，买很多小鱼给小雨，这样我们小雨就可以每天都有小鱼看了。"

莫小雨也不贪心，伸出两根手指："不要很多，要两条，栩砚一条，小雨

一条。"

"好，都听小雨的。"

两人站在水池边的阴凉处，讨论要买什么颜色的小鱼，一直到太阳越来越大，感觉有些热了才转身走回别墅。

一楼只有姚清在，他已经脱了浴袍换了件白色的T恤，正站在咖啡机前冲泡咖啡，见段栩砚和莫小雨回来了，问："他们要去游泳了，你们去不去？"

段栩砚来这儿的时候就打算带着莫小雨去游泳的，连泳裤都准备好了，此时一听姚清说他们要去游泳，点头道："去，我们先上楼换一下衣服。"

他话刚说完，电梯门"叮"一声送下来四五个人，还有几个嫌等电梯慢，走楼梯下来。

八九个人穿着清一色的黑色泳裤，还拖着各种各样的游泳圈，从彩虹小白马到深粉色的火烈鸟，什么样的都有。

看见段栩砚和莫小雨，这群人嘻嘻哈哈地招呼："老段！游泳去！"

"嗯，你们先去，我带小雨去换泳裤。"

乔衡信抱着火烈鸟泳圈，问段栩砚："小雨会游泳吗？"

莫小雨摇摇头："小雨不会。"

乔衡信眉毛一挑，正想说什么逗逗他，段栩砚察觉到了抬手拍了一下他的火烈鸟泳圈："少逗他。"

段栩砚话刚说完，其他人几个人就不约而同地发出"哟哟"声。

"哟！"

"护犊子呢！"

"听见没，乔衡信？你少逗人家。"

乔衡信撇了撇嘴："干吗呀，我就是想和他玩玩，玩玩还不行了吗？"

"人家小雨分不清你是不是在玩笑的，你这个调皮鬼。"

"就是，就叫你做个人咯！"

段栩砚笑了笑："行了，你们快去吧。"

几个人嬉笑打闹着往外走，段栩砚和莫小雨则走进电梯，回三楼换泳裤。

莫小雨是第一次穿泳裤，光着上半身和大腿让他感觉怪怪的，总觉得不太舒服。可当他看见段栩砚也和他一样时，又不觉得那么不舒服了。

段栩砚拿了条大毛巾披在莫小雨身上，带着他去别墅后面的泳池。

姚清没什么兴趣下水游泳。他就在泳池边的躺椅上，两手交叠放在脑后枕着，脸上戴着个大大的墨镜，几乎遮住了他大半张脸，在嬉闹声里昏昏欲睡。

莫小雨是第一次游泳，他小时候奶奶从来不许他到水里玩，也不许他离水池、河边之类的地方太近。莫小雨也听话，没有违背过奶奶的意思。

因此，这是莫小雨第一次下水玩。

看着一池子干净清澈的水，莫小雨心里十分忐忑，但是因为有段栩砚在他身边，所以他没有觉得害怕。

段栩砚为了给莫小雨示范一遍，他没有选择直接跳进水里，而是踩着泳池边上的楼梯走进泳池的。

他泡在水里，朝站在泳池边上的莫小雨伸手："小雨，来，我接住你。"

莫小雨犹豫地看着泳池里的水，又看着段栩砚，抿了抿唇还是扶着楼梯下去了。

泳池里的水一点点淹没过他的脚踝和小腿，本来刚踩进水里的时候还好好的，可当泳池水浸过他的腰盖过他的胸膛时，莫小雨立即慌乱地叫着栩砚。

段栩砚适时上前扶住他的手肘："栩砚在呢，小雨可以松开手。"

有段栩砚在一旁扶着，莫小雨没有那么害怕了，连那种被水挤压的慌乱也在瞬间消散。他紧紧抓着楼梯扶手不肯松开的手也一点点放开了。

"小雨，你可以站起来的，这个泳池不深。"

莫小雨听完就试着把腿伸直往下踩，结果果然踩到了底，但即便如此，他也没敢松开段栩砚。

段栩砚托着他在水里缓缓地向后游："小雨喜欢在水里玩吗？"

莫小雨摇摇头，他觉得不太舒服，感觉这些水在挤压他。

"我们再试一试，小雨实在不喜欢就坐到泳圈上。"

又过了几分钟，段栩砚又再问了一遍，莫小雨还是摇头，段栩砚就把被乔衡信他们扔在一旁的火烈鸟泳圈拉过来,把莫小雨托了上去。

莫小雨坐在泳圈上了脸上的表情才好看起来,也终于有心情玩一玩水了。

段栩砚一直在他身边游着,没敢离他太远。而泳池另一边水比较深的地方,乔衡信他们已经在玩花样跳水了,溅起的水花一个比一个大。

玩水很容易饿肚子,一个小时不到这帮玩得起劲的人就开始喊肚子饿,莫小雨本来还不饿,听他们这么一喊也开始觉得饿了。

他抱着火烈鸟的脖子,对水里的段栩砚道:"栩砚,小雨肚子也饿了。"

段栩砚点点头:"好,那我们回去了。"

说完就往泳池边游,扶着泳池边的楼梯上去,再把坐在火烈鸟泳圈上的莫小雨拉上岸,还细心地找了一条干净的浴巾披在他身上。

姚清见段栩砚他们走了也跟着起身,摘下墨镜披着浴巾回去了。

莫小雨踩着完全湿透的拖鞋走在段栩砚后面:"栩砚,小雨的鞋子湿了。"

段栩砚停下脚步,回头问他:"要和栩砚换吗?"

"好。"

两人原地换起了拖鞋。

走在后面的姚清看见了忍不住摇头笑:"你们在做什么?"

莫小雨披着浴巾一脸认真地回答他:"小雨和栩砚在换鞋。"

"为什么?"姚清疑惑地问。

莫小雨抿了抿唇。

说不出为什么莫小雨求助地看向段栩砚,段栩砚无奈地笑了笑:"没有什么为什么,我知道他想换鞋,他想换就换。"

姚清听得挑起一边眉头:"你也太了解他了。"

"我不能不了解他。"

段栩砚在这里用"不能"两个字让姚清微挑眉头:"为什么是不能?"

"小雨的心思其实很敏感,有时候他不一定可以很准确地表达他自己内心所想,也不一定就愿意表达。我是他在这个世上唯一可以依靠的人,他信任我,也需要我,所以我不能不了解他,因为我不想辜负他对我的信任和需要。"

两人说话间,段栩砚已经和莫小雨互换好了拖鞋。

姚清忍不住又问:"那看来你是打算一直这样维持下去了。"

段栩砚沉默。

姚清耸耸肩,不觉得自己刚才说的那句话哪里有问题:"难道不是吗?"

段栩砚想了想,点头道:"我想是这样的。"

"那你父母呢?他们知道莫小雨是谁吗?"

"还不知道。"

"你准备让他们知道吗?"

"有这个想法,只是还不到时候。"

"你不担心他们反对?"姚清冷静地说出对莫小雨来说是残酷的另一种可能,"如果你的父母觉得扰乱碍了你的人生节奏,那他们还会同意他留在你的身边吗?如果不同意,你又怎么办?他又怎么办?"

姚清说这些话时没有避开莫小雨,因为他不认为莫小雨听见了能明白他说的是什么意思。

但莫小雨听懂了,他一下停住脚步,乌黑的杏仁眼认真地看着姚清,说道:"小雨没有不好,小雨在上班,会挣钱,会画画,会捡瓶子……"

他一点点地说着自己的优点,想告诉姚清自己不是不好的。

段栩砚和姚清就这么安静地听着,看着莫小雨忽然开始掰指头,掰到第八个了才有些遗憾地放下手,又一次强调:"小雨没有不好。"

他没有不好,所以不要说他不能留在段栩砚的身边,就算他不够好,他也会努力让自己变好,好到可以留在段栩砚身边。

姚清静静地看了他一会儿,忽然微微歪了一下头:"原来你听懂了。"

莫小雨没说话。

姚清看着他又问:"我刚才说的话让你觉得难过了吗?"

这个问题莫小雨想了一下才回答,他缓缓点头,还有点儿委屈:"一点点。"

"这样……那我要跟你道歉才行,对不起,小雨。"

莫小雨不是小气的人，姚清跟他道歉了他就接受："没关系。"

姚清这时候才隐约明白了为什么段栩砚会对他这么好，莫小雨真的是一个很乖巧很单纯的人。

如果说人的灵魂有颜色，那莫小雨的灵魂毫无疑问一定是白色的，不染尘埃，世间少有。

他的委屈和冷静让姚清开始后悔自己刚才当着他的面跟段栩砚说这些话。

"你想来块小蛋糕吗？"仿佛在弥补一般，姚清对莫小雨发出了邀请，"我们一起吃，好吗？"

莫小雨脸上一点点露出了笑容，又愿意继续往前走了："栩砚也一起吃。"

"大家可以一起吃。"

"小雨想吃草莓的。"

段栩砚沉默地笑着，去拉莫小雨的手："那巧克力的小雨要不要吃？"

"也要！"

"小雨能吃得完？"

"可以！"

"吃不完怎么办？"

"分一些给栩砚吃。"

别墅的冰箱里放了好几个蛋糕，都是他们来的时候买了提过来的，其中有一个就是姚清买的。

反正冰箱里的蛋糕已经多得吃不完，先拿出一个分着吃也没什么关系，姚清就把自己买的那个铺满水果的蛋糕拿出来切成几小块。

蛋糕是莫小雨的最爱，虽然他最喜欢的是草莓和巧克力的蛋糕，但是姚清买的这个有很多很多的水果，还有黄桃粒夹心，口感丰富，口味酸甜也很好吃。

姚清见他喜欢，给他切了块最大的。没想到还是不够莫小雨吃，他吃完了自己的那份就开始眼巴巴地看着段栩砚的那份，没直接说自己还要再吃点儿，就这么睁着双大大的眼睛看着段栩砚。

"小雨不可以吃那么多蛋糕,晚上还有衡信的生日蛋糕要吃。"段栩砚说这话时没有看莫小雨的脸,好像怕自己看了会心软。

莫小雨也听话,没有闹着要再吃一点儿。

段栩砚还是心疼他只能坐着一边看别人吃,两口吃完盘子里的蛋糕起身,道:"我给你拿点儿水果,我记得冰箱里有葡萄。"

姚清点头道:"有的,在一个红袋子里,有一盒醉金香葡萄。"

段栩砚一走莫小雨立刻起身跟上,像条尾巴一样跟在他后面,看着他打开冰箱拿出青绿剔透的葡萄清洗。

洗干净的葡萄分出三分之一放在一个小碗里,还有一把小叉子,剩下的则放在盘子里留在餐桌上。

"清,我和小雨先回房间了,他要午睡一会儿。"

"午饭不吃了?"

"吃了蛋糕就不吃午饭了,饿了我再下来给小雨煮东西吃。"

姚清应了声好,看着那两人前后脚上楼,见莫小雨紧跟在段栩砚身后,总觉得自己好像看见了一只阿拉斯加的幼崽,心里觉得温暖又好笑。

两人这一上楼就到了下午三点多才下来。

莫小雨午觉睡得很沉很香,段栩砚叫起他来的时候,他困得连眼睛都睁不开。

段栩砚没办法,只能进卫生间用热水打湿了条毛巾出来给莫小雨敷脸。

这一招可以说是百试百灵,莫小雨整个人一子清醒了许多。

"小雨肚子饿不饿?想吃点儿什么?"

莫小雨打了个哈欠没有说话。

"吃小馄饨好不好?"

"……"

"烧卖?小笼包?"

"……"

一连问了几个问题莫小雨都没有回答,段栩砚奇怪地问:"小雨?"

莫小雨听见叫自己的名字才有点儿反应，圆圆的杏仁眼先是看了段栩砚一眼，然后才回答："都想吃。"

"嗯，都想吃，我们就都吃了。"

说罢，段栩砚拉起还坐在床边的莫小雨，带着人下楼。

但有些出乎意料的，整个一楼静悄悄的，居然谁也不在。

两人走出电梯，在客厅里左右看了看，并没有看见乔衡信他们。

找了一圈不见人，段栩砚也就不找了，转身走进厨房给莫小雨准备吃的。

莫小雨跟在他后面，没有要在外面等的意思，像条尾巴一样，段栩砚走到哪里，他就跟到哪里，好像真的成了段栩砚的大尾巴。

段栩砚正煮水打算给莫小雨煮一袋小馄饨，忽然听见了外面有脚步声，他以为是乔衡信，转过头一看却是端着咖啡杯子的姚清，便问他："衡信他们去哪儿了？"

"还能去哪儿？都在楼上睡觉呢。"

姚清把手里的咖啡杯放到咖啡机上，等着出咖啡时，他看见段栩砚在煮水："饿了？冰箱里有他们中午吃的炸酱面。"

"他们还会做炸酱面？"

"就是把面一煮，再把热好的炸酱料包倒在面里拌一拌的那种。"

段栩砚能想象得到："味道怎么样？"

"不知道，我没吃，我对他们煮的东西不感兴趣。"

莫小雨很感兴趣："可以看看吗？"

姚清点头，打开冰箱把那锅还剩好些的炸酱面拿出来，黑乎乎的一锅看着就很难让人有食欲，也难怪姚清没兴趣尝尝。

但莫小雨很捧场，他看着那锅东西"哇"了一声，然后就帮姚清把锅盖子盖回去。

他这反应逗笑了一旁的段栩砚和姚清。

"看来小雨也不想尝尝了。"

莫小雨摇摇头："小雨不吃黑面，要吃栩砚煮的小馄饨。"

"小雨,这个叫炸酱面,不叫黑面。"

"可是面是黑色的。"莫小雨道。

"嗯,虽然是黑的,但确实是叫炸酱面。好了,清,你把那锅面放回去吧,他们晚上可能还会想吃。"

姚清笑着摇摇头:"我估计不会。"

把那锅"黑面"放回冰箱后,姚清端着自己接好的咖啡出去了。

段栩砚正在煮小馄饨,等煮得差不多了就关了火把馄饨盛出来。

一人一碗的馄饨上面撒了些嫩绿的葱花和金黄色的海米,还有两根生菜和几片烫软的紫菜。

莫小雨是喜欢吃馄饨的,原本还不是很饿的肚子一下子就被一碗色、香、味俱全的馄饨勾得"咕咕"叫。虽然这碗馄饨是半加工的,味道没有手工包的味道鲜美,但莫小雨还是吃得很满足。

天黑后。

段栩砚和乔衡信在别墅顶层的露台上架起了烧烤架,各种各样的食材摆了满满一桌子。段栩砚还额外做了几道家常菜,再加上一个大大的生日蛋糕,庆祝的气氛一下子就拉满了。

莫小雨最喜欢大家聚在一起热热闹闹地玩,从乔衡信吹完蜡烛,所有人一起举杯祝乔衡信生日快乐开始,他脸上的笑容就没有消失过。

送礼物的时候,莫小雨拿出了亲手画的画,这种精心准备的礼物惹得其他人十分羡慕。

"我的天,这画好可爱,我也想要!"

"小雨!两个月后是我生日!"

"小雨!我的生日是在十一月!"

乔衡信看着莫小雨亲手画的画笑得见牙不见眼,享受着他们的羡慕:"嘿嘿,小雨画得很不错嘛!很有他自己的风格。"

莫小雨被他们夸得特别高兴,杏仁眼亮得像藏进了一窝的星星,转头对段栩砚道:"衡信喜欢!"

段栩砚看他高兴心里也高兴:"大家都喜欢。"

送礼物环节结束后,切好蛋糕就开始烧烤了。段栩砚做的菠萝炒饭很受欢迎,很快就被他们分了个干净。

莫小雨吃了些段栩砚给他烤的鸡翅,不一会儿就被乔衡信买的一箱喷花筒和仙女棒吸引了注意力。

段栩砚看他喜欢就带他到一边玩,用打火机点燃他手里的小仙女棒。

细碎耀眼的火花不断喷出,映得莫小雨笑脸明亮,玩完仙女棒,简单的迷你喷花筒他也玩得高兴。

乔衡信看他玩心里很羡慕:"真好,能玩得那么开心。"

"如果喜欢,你也跟着一起玩不就好了。"

乔衡信听得点头:"你说得对。"

说完他就起身朝段栩砚走去:"老段,你知道我刚才吹蜡烛的时候许了什么生日愿望吗?"

段栩砚看了他一眼:"生日愿望说出来就不灵了。"

乔衡信虽然不相信这种话,但想到有可能不灵验还是把在嘴边的生日愿望憋了回去。

莫小雨见状疑惑地"嗯"了一声。

段栩砚满眼温柔地注视莫小雨:"突然想起来,栩砚第一次见到小雨的那天,正好是栩砚的生日。"

和段栩砚有关的所有事情莫小雨都记得很清楚,他顿时一脸开心地点点头,还跟乔衡信炫耀:"栩砚给小雨蛋糕吃!"

见莫小雨那么开心,乔衡信都不好意思说那个生日蛋糕其实是他买的。

段栩砚想了想:"其实说来我能遇到小雨最应该感谢的人就是你。"

乔衡信一下子来了点儿精神,等着他往下说。

段栩砚笑了笑,看着他道:"谢谢你当初让我到杏雨古镇休假,谢谢你没忘记我的生日,给我准备蛋糕,谢谢你安排的这一切让我在生日那天能遇见小

雨，这对我很重要。"

乔衡信被段栩砚的郑重其事弄得有些不好意思了，不自在地挠挠头："其实我就想你能高兴点儿、幸福点儿，别老是只想着要工作。"

"嗯，我现在就很高兴，也很幸福。"段栩砚微笑着说道。

记忆中那个在古镇里背着破旧编织袋的少年依然鲜活生动，一如初见。

"在那之后的每一天我都心怀感恩，充满感激，因为遇见他是我此生收到的最美好的生日礼物。"

番外一
是小雨,不是小鱼

给乔衡信庆祝完生日后,第二天一早吃完早餐段栩砚就带着莫小雨回家了。

乔衡信穿着睡衣,踩着拖鞋,顶着一头乱发,看着把行李包放进车后座的段栩砚,双手抱胸十分不解道:"干吗走那么急?"

段栩砚关上车后座的门:"难得有空,我带小雨出去转转。"

乔衡信顿时一脸难以置信地看着他:"距离我的生日过去还没十二个小时!"

"已经给你送上礼物和祝福了,不是吗?"

"话是没错!但你走得不会太快了吗?"

莫小雨完全没有在意乔衡信的不满,他正开心地原地转圈:"我要和栩砚出去玩!"

段栩砚好笑地拉住转圈的莫小雨:"再转你该觉得头晕了。"

莫小雨开心地问他:"我们要去哪里?"

段栩砚轻声道:"我们要去买小鱼,小雨记得吗?"

一听到"小鱼"两个字,莫小雨更兴奋了:"小雨想要红色的小鱼!"

"好，只要小雨喜欢。"

乔某人看着觉得有趣，于是曾被段栩砚压下的逗莫小雨玩的心一下子就活过来了。

他看着莫小雨，道："既然要养小鱼了，那也应该取个名字，以示对小鱼的尊重。我觉得小雨这个名字就很好听，不如就叫小雨吧，然后小雨改名叫小鱼，莫小鱼！你们交换名字！"

莫小雨听得眉头都皱起来了，显然十分不赞同乔衡信的提议："小鱼叫小鱼，小雨叫小雨！"

乔衡信觉得他有点儿生气的样子特别好玩，偏要逗他："小雨果然是个小气鬼，不舍得把名字给小鱼，莫小鱼这个名字明明也很好听很可爱啊！"

莫小雨说不过他，抿了抿唇转头向段栩砚求助："栩砚，小雨不是小气鬼，小雨不要叫小鱼……"

段栩砚心里只觉着好笑："衡信说了不算，他在逗小雨玩的，小雨不要理他。"

"我说了怎么不算？我以后就叫你莫小鱼了，小心路上不要晕车哦，莫小鱼！"

莫小雨觉得乔衡信实在是太烦人了，但是自己怎么也说不过他，也不知道该怎么反击，只能自己生闷气，扭头不想看他，也不想理他。

段栩砚无奈地瞥了一眼乔衡信。

乔衡信掩嘴打了个哈欠，困意上头摆摆手转身往回走："不行，我困了，我得再去睡会儿，你们路上小心，明天见，拜拜哦，莫小鱼！"

莫小雨垂下眼睫，用只有他和段栩砚才能听见的声音小声嘟囔："才不是莫小鱼，是莫小雨……"

段栩砚笑着拉开了副驾驶的门，让莫小雨坐进去，顺手给他系好安全带，轻声哄道："小雨当然不是小鱼了，小雨的雨是下雨的雨。"

A市有个很大的花鸟鱼市场，段栩砚大学的时候陪朋友一起去过，他记得

那市场里也有很多卖金鱼、鱼缸、鱼食的小店,他打算带莫小雨去那里看看。

从郊区回到 A 市的市中心差不多是一个半小时的车程,下了高速后段栩砚没有回家,而是直接开往花鸟鱼市场,于是又多用了二十分钟的时间。

这一路莫小雨没有睡觉,虽然没有出现比较厉害的晕车反应,但是脸色也不是很好。

段栩砚也不知道是不是自己的心理作用,总感觉莫小雨的脸有些发白,趁着等红绿灯的时候,他有些心疼地看着莫小雨的脸。

"小雨觉得难受吗?是不是头晕了?"

其实莫小雨工作日上下班都是段栩砚接送的,他差不多也已经习惯了坐车,没有一开始晕车晕得厉害,但是乘车时间如果长了他还是会有些不舒服。

听见段栩砚的话,莫小雨缓缓眨了一下眼睛,声音很轻地说:"……晕,小雨头晕了……"

段栩砚左右看了看,在右前方看见一个付费停车场。在确定从这里下车,步行大概十五分钟就能到花鸟鱼市场后,段栩砚果断把车开向停车场。

领了停车场的卡片后,把车停好段栩砚就推开车门下车,绕到副驾驶座给莫小雨开门松安全带。

"小雨,我们走过去,不坐车了。"

下车走了一会儿后,莫小雨才恢复了一些精神。

在去花鸟鱼市场的路上路过一家冰激凌店,莫小雨也没有说要吃,只是忍不住多看了几眼,段栩砚就带他过去买。

莫小雨是最喜欢草莓味的,其次就是巧克力味的,段栩砚让他自己选想要的口味他就指了指草莓和巧克力味的。

"其他味道的不尝尝吗?"段栩砚希望他偶尔也可以尝尝其他没吃过的味道。

但莫小雨摇了摇头,还是坚持要草莓和巧克力味的。

两种颜色的雪糕球叠在浇了一层巧克力的脆皮筒上,上面还有一些小饼干和切了一半的草莓,看上去特别精致漂亮。

店员把做好的冰激凌递给莫小雨时,莫小雨两眼放光轻轻地"哇"了一声,双手从店员手中接过,软声道谢:"谢谢。"

"不客气。"

莫小雨满脸开心地笑着转身,把手中的冰激凌送到段栩砚嘴边:"栩砚!"

段栩砚是不怎么喜欢吃冰激凌这类冰冰甜甜的东西的,但是对上了莫小雨充满期待的眼神还是不舍得叫他失望,微微低头顺着他的意吃了一块最顶上的碎饼干。

莫小雨顿时迫不及待地问他:"栩砚,好吃吗,好吃吗?"

段栩砚笑眼弯弯地点头:"特别好吃。"

一听段栩砚说特别好吃,莫小雨更开心了,刚才在车上的所有不舒服一下子全都烟消云散。

段栩砚拉起他继续往前走:"小雨,一次不可以咬太大口。"

听见这话,莫小雨刚刚张大的嘴一下就缩小了一圈,听话地慢慢吃。

十五分钟后,花鸟鱼市场近在眼前,莫小雨手里的冰激凌也吃完了。

看着眼前大型的花鸟鱼市场和里头密密麻麻的行人,莫小雨有些惊慌。

段栩砚见状紧紧拉着他的手腕,轻声道:"小雨不怕,栩砚在这儿,我们买好小鱼了就回家。"

莫小雨也记得他们是来买小鱼的,抿着唇点点头。

段栩砚对这个花鸟鱼市场其实不太熟悉,他上一次来还是几年前陪人来的,买好东西就走,根本没有逛过,所以为了找到卖金鱼的地方,他一路走一路问,问了好几个人,在到处都是人的市场里走了十来分钟才找到卖金鱼的店。

这家店据说开了十几年,老板是个五十多岁的大爷,不大的一家店面里摆满了各种各样的玻璃鱼缸,里面游着大大小小的金鱼。

莫小雨从来没有见过这样专门卖金鱼的店,一时间都看呆了,眼睛忙得不知道要先看哪里好。

"哇,栩砚!好多好多小鱼!"

段栩砚带着他在店里逛，让莫小雨自己挑选："小雨想要红色的对不对？"

莫小雨点点头："要红的，要胖胖的。"

店老板听见莫小雨的话，默不作声地点了点摆在架子上的小型鱼缸，里头正好游着两条胖嘟嘟的红色小金鱼，还是凤尾的。

莫小雨几乎是瞬间就被吸引了，眼睛直勾勾地盯着那小鱼缸里的凤尾金鱼看。段栩砚问店老板："老板，这两条金鱼为什么不和其他的金鱼放在一起？"

店老板淡淡道："这两条嘴馋，和其他金鱼养在一起会把其他金鱼的饲料都吃了，不单独养不知道哪天就该撑死了。"

段栩砚笑了笑，问莫小雨："小雨喜欢这两条小鱼吗？"

莫小雨抬起头对上段栩砚的视线，笑得眼睛都弯了："喜欢！"

"好，小雨喜欢我们就买。"

段栩砚在这家店买了鱼又顺便把所有需要的东西全都买了，林林总总装满了一个小纸箱。

店老板把那两条胖乎乎的凤尾金鱼用塑料袋打氧装好。莫小雨接过圆滚滚的塑料袋，抱在怀里简直是爱不释手。

回到家后，段栩砚按照金鱼店老板的吩咐，装饰好鱼缸再装水打氧，然后由莫小雨负责把两条金鱼放进鱼缸里。

看着在鱼缸里游着的凤尾金鱼，莫小雨开心得眼睛都挪不开。之后两人都没有再出门，比起到外面去玩，很多时候他们其实更愿意待在家里。

午饭过后，段栩砚在书房，莫小雨自己玩了一会儿后忽然找了过来。

段栩砚从专业的设计画纸上抬起头，一对上莫小雨的眼睛就知道他这是困了，想要让自己陪着他一起午睡。段栩砚起身走向他，带着他回房间。

"小雨困了是不是？"

"困了。"

"和小鱼们说午安了吗？"

"说了，小鱼说它们也困了，我们约好了睡醒再一起玩！"

番外二
第一百一十一天

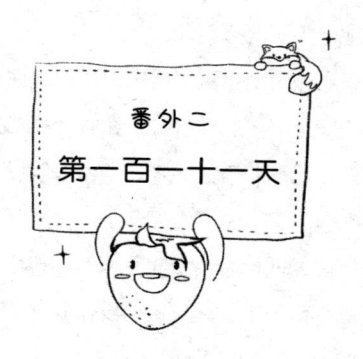

时间在不知不觉中加快了脚步，一晃莫小雨也到了跟着 A 大的学生一起放暑假的时候。

A 大的暑假和其他大学比并不算长，甚至算是有些短，将近七月底才开始放假，八月下旬结束。

放假期间，图书馆开放的时间会缩短，像莫小雨这样在图书馆做着最简单打杂工作的人员，假期时是不需要再到图书馆去的，自有其他人轮流当值。

莫小雨开始放暑假后，又恢复之前跟着段栩砚一起上下班的日子。

他每天的生活都很简单，段栩砚从未给过他任何压力。他只要每天都开开心心健健康康的就可以了。

乔衡信有时候真的很羡慕莫小雨，尤其是他忙得晕头转向的时候。

比如现在，他几乎整个白天都被工作安排挤满了，好不容易抽空下楼喘口气，他刚推开段栩砚办公室的门就和正在一边玩游戏一边吃饼干的莫小雨对上视线。

莫小雨看着他缓缓眨了一下眼睛，就当是打招呼了。

乔衡信语重心长道："小雨，我们交换人生吧！"

段栩砚头也不抬地哼笑了一声。

乔衡信也不理他，自顾自地朝莫小雨走去，伸手抓住正在吃饼干莫小雨的胳膊："小雨，我真的好想像你这样活着，你成全我吧！"

莫小雨皱着眉想把自己的胳膊拽回来，奈何力气没有乔衡信大。他转头就向段栩砚求助："栩砚……"

坐在电脑前的段栩砚瞬间抬起头看向乔衡信："你不要打扰他。"

乔衡信闻声松开莫小雨的手，起身走向段栩砚："那我来打扰打扰你吧。"

段栩砚斜了他一眼："我看你是还不够忙。"

"你当我是什么人？我离活活忙死就差一点点了好吧。"

段栩砚埋头工作，只当没听见。

但乔衡信不甘心被他无视，挨着他问："怎么样？设计师联系到了没有？"

"联系到了。"

"怎么说？"

"约了明天见面详谈，我有些想法只能当面说。"

"那小雨呢？小雨也一起带过去？"

段栩砚停下手里的动作，抬起头看着乔衡信："我打算让你帮我照看。"

乔衡信听见这话，回头看了一眼正在认真玩游戏的莫小雨，又把头转回来："我是没什么问题，但我不觉得他也觉得没问题。"

"小雨可以的，他不会有什么问题。"

乔衡信耸耸肩："那你都说没问题了，试试呗。"

中午的时候，三人一起外出吃午饭。餐桌上段栩砚一边给莫小雨剥虾壳，一边轻声和他商量："小雨，明天栩砚有点儿事情要忙，要晚点儿才能回家，所以明天下午的时候，小雨和衡信待在一起好不好？"

乔衡信就坐在他们对面的位置，挑眉等着看莫小雨摇头说不要。

但是出乎他预料，莫小雨只是转头看了他一眼，犹豫了一下后就点头答应了。

乔衡信震惊得筷子差点儿没拿稳："你……你听清楚了吗？明天下午你要

和我待在一起哦！可能需要待两三个小时，也有可能更久！"

莫小雨"嗯"了一声，点头道："好。"

乔衡信还是有些不敢相信莫小雨愿意和他单独待在一块儿："真的？！"

段栩砚看着乔衡信没出息地大惊小怪，面露无奈地给莫小雨夹了个鸡翅："当然是真的。"

乔衡信十分感慨："我以为小雨不怎么喜欢我。"

"他怎么会不喜欢你，只是你逗他逗得厉害了，他会有些烦你。"

"……你真的觉得有些烦我比不喜欢我要好听一些吗？"

"你少逗他玩不就好了。"

"那不行，你不能剥夺我的快乐。"

次日。

段栩砚提前结束了下午的工作安排，等着乔衡信过来接莫小雨。

因为某人比说好的时间迟到了五分钟，段栩砚频频看腕表上的时间，正想着要不要给某人打个电话，下一秒乔衡信就用力推开了他的办公室门。

"亲爱的小雨！今天衡信哥哥陪你玩，你开心吗？"

莫小雨抿唇无声地点头，看了一眼乔衡信，便转头看向准备要走的段栩砚，抬起一只手朝他晃了晃："栩砚。"

段栩砚笑笑，好像知道他在说什么："我会早点儿回来。"

说罢，他拿起手机和车钥匙，从乔衡信身边走过时不太放心地说了句："小雨发生任何你应付不了的情况，你都可以给我打电话。"

"放心，保证没问题。"

段栩砚离开后，办公室就只剩下莫小雨和乔衡信。

尽管他们早就很熟悉了，但在这之前，他们从来没有一次像现在这样单独相处过，这要是换了其他人可能会觉得尴尬，但是对莫小雨和乔衡信来说，尴尬是不可能的。

莫小雨在段栩砚走后只是看了乔衡信一眼就低头继续玩他的游戏。

乔衡信把搭在臂弯的西装外套随手放在一边，对坐在沙发上的莫小雨道："莫小鱼，你在玩什么？跟衡信哥分享分享嘛！"

莫小雨在听见他叫自己莫小鱼的时候就不是很想理他了，头也不抬地小声纠正道："小雨不是小鱼。"

"就是就是！"

"才不是！"

"那好吧，你说不是就不是吧。"

乔衡信说完坐在他身边，看着平板上的打地鼠游戏画面，挑眉道："小鱼，衡信哥玩这个超厉害的！"

听见这话莫小雨转过头看他，圆圆的杏仁眼里装着满满的不相信。

乔衡信一对上莫小雨怀疑的视线瞬间胜负欲上头，一边卷起衣袖一边道："来！看我刷新你的纪录。"

另一边，驱车离开公司的段栩砚去往了一家商务咖啡厅，去见一位国内知名的室内设计师。

自从去了程骏在郊区的别墅后，段栩砚心里就一直有一个想法，他想给莫小雨造一个"世外桃源"，远离城市喧嚣，能够让他无忧无虑地生活。

但他的想法如果要实现，必须有专业人士的帮忙，为此他联系了专业的团队，今天准备和设计师见面详谈。

段栩砚比设计师张泉早到五分钟，等人一到点好了咖啡，便有些迫不及待地拿出自己画了许久的画稿："我家里有个成员是个小画家，他特别喜欢画画，也很喜欢看绘本类的书，所以我在他的画室兼书房上花的心思会比较多，这一块到时候可能也要你多费心了。"

室内设计师张泉也是个年轻人，只比段栩砚大三岁。

段栩砚找上他，有个很大的原因就是他的很多设计都极具童话风格，不管是色彩还是结构，都有相当高的天赋。

"小雨很喜欢色彩饱满鲜艳的颜色，他还很喜欢小巧可爱的设计，比如说迷你的小抽屉之类的，因为他会收集一些小玩具。再就是我希望在他的房间里吊起一个秋千或者吊篮藤椅之类的东西,我想他玩累了可以躺在上面看看绘本。家具方面我已经另外联系了人,到时候只需要设计出可以摆放家具的位置就可以了。"

张泉听了点点头:"请问小雨是个多大的孩子?"

"十九岁了。"段栩砚笑着回答。

这个意想不到的答案虽然让张泉一怔,但很快他又恢复神色,点头道:"好,我会按照你的要求先给你定一份初稿,有任何问题我会一直改到你满意为止。"

"那太好了。"段栩砚脸上的笑意更深,从带来的包里拿出一小沓纸来,"有几个客厅的设计方案因为小雨的关系还有你要费心的地方,我们小雨喜欢养金鱼,也很喜欢把好看的糖果罐子摆在电视柜……还有就是我父母的房间,他们比较喜欢中式风格的装潢……"

段栩砚所有关于屋子的建造想法几乎都是围绕着父母和莫小雨思考的,从客厅到画室、书房、阳光房等,事无巨细,显然他在这上面下了很多很多的功夫,力求完美。

这一谈两个半小时过去了,张泉敲击键盘的双手几乎没有停下来过,一条条记录段栩砚的需要。

两人分开的时候,张泉当着段栩砚的面不敢露出疲惫,等他走了才长长叹了一口气,满脑子都是"小雨喜欢,小雨喜欢",以至于他还没见过这个小雨,就已经对他产生了好奇心。

回去的路上趁着等红绿灯,段栩砚给乔衡信发了微信。

段栩砚:事情办完了,我现在回去。

乔衡信:OK。

段栩砚:他吃过了吗?

乔衡信:吃了,给他买了汉堡套餐,他可乐都喝完了。

段栩砚:?

乔衡信:干什么?是他自己选的,我只是尊重他的选择。

段栩砚无奈地摇头,给乔衡信回复了六个点。

收起手机,想到未来会建造起来的房子,他忽然觉得自己以前所有拼命工作的时间都有了它们的意义,否则他根本无力承担建造理想房子的费用。

在程骏家住的那两天,段栩砚内心触动很大,而他努力的这一切,种子就是从那个时候开始种下的。为了他脑子里忽然出现的阳光、白云和青绿的草坪,莫小雨在草坪上放风筝,一只雪白的小狗追在他的腿边跑。

他们的房子会有一片很大的地方,可以种莫小雨喜欢吃的草莓,还可以种一些蔬菜。到了丰收的时候,他和莫小雨会戴着大大的草帽,提着菜篮子去采摘蔬菜。

他们在阳光房里养花,在画室里画画,在书房里看书,在家庭影院里看喜欢的电影。

他们会在阳光明媚的天气品尝精心准备的下午茶,在夜晚来临时准备晚饭,在睡觉前互道一声晚安。

他们的将来有非常长的时间会一起度过,他们也会一直陪伴在彼此的身边。

这是段栩砚的心愿,为了实现这个心愿,他愿意无悔地去付出。

不只是为了莫小雨,更是为了他自己。

车子开回公司楼下,段栩砚上楼接到了莫小雨,带着他回家。

回去的路上莫小雨没有问他去忙了什么,只开心地跟他分享,说乔衡信很会玩游戏,还帮自己通过了特别难的一关。

段栩砚微笑地听着,等他说完了才问:"小雨知道今天是什么日子吗?"

"不知道。"莫小雨诚实地摇头。

"今天是我们认识的第一百一十一天。"

"一百一十一天!"

在莫小雨的世界里,这个数字是非常大的,段栩砚甚至不需要看他脸上的表情,只凭他的声音也能知道他非常高兴。

"小雨觉得一百一十一天很长了,对不对?但是我们啊,还有很多很多的时间，多得可能都数不清了。"

莫小雨伸手画了一个大圆："这么多吗？"

"比这个还要多，比十个小雨画的大圆还要多。"

莫小雨听得更开心了，开心地哼起了他的《小雨歌》。他最喜欢听自己可以留在段栩砚身边这样的话，因为他真的非常希望自己可以留在他身边。

第二天一早。

段栩砚刚下楼门铃就响了，他不用看也知道外面是谁，直接按开了锁。

乔衡信从院门外快步走过庭院，直直冲了进来："哟，早上好啊两位。"

"你今天怎么这么早？"

"当然是来蹭早餐了，我来份美式早餐，谢谢，蛋要半熟，培根要带焦，再来片芝士，还有欧芹碎。"

"蛋和芝士有，欧芹碎没有。"

"凑合吧，有吐司片吗？我要两片，烤焦一点儿。"

段栩砚点点头，转身往厨房走，边走边问："咖啡呢？"

"你喝什么我喝什么。"

乔衡信本想跟着一起进厨房，走过客厅的时候忽然被一个鱼缸吸引了注意力，两条胖嘟嘟的红色凤尾金鱼正在鱼缸里悠闲地游着。

乔衡信伸出手指点了点鱼缸壁："这一看就是小雨选的。"

段栩砚闻声笑了笑："他喜欢胖胖的鱼。"

"为什么？这又不能吃，难道这金鱼胖不胖的还有讲究？"

"小雨觉得胖胖的鱼游得比瘦瘦的鱼要慢，这样他能看得清楚一点儿。"

乔衡信恍然大悟："原来如此，你还真了解他是怎么想的。"

段栩砚笑了笑没说话，打开冰箱往外拿食材。

乔衡信看了一眼正在准备早餐的段栩砚，自己在客厅里转了一圈。这一转才发现这里有很多一看就不是段栩砚的东西，大到沙发抱枕、糖果罐子，小到动画人物模型，还有乐高之类的玩具，莫小雨像小狗撒尿似的，用他自己的东西圈地盘，告诉每一个来到这里的人，有个叫莫小雨的人也住在这儿。

乔衡信看了一眼二楼，转身躺到沙发上，跷起一条腿，闭上眼睛懒懒地道："我先睡一会儿，早餐好了你再叫我。"

没过多久，睡醒的莫小雨踩着双印着狐狸图案的拖鞋下楼，看见沙发上睡着一个人他愣了一下，认出是乔衡信后才接着往楼下走。他从茶几和沙发旁走过时还一直忍不住转头看，直到走进厨房了视线才钉在段栩砚身上。

"栩砚，衡信在睡觉。"

等段栩砚闻声回头了，他又伸手指着躺在沙发上的乔衡信，小脸上写满了神奇。

也不怪莫小雨觉得神奇，他从住在这里的第一天开始就没在这个房子里见过第三个人，就连定期上门打扫卫生的阿姨他都没见过，所以此时见到乔衡信睡在他们家的沙发上，莫小雨心里的神奇感要多过疑惑。

段栩砚看了一眼客厅里的乔衡信："衡信困了。"

"衡信要吃早餐吗？"

"要的。"

"吃小雨的吗？"

段栩砚忍不住笑了笑："他吃他自己的，没有人可以吃小雨的。"

莫小雨想了想："栩砚可以。"

"那我要好好谢谢小雨了。"段栩砚分出一只手，指了一下放在岛台上的水杯。杯子里是他提前倒好了的温热的水。

"小雨，多喝点儿水。"

莫小雨听话地走过去拿起水杯，他刚咬着塑料吸管喝了两口，客厅的乔衡信已经睡醒走了进来。

"老段，我的咖啡好了吗？我先来口咖啡。"

"再等两分钟，吃点儿东西再喝，如果渴了喝水吧，杯子在左边的柜子。"

乔衡信打了个哈欠，走回客厅重新躺下："行啊，你帮我倒。"

两分钟后，莫小雨端着一个纯白色的马克杯出来，杯里装了点儿水。

乔衡信笑着接过："谢谢小雨。"

莫小雨"嗯"了一声："不客气。"

两人各坐一边的沙发，各自安静地喝水。

乔衡信看着客厅里那些属于莫小雨的东西，忽然严肃又认真地道："小雨，栩砚是我在这世上最好的朋友，你可不能欺负他。"

大概是因为莫小雨第一次看到他那么严肃的样子，他也跟着一脸严肃道："小雨保护栩砚！"

乔衡信赞许地点头，把手里的杯子靠向他："我相信你，干杯！"

莫小雨拿着手里的大尾巴狐狸水杯靠过去，和乔衡信手里的马克杯碰在一起干杯。

在厨房的段栩砚把他们之间的对话听得一清二楚，脸上止不住地笑："好了，快过来吃早餐。"

他话音刚落，客厅里还在干杯的两个人听话地起身走过来。

乔衡信的那份早餐是按他要求做的美式早餐，莫小雨和他的则是牛排和煎蛋，还有一份猪肉玉米馅儿的蒸饺和叉烧小笼包。

莫小雨不会用刀叉，他的那份牛排是段栩砚提前帮他切成小块，刚好够一口，配着牛奶和烤得皱巴巴但甜滋滋的小番茄，都是他喜欢的，所以他吃得很开心。

乔衡信正在吃自己的美式早餐自制三明治，他问："昨天谈得怎么样？"

"还不错。"

"建成了欢迎我们去玩吗？"

"有你的房间。"

乔衡信一顿，难以置信地看着他："你说真的？"

"真的，有一间房是专门给你的，你来的时候可以住，可以在那里留些你要穿的衣服，来住的时候会方便一些。"

乔衡信忽然热了眼眶："是吗？你不怕我赖着不走了？"

"只要你愿意，想住多久都可以，一直住我也会欢迎你。"

段栩砚说着看向喝牛奶的莫小雨，笑着问："小雨欢不欢迎？"

"欢迎！欢迎！"

"你看，小雨也欢迎你。"段栩砚见乔衡信一直低着头，贴心地换了个话题，"过两天我会抽时间带小雨去C市见我的父母，然后再陪小雨回一趟古镇杏雨街。"

段栩砚是A市人，但他父母却不在A市。

老两口在段栩砚高考完后就收拾好行李搬去了乡下，开启了他们的养老生活。

段栩砚的母亲是C市人，外婆过世后留下的几亩地和两层楼高的院子都给了段栩砚母亲，有了现成的养老地，夫妻二人合计了一下就搬过去了，段栩砚就此被彻底"放养"。

段栩砚的父母对段栩砚并不怎么上心，他们从不干预段栩砚的任何决定，从小给他贯彻的教育便是你的人生你自己做主，爸爸、妈妈不会多加干涉，即使干涉也帮不了你什么。

夫妻二人也是说到做到，段栩砚从小到大的读书成绩、上的学校，甚至高考志愿和大学的专业，两人并未表现出过多的关注。

乔衡信一直觉得他们家的氛围很新奇，就是父母和孩子各过各的，互不打扰，要不然当初段栩砚差点儿猝死住院的事情也不可能瞒得过去。

乔衡信切牛排的动作一顿，抬眼看他："没问题吧？"

段栩砚笑笑："没问题。"

番外三
有家人了

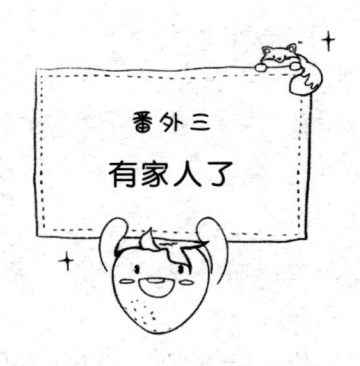

两天后,把手头上所有工作都处理好的段栩砚直接休了十天假,收拾好行李带着莫小雨飞往 C 市。

出发的前一天的晚上,段栩砚就告诉了莫小雨他们要去见他父母的事情,莫小雨对此表现出的反应是十分紧张,手都凉了。

段栩砚为了安抚他花了近一个小时,把人哄睡之后就抓过手机深夜给他爸发了条相当长的微信,第二天他睡醒起来,他爸就只给回复了一个"OK"。

段栩砚见怪不怪,他妈妈的回话倒是比爸爸多一些,问了一下小雨喜欢吃什么,有没有忌口,怕不怕狗。段栩砚回复之后,他妈妈才回复了一个"OK"。

飞机上,莫小雨一直紧紧握着手,小脸发白了还不肯睡,水也不肯喝。

段栩砚只能一遍遍地安抚他:"小雨不怕,栩砚的爸爸、妈妈不是坏人,不会欺负小雨的,小雨那么好,他们一定会非常喜欢小雨的。"

莫小雨听到这儿,轻蹙着眉头看他:"真的吗?"

"真的。"段栩砚夸他是信手拈来,"小雨那么漂亮,眼睛那么好看,还会上班挣钱,特别厉害,他们怎么可能会不喜欢小雨呢?他们会做很多小雨爱吃的菜,欢迎小雨。"

莫小雨抿了抿唇，抬头看着段栩砚，没有说话。

一个小时后，飞机落地。

段栩砚一手拉着莫小雨，一手拖着行李箱走出接机口，远远地就看见两个熟悉的身影，其中一人正向他招手。

"小砚，这里。"

莫小雨听过很多人对段栩砚的称呼，比如段总、段先生，还有比较亲密一些的比如老段、栩砚、阿砚。

唯独这声"小砚"，他是第一次听见，心里觉得很新奇，还小声地跟着学叫了一声："小砚？"

段栩砚听见了，抿唇轻笑着侧头看他："小雨叫我什么？"

莫小雨就低头笑，声音软软的，还带着明显的笑意："小砚！小雨！"

段栩砚带着他走到许久不见的父母面前："爸、妈，这是小雨。"

莫小雨紧紧抓着段栩砚的衣角，满眼好奇地看着眼前和段栩砚长得有几分相似的叔叔、阿姨，有些紧张，有些腼腆，但是很有礼貌："叔叔、阿姨好，我叫莫小雨。"

段父、段母看上去很年轻，不像是五十多岁的人。尤其是段母，她的容貌和身材保养得很好，几乎看不出年龄，五官柔和，气质温婉，似乎天生就带有一股亲和力，让人忍不住心生亲近之意。

她显然很喜欢莫小雨，尽管第一次见面，但比起许久不见的亲生儿子，她给予莫小雨的关注要更多。她笑盈盈地看着莫小雨，柔声道："小雨这个名字可真好听，我第一次听就喜欢上了。"

听到这句话，莫小雨笑得更加腼腆了，一开始见到段父、段母的紧张和拘谨都淡了许多。他有些开心地微微仰起脸和段栩砚对视，什么话也没有说。但段栩砚能明白他在开心自己说的都是真的，自己的妈妈真的喜欢他。

段父、段母是专门开车来接他们的，接到人后一行四人就往机场外走，坐上了段父的车。

在回家的路上，坐在副驾驶座上的段母时不时会问后座的段栩砚生活和工作上的问题。段栩砚一开始是问一句答一句，到后来就把自己打算在 A 市郊区盖个房子的事都一五一十地说了。

段母听完也只是点头："你自己有计划就好，妈妈相信你。"

段栩砚笑了笑："谢谢妈。"

三十分钟后，车子稳稳地停在了一处院子外。

莫小雨满眼好奇，跟着段栩砚一起下车。莫小雨看着眼前这座两层半的小楼，还有栽种了很多瓜果蔬菜的院子，温馨又干净，有一种看到古镇民宿奶奶家的感觉。

段父去停车了，段母先领着段栩砚和莫小雨参观院子，带他们看院子里的百香果架，还有蔬菜园里栽种的茄子、辣椒、番茄等。

不算大的院子里可谓是应有尽有，段栩砚甚至还看见了角落里种着的向日葵。

没多久停好车的段父回来了，四人这才进屋。

段栩砚在这儿是有一个房间的，就在二楼。他虽然忙，来得也少，但段母始终为他留着一个房间，方便他回来的时候休息。

段母是一个特别爱干净的人，她不允许家里有任何一个房间落灰，更不允许屋里有霉味，所以段栩砚的房间平时就算没有人住，但一年到头都是收拾得干干净净的，天气好的时候还开窗通风，房间一尘不染。

"小砚，你们整理一下，我下楼准备做饭了。"

"好，谢谢妈，我一会儿下楼帮您。"

"不用，有你爸帮我呢，你带着小雨下楼转转吧，我看他很喜欢院子。"

段母说罢还朝莫小雨轻轻挥了一下手，轻声道："小雨，妈妈去做好吃的了，我们一会儿见。"

莫小雨一脸开心地点头，他正想说"谢谢阿姨"，段栩砚轻轻碰了一下他，对莫小雨道："小雨，说'谢谢妈妈'。"

莫小雨愣了一下，有些疑惑但还是听话地轻声道："谢谢妈妈。"

"好孩子，不客气。"

段母一颗心直接被莫小雨化成了水,也不知道她从哪里变出来的,下一秒手里就多了个大大的红包,塞得满满的,里头的钱都快挤出来了。

莫小雨愣愣地看着段母塞给自己的大红包,有些无措地看向段栩砚。

段栩砚捏了捏他的耳垂,轻笑道:"没关系,妈妈给你的,你就拿着。"

莫小雨抿了抿唇,伸出双手恭敬地接过大红包,对段母郑重地道:"谢谢妈妈。"

段母这才心满意足地下楼了。

段栩砚这才给还在疑惑中的莫小雨解释:"栩砚的就是小雨的,栩砚的爸爸、妈妈也是小雨的爸爸、妈妈。"

他这个解释莫小雨一听就明白了,乌黑的杏仁眼灿若繁星:"小雨有爸爸、妈妈了!"

"爸爸""妈妈"这两个称呼,对他来说太陌生、太遥远了,自己的亲生父母他一次都没见过,也没有喊过"爸爸、妈妈"。他小时候也会疑惑地问奶奶"爸爸、妈妈去哪儿了"。奶奶不会哄骗他,如实告诉了他,他没有爸爸、妈妈,但是他有奶奶。

莫小雨觉得有奶奶也很好,于是从未因此哭闹过,但心里还是希望有一天他的爸爸、妈妈可以出现,让他可以像别的小朋友一样喊一声"爸爸""妈妈"。

莫小雨小时候期望许久的愿望没有实现,长大后也就淡忘了,可段栩砚就像个能实现他所有愿望的神灵,温暖地来到他身边,不仅爱护着他,也实现了他小时候没能实现的愿望。

段栩砚爱怜地拍拍他的背,眼睛有些酸。

中午的时候段母做了一桌莫小雨喜欢吃的菜,沉默内敛的段父在听段母说莫小雨叫她妈妈后十分羡慕,吃饭的时候就时不时朝段栩砚投去暗示的眼神。

段栩砚感到既好笑又无奈,也朝段父递了个眼神。

段父领会了,盯着盘子里的鸡腿看了一会儿,正要伸筷子去夹,段母已经先他一步夹起来放进莫小雨的碗里。

"小雨,多吃点儿。"

莫小雨笑得很开心："谢谢妈妈。"

段父遗憾地叹了口气。

忽然，谁也没想到莫小雨用勺子舀起一颗圆滚滚的狮子头放进段母的碗里，又舀了一颗放到段父碗里："爸爸、妈妈，你们多吃一点儿。"

段母脸上的笑逐渐变深，她还没来得及说什么，段父立即像变魔术似的从桌子底下掏出一个厚厚的红包递给莫小雨。

莫小雨愣愣地看着那个红包，双手接过，下意识地道："谢谢爸爸……"

一向话不多的段父重新拿起筷子"嗯"了一声："不客气，小雨也多吃点儿。"

莫小雨和段栩砚在段栩砚的父母家住了三天，这三天莫小雨和段父、段母玩得很开心。

白天太阳不大的时候，段母会带着他在田里采摘新鲜的番茄，给他做甜甜的白糖番茄。有时间段父还会带着他和段栩砚去河边钓鱼。虽然他一条鱼也没有钓上来，但是他会捞虾。尽管最后因为他捞的虾实在太小了，都给放回了河里，但捞的过程莫小雨还是很开心的。

每天的清晨和傍晚，段栩砚会带着他在村子里散步，陪他在榕树下看人家下棋，陪他看日出日落，陪他看田里的黄牛，陪他看夜里的萤火虫。

段父、段母住的村子清幽僻静，几乎看不到什么年轻人，村子里住着的不是老人就是小孩儿，生活节奏都像天上飘的云朵一样慢悠悠的。

莫小雨很喜欢这个地方，除了狗。

村子里很多人家都养狗，养来看家护院的，其实段父、段母家也养了只大黄狗看院子，但是因为莫小雨怕狗，这几天都给牵去了邻居家。

可是其他人家的狗并不会因为莫小雨害怕而被牵走，甚至没有拴链子，就在村子的大街小巷走来走去。

莫小雨特别不喜欢这些体形大的狗，因为他害怕，每次只要远远看见了心里就开始紧张。

段栩砚从不会让他克服，他害怕段栩砚就把他背起来走，直到看不见狗了再把他放下，这样过了几次后，莫小雨再看见狗就不会那么害怕那么紧张了，因为段栩砚会把他背起来，那些大狗碰不到他。

离开C市的前一天傍晚，段栩砚散完步背着莫小雨踩着夕阳回家："小雨喜欢这里对不对？"

"喜欢。"

"那以后每年栩砚都陪你来这里和爸爸、妈妈住几天。"

莫小雨开心地晃了晃悬空的脚："好。"

"还有杏雨古镇，我们小雨的家乡杏雨街，栩砚每年都带小雨回去看看。"

"好，看看英奶奶，看看白爷爷。"

番外四 小雨回来啦

第二天一早，段父、段母送段栩砚和莫小雨去机场。

临走前段母特别舍不得莫小雨，一直拉着莫小雨的手和他轻声说话，连零食都给准备了一大包，巧克力、饼干、肉脯之类的装了满满一袋，一直到机场广播提醒准备登机了才依依不舍地松开了握着莫小雨的手。

"小砚，妈妈最放心你了，你从小到大都是不需要人操心的好孩子，但无论如何有些话妈妈还是要说的，好好照顾自己，也好好照顾小雨，我和你爸一切都好，你不用操心我们，过好你自己的。"

"谢谢妈，您放心。"段栩砚轻轻拥抱了一下似乎永远美丽年轻的妈妈，"你们也要好好照顾自己，不要忘了定时去体检。"

"好，放心，我们会的。"

莫小雨被段栩砚拉走了，总是忍不住回头看段父、段母，一直到进了登机口看不见了才有些低落地不再往回看。

上飞机后，段栩砚感觉空调有些太凉了，问空姐要来了条毯子盖在莫小雨身上。

离别让莫小雨有一点点伤心，段栩砚为了让他开心点儿，从段母给的零食袋子里找出了巧克力给他。

"小雨，以后我们还可以再看见爸爸、妈妈的。"

莫小雨也知道，所以他低落的情绪并未持续太久，吃完巧克力就睡着了，一觉睡到飞机落地。

段栩砚拉着他下飞机，拿好行李箱，出了机场就拦了一辆计程车去杏雨古镇，在车上的时候莫小雨困倦地眯了一会儿，一直到计程车停在了杏雨古镇大门外，整个人才勉强清醒了一些，跟着段栩砚回民宿奶奶家。

段栩砚三天前还在 A 市的时候就联系了民宿奶奶，他要订一周之前住过的独栋小楼，所以民宿奶奶知道他们今天要回来，早早地就守在古镇的石桥上。

当看见许久不见的两人拖着行李箱出现在远处的林荫小路上，民宿奶奶一下子笑了起来，冲着他们招手。

莫小雨也看见了她，原本还困得迷迷糊糊的，忽然就清醒过来了，有些兴奋地抬起手臂向石桥上的民宿奶奶招手，朗声大喊："奶奶！"

民宿奶奶听见莫小雨的声音笑得眼角皱纹更深了，等段栩砚和莫小雨走到近前了便迫不及待地走下石桥迎了上去："小雨，段先生，奶奶可想你们了！"

莫小雨小跑着过去扶着民宿奶奶："奶奶，要小心。"

民宿奶奶满眼欣喜地看着眼前的莫小雨，越看越高兴："小雨长肉了，是不是也长高了？"

段栩砚拖着行李箱走过来，一边笑一边道："是，长高了一点儿。"

莫小雨伸出左手，拇指和食指捏在一起，一脸认真地比了个手势："一点点。"

民宿奶奶开心地拉着他的手不放："一点点也是长高了，走吧，回去奶奶给你们做排骨吃。"

莫小雨特别忙碌地一手扶着民宿奶奶，另一只手去拉段栩砚。

回到民宿后，段栩砚和莫小雨去给民宿的爷爷打了声招呼后就回到隔壁整理行李箱，准备一会儿吃完了饭就去看望英奶奶和白爷爷。

为了招待回到杏雨古镇的段栩砚和莫小雨，民宿奶奶特意准备了一桌的菜，有油焖大虾、红烧排骨、土豆炖牛腩，还有莫小雨喜欢吃的海鲜饼。

　　段栩砚和莫小雨下楼到隔壁吃饭时，民宿奶奶正好端着锅冬瓜虾米汤出来，看见两人她笑着连声招呼："快快，快来坐，这汤要趁热喝才好喝。"

　　段栩砚很不好意思这么麻烦民宿奶奶："奶奶，您太费心了，不用做那么多菜的。"

　　民宿奶奶正给他和莫小雨盛汤，听见段栩砚的话只是笑着说："我心里高兴就多做了几道菜，你们一会儿可要多吃一点儿。"

　　段栩砚笑着接过汤碗："好，我们会多吃一点儿的，谢谢奶奶。"

　　一旁的莫小雨听见了也跟着说了一句："谢谢奶奶。"

　　餐桌上，段栩砚依然是一口饭没吃先给莫小雨剥虾。莫小雨最喜欢吃虾，但他不会剥，他和段栩砚一起吃饭的时候，一定是段栩砚给他剥的。

　　段栩砚给他剥过无数次虾，手法早已娴熟无比，不一会儿就能剥出完整又肥美的虾肉。

　　民宿奶奶坐在一旁一直笑眼看着，适时问了一句："段先生，你们这次回来不多住几天？"

　　"奶奶就叫我小砚吧。"段栩砚把剥好的大虾放进莫小雨的碗里，取过一旁专门用来擦手的毛巾，擦了擦手指上的油渍，"能请的假不多，公司还有事，这次来也是抽时间来的，实在没办法再多待几天。"

　　民宿奶奶不停地给两人的碗里夹菜："那难得来一趟，你们可得好好玩玩，休息休息。"

　　段栩砚笑着点头："好，我们一会儿吃完饭就去看看英奶奶，然后再回来睡午觉。"

　　"说到英奶奶，我前些时候见到她了，她的精神不错，你们不用担心。"

　　"那就好。"

　　午饭后，段栩砚带着莫小雨离开了民宿奶奶家，朝着杏雨街走去。

　　时隔多日再回到这个地方，回到这个楼梯，段栩砚一时间竟生出无限感慨来，他想起自己第一次送莫小雨回家时，就是走到这个楼梯下时刚好路灯就坏了。

那时候的莫小雨怕黑怕得原地踱步却不敢告诉他，而现在同样的地方不同的时间，莫小雨依然站在他的身边，但他们已经是彼此最重要的家人。

莫小雨因为心情好嘴里还哼着他那每次调都不一样的《小雨歌》，段栩砚默默地听着，唇角始终勾着一抹笑。

他们肩并着肩走上台阶，走进杏雨街，走到莫小雨的家门口时忽然停了下来。

段栩砚问他："小雨要进去看看吗？"

莫小雨看了看眼前他住了许多年的房子，想了想："先看英奶奶。"

"好，那我们先去看看英奶奶。"

英奶奶对莫小雨来说是很重要的一个人，她是莫小雨的奶奶去世后，唯一坚持用自己微薄的补助金养着莫小雨的人。

她的能力和金钱有限，只能在穷苦的生活里挤出莫小雨的那一份米饭和鸡蛋，但尽管如此她也没有丢下过莫小雨，直到段栩砚出现。

段栩砚对她的感激之情和莫小雨的奶奶一样多，他无比感谢在自己遇见莫小雨前，这个年迈腿脚又不好的老人每天坚持给莫小雨送饭，尽自己所能在照顾莫小雨，才能有后来他们的相遇。

在去英奶奶家前，段栩砚先带着莫小雨去买了两袋水果，然后就像他们第一次一起去见英奶奶一样，走到杏雨街对面的街区。

英奶奶就坐在外面的绿荫下，手里抓着一把蒲扇，正有一下没一下地扇着风，左手时不时捶捶自己的左腿按摩一下。

莫小雨远远地看见她就忍不住喊："英奶奶！"

正坐在树下乘凉的英奶奶听见声音愣了一下，转头一看是莫小雨，无意识地伸手扶着身旁粗壮的树，颤颤巍巍地站起来。

莫小雨特别开心，连蹦带跳地张开手臂挥舞："英奶奶！英奶奶！小雨回来啦！"

段栩砚看着他在面前跳着走，有些担心："小雨要小心，不要摔跤了。"

莫小雨开心得根本没听见段栩砚说话，喊完了就跑向英奶奶，像只撒欢尾巴摇得欢快的小狗。

"英奶奶，英奶奶！"莫小雨嘴里连声地叫着英奶奶。他跑到老人面前，白皙的小脸上热出了一点儿细汗，眼睛却特别亮。

英奶奶默默地观察莫小雨身上的变化，越看心里越欢喜，但天生内敛的性格让她不论心里有多高兴，脸上的神色始终没有什么变化。

段栩砚提着水果走到近前时，莫小雨正低头对英奶奶说着什么，英奶奶静静地听着，手中的蒲扇朝着莫小雨轻轻地扇。

段栩砚没有打扰他们，也没有特意去听莫小雨在说什么，他只是在一旁安静地站了一会儿，直到莫小雨转头朝他招手，段栩砚这才走过去。

"英奶奶好。"

段栩砚提着水果走到佝偻着背的老人面前，脸上的笑意清浅又温柔："我带小雨回来看您了。"

英奶奶抬起头细细地看了段栩砚一会儿，眼神温和却什么也没有说，只是沉默地点头。

段栩砚提起手里两个大袋子："英奶奶，这些水果您留着吃。"

英奶奶的注意力却不在水果袋上，而是目光严厉又不失慈祥地看着段栩砚："你把小雨照顾得那么好，我替他奶奶谢谢你。"

段栩砚受宠若惊。

莫小雨刚才和英奶奶絮絮叨叨地说了很多话，其中就包括了他们来这里之前去见过段栩砚的父母，英奶奶的内心很受触动。

她和段栩砚的父母很像，不会过多干涉莫小雨的事情，毕竟说到底她和莫小雨没有丝毫血缘关系。她会照顾莫小雨也是因为和莫小雨奶奶的友谊，莫小雨现在过得很好，还拥有了一个新家和新的家人，身为一个照顾过莫小雨两年的人，她比谁都要高兴。

段栩砚提了提手上的袋子，对莫小雨道："小雨，我们陪英奶奶吃荔枝好

不好？"

莫小雨眼睛一亮："好。"

英奶奶见莫小雨那么高兴，也不舍得扫他的兴，转身领着两人往家里走。

英奶奶的家不大，甚至可以说是狭小，只有一室一厅，摆着简单的桌子和凳子，像段栩砚和莫小雨这样的身高，走进来后要想转个身都很困难。

英奶奶从唯一的房间里找出两个小板凳给段栩砚和莫小雨坐，自己则是坐到一个陈旧的木箱子上。

莫小雨挨着段栩砚坐，从袋子里拿出一把荔枝递给了英奶奶："英奶奶吃，荔枝好甜。"

英奶奶犹豫了一下，在莫小雨充满期待的目光中还是伸手接过了。莫小雨收回手后就满脸期待地看着身旁的段栩砚剥荔枝壳。

段栩砚买的荔枝果皮薄果肉厚，里头的核小，是荔枝中名叫糯米糍的品种，也是莫小雨最喜欢的一种荔枝。

等段栩砚剥去荔枝薄薄的壳，露出里头鲜美的荔枝肉时，莫小雨的手便扶着段栩砚的膝盖，迫不及待地把手伸过去。

段栩砚把干净剔透的果肉递到莫小雨的手里，轻声提醒道："小雨，不要把核给吃了。"

莫小雨"嗯"了一声，段栩砚又拿起一颗荔枝开始剥。

英奶奶坐在一旁一直看着，段栩砚对莫小雨的耐心有些超乎她的想象，这是莫奶奶还在世的时候都做不到的，也难怪莫小雨会那么依赖他。

段栩砚和莫小雨在英奶奶家没有待太长时间，二十分钟左右段栩砚就提出要走了，临走前因为手剥过荔枝便问英奶奶要点儿水洗手。

英奶奶抬手指了指一旁的小门："厨房有水。"

"谢谢英奶奶。"段栩砚道了谢后就进了那扇小门找水洗手，莫小雨像他的影子似的紧紧跟着，跟到小门外。

英奶奶的家和莫小雨家很像，这种像不是大小或者户型相像，而是两家东西都很少很旧，但每个角落都打扫得干干净净的，没有一点儿灰尘，没有一丝蛛网。

　　这扇小门之后是一个迷你的厨房，一样是收拾得很干净，没有油污。

　　段栩砚洗完手出来便要带着小雨离开："英奶奶，不用送我们了，以后有时间我会再带小雨回来看您，您多保重身体。"

　　说罢，他从口袋里拿出一早就准备好的装满钱的信封，但没有把信封直接递给英奶奶，而是交给了莫小雨："小雨，你把这个送给英奶奶，要祝英奶奶身体健康。"

　　莫小雨很听话地接过照做，软乎乎的声音让英奶奶硬不下心拒绝。

　　待她接过信封，段栩砚笑着拉起莫小雨："英奶奶，我一定会好好照顾小雨的，请您放心。"

　　莫小雨听见了忽然笑得很开心，学着段栩砚说话，只是这尾音活泼地往上扬，像唱歌一样："请您放心，请奶奶放心。"

　　两人离开英奶奶的家，走的时候还能听见他们的说话声。

　　"小雨刚才是在唱歌吗？"

　　"没有唱歌，小雨在学栩砚说话。"

　　"栩砚是这样说话的？"

　　"嗯嗯。"

　　"小雨学得真像。"

　　"哈哈哈。"

番外五
院子里的柿子树

两年后。

傍晚时分,窗明几净的小书房里,莫小雨正盘腿坐在地上把他的绘本和画册往纸箱里装。

他的东西实在太多了,小书房里段栩砚找人专门给他打的书架装满了国内外的绘本、画册,每一个书架格子都被塞得满满的,找不到一点儿缝隙,五颜六色的书整齐地排列在原木的架子上,每一本书莫小雨都非常珍惜。

段栩砚推门进来的时候,莫小雨已经坐在桌前画画了。属于他一个人的画桌上摆着一个原木制的马克笔收纳架,里面整齐地收纳了上百种颜色的马克笔。莫小雨最喜欢做的事情就是在这张桌子上画画。

段栩砚见他画得很认真便没有出声打扰他,轻手轻脚地走进小书房。

段栩砚看了看地上莫小雨整理到一半的纸箱,这才走到他的身旁,端详他正在画的极具他个人特点的画作。

莫小雨没有上过任何绘画课,所以他的笔触线条非常自由活泼。他开开心心地用自己喜欢的颜色画自己喜欢的一切,哪怕他的画只有自己和段栩砚欣赏。

他现在在画的是两条长得胖乎乎的金鱼，金鱼飞在他的小书房里，圆圆的鱼脑袋上顶着一本书，而在画的最角落，有一个黑头发的小人正躺在一个大枕头里睡觉。

段栩砚等他画完了才笑出声："小雨这是累了，希望小金鱼能帮你整理是吗？"

莫小雨笑得杏仁眼弯弯的，嘴甜得像抹了蜜："小金鱼也帮帮栩砚。"

段栩砚拿出一旁的画稿收纳册，把桌上那张刚画好的画按时间顺序收纳。

像这样的画稿收纳册小书房里还有很多，每一张都是段栩砚整理的，按照时间排列，所以现在莫小雨还能找到两年前画的画。

段栩砚整理好收纳册才转身走向书架，轻声道："还是让小金鱼陪小雨玩吧，栩砚来整理就好。"

莫小雨起身像尾巴一样跟着他走，时间并未带走他身上的少年气息，他就蓬勃得像一棵还沾着露水的小树，生机无限，朝气喜人。

"是要全部带去新房子吗？"

"小雨的书架快满了，可以整理一些小雨已经看过的绘本送去新房子，这样才可以买更多新的绘本放在这里。"

莫小雨嘴里唱歌似的"哦"了两声。他玩了一会儿，画了张画才肯愿意继续收拾，从书架上拿下两年前段栩砚给他买的绘本，这些都是他很少看的，可以带去新房子。

有段栩砚帮他，一个大纸箱很快就装满了。

"小雨，走廊上还有一个纸箱。"

莫小雨听话地走出去又拿了一个纸箱回来，一样是装满了才停。

两个大纸箱只腾空了小书房的一半书架，剩下的另一半只能先留在这里，等书架被新的绘本填满了再带走另外的一半。

第二天一早，段栩砚把那两大纸箱的绘本和一箱食材抬进车的后备厢，带着莫小雨驱车前往他耗时两年的建在A市郊区的房子。

那是一栋藏在繁盛枝叶中的中式宅院，青瓦飞檐，白墙翠竹，树枝摇曳的光影下是山茶和茉莉，常绿的雪松依着石板铺就的小路，圆滚滚的石楠球点缀其中。

莫小雨推门而入时忍不住"哇"了一声。

他是在古镇长大的孩子，像这样中式的宅院才是他分外熟悉的地方——有瓦片，有砖石，有青石板铺就的地面。

这里和杏雨古镇上的任何一座宅院都不像，却能让他一下子就想起了古镇。那是他的家，一个他永远可以回去的地方，就算他的房子里已经没有人等他回去了，但是那里装满了他一整个少年时光，有英奶奶和白爷爷，有民宿奶奶这些一直关心他的邻居，还有直到离世的那一刻也爱着他、放不下他的莫奶奶。

段栩砚陪着莫小雨在精致的庭院里转了一圈才拉着他的手往屋子里走："小雨，我们到里面看看。"

推开门，映入眼帘的客厅装潢是和门外的中式庭院完全不同的现代风格，舒适大方却不失温馨典雅，吊在客厅天花板上的灯是极具设计感的月亮与山峰。莫小雨一眼就被上面像月亮一样的圆灯给吸引了。

他指着灯回头对段栩砚道："栩砚，这里有一个月亮。"

段栩砚笑着打开了灯，那颗圆形的球灯一下子亮起暖黄的光，仿佛十五的月亮挂在屋子里一般，引得莫小雨轻轻地"哇"了一声。

走过客厅就是半开放式的厨房，饭厅就在旁边，里面摆着一张可以坐十余人的饭桌，半圆的窗户外是栽种整齐的翠竹。

这一层有两间客房，房间里各有一张双人床和基本的家具，这是为了方便朋友来做客有可以过夜的地方。

顺着原木扶手的楼梯走到二楼，段栩砚先带莫小雨去看他的新书房。

宽敞整洁的房间铺着亚麻色的浅原木地板，散发着温暖的气息。房间的窗户正对着庭院的一角，一张和Ａ市家里很像的画桌就摆在窗前，上百种颜色的马克笔整齐地收纳在架子上，桌旁的墙上还挂了一个壁挂式收纳架，里面摆着各个牌子的水彩颜料盘。

书房的最右面则有一个三级小台阶抬高了地面，上面有个一整面墙的书柜，还有一张亚麻色的水滴形吊篮藤椅。

　　莫小雨一眼就被那张吊篮藤椅给吸引了，兴奋地跑上小台阶，坐在雪白柔软的坐垫上，两条腿悬在外面十分悠闲地晃悠。

　　段栩砚走过来就对上了他亮得像藏了星星的眼睛。

　　"小雨喜欢这个新书房吗？"

　　莫小雨躺在藤椅里笑眼弯弯地冲他点头。

　　见他喜欢，段栩砚好像到了这时才真正放下心来。

　　他陪着莫小雨在新书房里待了一会儿，等他愿意从藤椅里出来了再带他去看主卧，然后又回到一楼，给他看这座房子最大的惊喜。

　　在推开那扇玻璃门以前，段栩砚要莫小雨先捂住眼睛。

　　"小雨，不可以偷看哦。"

　　莫小雨"咯咯"笑了两声，把偷偷打开的手指缝重新合拢，在段栩砚的带领下慢慢往前走。

　　走了几步路莫小雨就闻到了特别好闻的香气，这是他很熟悉的属于大自然的气息。

　　他迫不及待地想要拿开捂住眼睛的双手时，就听见段栩砚说："小雨，可以把手放下来了。"

　　就像在缓解过于兴奋的情绪一样，莫小雨顿了一下才把手挪开，率先映入眼帘的是像瀑布一样的绚丽的紫色海豚花，五盆并排吊在空中，细长的花叶枝条自然垂落。

　　莫小雨震惊地看着眼前的海豚花，视线往边上一挪，又被像画一样垂挂在玻璃墙上的繁盛黄木香惊艳得呼吸微微一滞。他还未来得及仔细观赏黄木香，注意力很快又被黄木香的花叶下摆满各种多肉、盆栽的阶梯木架吸引。

　　乌黑的杏仁眼睁得圆圆的，不知所措般环顾这间在阳光下宁静美丽的玻璃房，无一处不精致，也无一处不叫他惊叹。

　　在这座仿佛被鲜花填满的玻璃房里，他兴奋得像个第一次见到花的孩子，

天真烂漫、纯粹无邪、满心无措，他欣喜地感受这份惊喜礼物。

"小雨喜欢吗？"

段栩砚笑着弯腰拿开沙发上的抱枕，拉着莫小雨的手腕让他坐在柔软的布艺沙发上。

但莫小雨坐不住，只坐了两分钟就站起来，认真又仔细地观赏这间玻璃房里的每一种植物。

莫小雨喜欢花，段栩砚就花心思给他盖一个都是花的玻璃房。天气好时，阳光会从玻璃顶上倾泻而下。天气不那么好时，就算是阴天下着雨，玻璃房也别有乐趣。

他们在玻璃房里待了很长时间，比在这儿的其他房间待得都要久，直到莫小雨说口渴了想喝水，他们才走出玻璃房。

段栩砚回到外面的车上给莫小雨拿水壶，让他坐在客厅里等着，自己则把后备厢里的三个大纸箱搬进来。

两箱莫小雨的绘本被搬进了小书房，剩下那个装着新鲜瓜果蔬菜的纸箱则被搬进了厨房里。

"小雨，中午我们吃你最喜欢的咖喱鸡腿饭，好不好？"

莫小雨点点头，朝他伸出一根手指。

他什么也没有说，但段栩砚却知道他想表达什么，问："要星星吗？"

"要小花。"

段栩砚拉开装着厨具的抽屉，拿出花朵形状的煎蛋模具："胡萝卜呢？"

"才不要胡萝卜。"

莫小雨还是不怎么愿意吃蔬菜，段栩砚只能想办法做得好吃点儿、好玩点儿才能让他多吃一点儿。

"不要胡萝卜，那要不要星星胡萝卜？"

"要！"

段栩砚低着头笑，熟练地把砧板上洗干净的胡萝卜切成星星形状。

在他做饭期间，莫小雨乖乖地坐在客厅里看电视。他最近特别喜欢看

《海绵宝宝》，好像总也看不厌，还常常被那块穿西装的黄色海绵逗得"咯咯"笑，段栩砚就在他的笑声里做好了咖喱鸡腿饭。

享用完午餐，两人走出家门绕到院子后方，那里有两棵三层楼高的柿子树，现在过了花期，树枝上只有大片青绿的叶子。要等到秋天，秋高气爽的时候柿子树上才会结满红彤彤的果实。

"小雨喜欢吃柿子对不对？"

莫小雨点点头，他确实喜欢吃甜丝丝又软绵绵的柿子。

"到了秋天这树上会结出柿子，到时候小雨就可以有吃不完的柿子了。"

莫小雨开心地眯起眼睛："要叫大家一起来，一起吃。"

"那小雨想好要叫谁了吗？"

莫小雨就开始掰着指头数，从段父、段母开始说起，说到乔衡信、姚清他们，又说到了他在 A 大交到的朋友，最后说到了杏雨街的人。

"还有英奶奶、白爷爷……"

他走在阳光明媚的天气里，影子被太阳拉得长长的，认真又开心地数着他生活里的每一个人，柿子树结果的时候想邀请他们到家里来做客。

他的世界不大，来来回回就装着那么几个人。

但他的世界也可以变得很大，因为他的身边永远有那么一个人，会给他煎花朵形状的鸡蛋，也会给他切星星一样的胡萝卜。

于是他的世界可以变得就像宇宙那般浩瀚。

今天是星期六，天气晴朗。

愿你的世界也像今天一样，风和日丽，万里无云。